KB072114

LEGEND OF SWORD EMPEROR

검황전설

FANTASY-FRONTIER SPIRIT

미르나래 판타지 장편 소설

검황전설 3

미르나래 판타지 장편 소설

초판 1쇄 찍은 날 § 2012년 6월 7일
초판 1쇄 펴낸 날 § 2012년 6월 14일

지은이 § 미르나래
펴낸이 § 서경석

편집부장 § 권태완
편집책임 § 박우진
디자인 § 이혜정

펴낸곳 § 도서출판 청어람
등록번호 § 제1081-1-89호
등록일자 § 1999. 5. 31
어람번호 § 제1-1401호

주소 § 경기도 부천시 원미구 심곡2동 163-2 서경B/D 3F (우) 420—822
전화 § 032-656-4452 팩스 § 032-656-4453
http://www.chungeoram.com
E-mail § chungeorambook@daum.net

ISBN 978-89-251-2896-2 04810
ISBN 978-89-251-2865-8 (세트)

LEGEND OF SWORD EMPEROR

검황전설

FANTASY FRONTIER SPIRIT

미르나래 판타지 장편 소설

3

청어람

CONTENTS

Chapter 01
이어지는 피의 족적

아리안이 그룹 사무실로 들어가자 자리에 앉아 있던 스무 명이 일어나 줄을 맞춰 섰다. 안티야스가 가장 오른쪽에서 구령을 붙였다.

"소대 차려! 마스터께 경례!"

"충성!"

"충성! 쉬어라!"

"열중쉬어!"

아리안은 열중쉬어 자세를 취한 수련생들의 얼굴을 한 사람씩 쳐다봤다.

"흠, 너희가 모두 마스터에 입문한 자들인가?"

"예, 그렇습니다, 주군!"

그들은 차렷 자세를 취하고 대답했다가 다시 열중쉬어 자세로 돌아갔다.

"좋다. 마스터란 우리가 도달할 목적지가 아니라 과정임을 잊어서는 안 된다. 다음 고지는 그랜드 소드 마스터다."

수련생들은 그랜드 소드 마스터란 말에 그만 놀라고 말았다. 현 대륙에는 없다고 알려진 그랜드 소드 마스터! 그 꿈의 언어, 전설의 경지를 언급하는 주군의 표정은 담담할 뿐이었다. 그렇다면 주군은 이미 그 경지에 들어섰다는 말인가?

"아!"

누군가가 놀라움의 탄성을 흘렸다.

"물론 그 경지에 들어가려면 지금의 훈련법만으로는 안 된다. 너희가 수련하기에 적합한 장소가 있지만 아직 때가 되지 않았다. 검의 길은 멀고도 멀기만 하다."

아리안은 놀란 얼굴의 수련생들을 보며 다시 말을 이었다. 수련생들의 눈이 그 어느 때보다 반짝거렸다.

"현 대륙의 수준은 극히 미약하지만, 대륙에 나타날 적의 능력은 놀랍기만 하다. 마하비라가 역소환시킨 흑마법의 총감독관 레오나르드가 자신의 능력을 제대로 발휘했다면, 너희 모두가 달려들었어도 어려웠을 것이다. 그가 대륙의 강자를 만나지 못해서 방심했기에 일을 그르치게 된 것이다."

아리안은 마스터에 입문한 자들을 한 사람씩 쭉 둘러봤다. 그들의 눈은 초롱초롱했고, 꽉 다문 입은 흔들리지 않는 의지를 드러냈다.

"그와 같은 능력자인 마계 귀족과 다시 만난다면 마스터 정도의 능력으로는 상대가 되지 않는다. 한시도 방심하지 말고 시기가 무르익을 때까지 열심히 노력해야 한다. 한 달 후에 너희를 데리고 체험 여행을 떠날 생각이지만, 세 명은 남아서 다른 수련생들과 지금까지 해왔던 아카데미 전체 수련을 인도해야 할 것이다. 누가 희생을 자원할 텐가?"

수련생들은 묵묵히 서로 얼굴을 쳐다봤다.

"저는 남아야 할 것 같습니다."

지금까지 훈련 계획을 세우고 앞에서 이끌었던 안티야스가 손을 들었다.

"나도 그랬으면 했다. 다른 두 사람은 누가 남겠나?"

"주군, 저도 남아서 안티야스를 돕겠습니다."

"저도 남겠어요, 주군!"

마데라가 손을 들었고, 디오사도 안티야스를 힐끗 쳐다보고 손을 들었다.

"그렇게 해라. 하지만 2년차 수련생 중에서 뽑아 옆에서 돕게 해야 한다. 그리고 훈련 기록을 남겨라."

"예, 주군!"

"힘을 가진 자의 첫째 덕목은 겸손함이다. 힘이란 해야 할 일을 하기 위해서, 스스로 자유인이 되기 위해서, 자신의 숭고한 목적을 이루기 위해서 필요한 것이다. 개인적인 욕심을 쟁취하거나 자랑하기 위함이 아니라는 점을 명심해야만 한다. 또한 다음 단계로 올라가는 필수적인 마음 자세 역시 겸손이다. 만약……."

아리안은 말을 끊고 새로운 마스터들을 쭉 둘러봤다.

꿀꺽!

좀처럼 보기 힘든 아리안의 침중한 모습에 누군가가 긴장을 참지 못하고 침을 삼켰다. 수련생들은 어금니를 깨물었다.

"만약 누군가가 나를 부끄럽게 한다면 필히 그자의 힘을 제거할 것이다. 너희는 모두 내 명령에 생사를 걸겠느냐?"

"예, 주군!"

"좋다, 너희는 나의 가신이자 형제자매들이다. 나로 하여금 형제가 형제의 가슴에 못 박는 일이 일어나지 않게 하기를 바란다."

"명심하겠습니다, 주군!"

새 마스터들은 주군의 침통한 표정에 가슴이 찢어지는 아픔을 느꼈다. 그들은 이를 악물고 결심을 새롭게 했다. 그들의 낮게 깔리는 대답에서 그들의 새로운 각오가, 새로운 열망이 짙게 배어 나왔다.

"안녕하십니까, 교수님?"

아리안이 인비에르노 검술학과 교수실로 들어서며 인사를 하자, 교수는 만면에 미소를 띠면서 그를 맞이했다.

"어서 와라, 아리안. 이번 방학에도 역시 쉬지 못했겠군."

"하지만 나름대로 보람이 있었습니다."

인비에르노 교수는 고개를 끄덕이며 조용한 음성으로 아리안에게 물었다.

"그래, 무슨 일인가? 이렇게 조용히 찾아왔을 때는 내가 알아야 할 일이 있을 것 같은데……."

"그렇습니다, 교수님. 다른 게 아니라, 수련생 몇 명을 데리고 체험 수련을 떠나야 할 것 같습니다. 여기 명단이 있습니다."

인비에르노 교수는 묵묵히 아리안이 내민 명단을 훑어봤다.

"음, 이들이 모두 경지에 입문한 학생들이군. 그렇다면 체험 학습은 마스터 능력을 다지기 위한 여행일 테고."

"교수님!"

아리안은 인비에르노 교수의 말에 할 말을 잃었다.

"아리안, 내가 올해 처음 아카데미에 들어서면서 가장 놀란 일이 뭔지 아는가? 바로 학생 중에서 마스터의 기운을 읽었다는 점이란다. 그들이 모두 마스터 그룹 3년차 학생임을 알고 감격에 젖어 아무것도 할 수가 없었다."

인비에르노 교수의 음성은 잘게 떨리고 있었다.

"세상에, 학생 마스터가 이렇게 줄줄이 탄생하는 역사의 장면을 보는 내 심정이 어떻겠는가. 내가 처음 아카데미에 와서 첫 강의를 준비하는 것보다 그때의 희열을 감추는 것이 몇 배나 힘들었지. 그러나 한편으로 걱정이 되더군. 만약 이 일이 알려지면 우리 제국뿐만 아니라 대륙적인 소동이 일어나고 말 것이라는 우려를 감출 수가 없었어. 그 즐거운 고뇌의 해결 방법이 보이지 않아서 이렇게 고심하는 중이었는데, 역시 자네가 해결해 주는군."

인비에르노 교수는 아리안의 어깨를 잡고 제자의 눈을 들여다봤다. 자랑스러운 제자, 자신의 삶을 풍요롭게 만들어준 제자의 눈에 자신의 감동을 전하고 싶었다.

"아리안 군, 이 문제는 나만 허락한다고 되는 문제가 아닐세. 지도교수가 없는 학생들만의 현장 실습 교육은 인정할 수 없고, 더더욱 허락할 수도 없기 때문이야. 방법은 단 한 가지야. 자네가 검술학과 교수가 되는 방법이지. 다행히 교수의 임면권(임명과 파면에 관한 권리)은 학장님께 있으니 그 문제는 내가 해결하도록 하겠네. 알았나요, 아리안 교수?"

"교수님!"

"그렇게 소리 지르지 말게, 아리안. 아직 청각은 멀쩡하다네. 그리고 나도 덕분에 학과장 한번 돼보자고."

인비에르노는 자랑스러운 제자 아리안을 말없이 바라보았다. 깊은 생각에 잠겨 있는 아리안의 모습이 그의 눈에는 곧 탄생할 대륙 아카데미 사상 초유의 십대 교수로 보였다.

아리안 또한 아무리 생각해도 교수가 말한 방법 이외에는 뾰족한 길이 없었다. 마스터 20여 명을 아카데미에 그대로 풀어놓을 수도 없고, 아무것도 모르는 수련생 부모들을 안심시키려면 어쩔 수가 없었다.

"좋습니다, 교수님. 그 대신 제가 돌아와서 부전공 강의를 들을 수 있게 해주십시오."

"그 점은 염려 말게. 자네가 강의를 들으려고 강의실에 들어가면 담당 교수님이 더 좋아할 걸세."

바로 그날 교수회의가 긴급 소집됐고, 아리안은 학장으로부터 명예 졸업장과 함께 최연소 교수 임명을 받았다. 물론 이 사실은 황궁에도 보고됐다.

아리안의 교수실이 급히 갖춰졌고, 그는 마스터 그룹 회장에서 그룹 지도교수가 됐으며, 회장은 안티야스가 맡게 됐다. 안티야스는 충분한 자격이 있었다.

국립 아카데미 교수는 영지가 없는 명예 백작의 지위를 대륙 어느 곳에서나 인정받으며, 왕국에서는 후작에 대한 대우를 조건으로 초빙하려고 애를 쓰기도 했다.

"와, 소문 들었어? 마스터 그룹 회장 아리안이 교수가 됐대."

"야, 인마! 아리안님이 교수님이 된 거야. 마스터 그룹 애들이 들으면 그날로 축(祝) 사망이야. 더구나 그들은 20~30m 밖의 소리도 듣는다고."

"그래? 그래서 마스터는 정력도 좋구나."

청력 이야기를 하는데 정력을 들먹거리자 친구가 의아해서 물었다.

"거기서 갑자기 정력 이야기는 왜 나오는 거야?"

"에고, 책 좀 봐라, 책 좀 봐! 청력이 좋은 사람은 정력도 좋다고 '현자의 서'에 쓰여 있잖아."

청력이 좋은 사람은 정력도 좋다.

"아차, 아리안 교수님께 가서 마스터 그룹 하나 더 만들어달라고 해야겠다."

마스터 그룹을 하나 더 만들어달라고 한다는 말에 주위에 있던 동료들이 모두 눈을 동그랗게 뜨고 쳐다봤다.

"뭐? 그게 가능하겠어?"

"당연하지. 전에는 같은 학생 입장이라 저들끼리 하는 일에 간섭할 수 없었지만, 지금은 모든 학생을 가르치는 교수가 됐으니 당연히 요구할 수 있지. 안 그래?"

단숨에 의기투합한 학생들이 우르르 교수실로 몰려갔다. 그러나 '부재중' 패찰만이 그들을 반길 뿐이었다.

그 시각 아리안은 출입이 자유로워졌기에 노블리아 상단으로 갔다. 아리안이 상단에 이르자 상단 경호무사가 그에게 정중히 인사했다.

"어서 오십시오, 아리안님. 안으로 모시겠습니다."

"아니, 그대로 일보세요. 나 혼자 들어갈 테니."

"예, 아리안님."

안으로 성큼성큼 들어가는 아리안을 보며 같이 있던 무사가 궁금한 듯 물었다.

"아니, 저 젊은이가 누군데 그렇게 깍듯이 인사를 하지?"

"이 사람아, 남의 밥을 먹으려면 최소한 밥 주는 사람과 그 가까운 사람들은 필히 기억해야만 하지. 저분은 상단주님이 가장 소중하게 모시는 분이야. 지금 별관을 사용하셔."

"아, 그래?"

새로 들어온 무사는 아리안의 뒷모습을 유심히 쳐다보며 눈을 반짝였다.

아리안이 별관으로 들어가자 포르피리오가 반겼다.

"주군, 어서 오십시오."

"흠, 얼굴이 밝은 것을 보니 상단 일은 잘 진척이 되는 모양이군."

"그렇습니다, 주군! 레슬리 무사대장의 능력이 탁월해서 벌써 무사와 인부를 모두 구했습니다."

포르피리오의 입에서 '주군' 이란 호칭이 자연스럽게 나왔다. 그것을 보고 아리안은 그가 마음을 굳혔음을 알았다.

"잘됐군. 상단을 습격한 자들에 대한 것은 진도가 좀 있나?"

"예, 주군! 레슬리 대장님이 습격에 가담한 자를 도박장에서 발견했습니다. 디비노 백작의 명을 받았다고 합니다."

"디비노 백작?"

"예, 주군! 디비노 백작은 에레디아 공작의 심복으로 알려졌으며, 공작은 바라하 상단의 실질적인 소유주입니다."

포르피리오의 말을 들은 아리안의 표정이 엄숙해졌다. 포르피리오는 그의 담담한 어조에 담긴 분노를 읽고 몸을 부르르 떨었다.

"에레디아 공작? 포르피리오, 공작에 대한 모든 것을 파악해라. 이번 음모에 가담한 자는 씨를 말려 버릴 것이다."

"주군, 이번 참사에는 산적과 살수 단체, 그리고 흑마법사도 포함됐습니다."

"포르피리오, 폭력을 사주한 놈보다 더 나쁜 놈이 누군지 아나? 그것이 나쁜 일이라는 것을 알면서 행한 놈이야. 폭력을 행사한 놈보다 더 미운 놈이 누군지 아나? 옆에서 아무 말도 못하고 구경만 하는 개새끼야. 도와달라고 그렇게 외쳐도 외면하는 자들, 당하는 사람은 그런 광경에 더 가슴이 아프지. 부당한 일을 보고 누구나 나선다면 그런 일은 처음부터 아예 꿈조차 꾸지를 못해."

아리안의 음성에 깊이 깔린 분노의 깊이에 포르피리오는 그의 새로운 단면을 보는 듯해서 유심히 관찰했다.

"그렇게 구경만 하는 놈들 때문에 그런 일이 벌어지는 거야. 세상에서 살려면 세상일에 참여해야 하고, 그게 싫으면 산속에 들어가서 조용히 살아야겠지. 내 이웃이 최소한의 권리를 보장받을 때 내 권리도 빛을 발하는 것이니까. 누구도 이번 혈채에서 벗어나지 못하게 철저히 밝히도록 해라!"

"예, 주군!"

포르피리오는 아리안을 새롭게 보게 되었다.

아리안이 전설적인 실력을 가진 검사라는 것은 알고 있으나, 겉으로 보기에는 매우 여린 듯이 보였다. 하지만 그러한 외면과는 달리 가까운 사람이 피해를 보면 결코 용서하지 않는 강인함도 분명히 지니고 있었다.

'이번 주군의 분노는 걷잡을 수가 없겠어. 대륙은 주군의 무

서움을 확실히 인식하겠군.'

세상에서 살려면 이웃의 권리를 보호하는 의무를 이행해야 자신의 권리도 보호받는다.

역사는 피를 요구하고 피는 새로운 세상, 새로운 질서를 창조할 것이다.

드디어 피의 수레바퀴가 서서히 구르기 시작했다.

*   *   *

"출발!"

"출발~!"

카르네프 상단주의 명령을 받은 레슬리 대장의 출발 신호가 떨어졌다.

노블리아 상단 행렬은 상품을 실은 짐마차 300대, 식량과 말 먹이, 취사와 야숙 장비 마차 30대와 상인이 탄 마차 20대가 따랐다. 경호무사 200명과 용병 100명, 그리고 인부 200명이 따르는 상단 행렬은 실로 장관이었다. 성문을 나선 마차 행렬은 끝없이 이어졌다. 그 광경을 구경하려고 나온 백성들로 성벽 위는 발 디딜 틈이 없었다.

"와, 역시 노블리아 상단이다. 굉장하군."

"그러게 말이야. 다섯 번이나 상행에 실패했다고 들었는데 노블리아 상단의 저력은 여전한 듯해."

"그러기에 대륙 십대상단이란 이름이 붙었겠지. 아직도 마차들이 성문을 빠져나가는군. 도대체 몇 대나 동원된 거야?"

끝도 없이 이어지는 상단의 행렬은 노블리아 상단의 위엄을 보이기에 충분했다.

"손가락이 열 개뿐인데 저걸 어떻게 다 세나."

"아이고, 그러서. 고생 많으셨네. 여보게, 다음 상행에는 우리도 따라가 보는 게 어때?"

"그것도 좋겠군. 한번 삶을 바꿔보는 것도 괜찮겠지."

노블리아 상단의 마차들을 보면서 놀라는 사람도 있었지만, 가슴을 졸이는 사람도 눈에 띄었다. 모녀인 듯한 두 사람이 손을 모으고 안타까운 심정으로 바라봤다.

"엄마, 설마 이번에도 사고 나는 것은 아니겠죠?"

"그런 소리 하지 마라. 말은 항상 씨가 되는 법이란다. 요전 상행에 네 아버지가 갔어야 하는데 갑자기 할아버지 상을 당하는 바람에 빠졌지 않느냐. 그때 네 아버지가 얼마나 마음고생을 하셨는지 넌 모를 거다. 그리고 이번엔 상단주님이 직접 가시니 아무 일 없을 게야."

한편, 성벽 망루에서 상단 행렬을 바라보며 회심의 미소를 짓는 자도 있었다. 노블리아 상단을 손에 넣고자 안간힘을 쓰는 에레디야 공작의 아들 카스티야 백작과 지미 알란이었다. 그리고 지미 알란의 부하 카보도 보였다.

'흠, 아예 기를 쓰는군. 카르네프 상단주님, 조금 과용하신 것 아닙니까? 이번 일이 마지막 상행이 되실 테니 그에 걸맞은 환영 행사를 준비하도록 하지요. 그리고 상단주님의 이번 상행은 제가 비상하는 발판이 될 것입니다.'

"흠, 이번에는 지난 실수를 만회하려고 아예 작정을 한 모양이군."

"그렇습니다, 지미 알란님. 이번엔 상단주가 죽기 살기로 직접 떠났습니다."

"그렇게 되기를 바란다면 원하는 대로 승부를 해줘야겠지. 정보를 전해줄 자는 정확한 놈으로 심어뒀나?"

지미 알란은 고개를 끄덕이며 부하에게 물었다.

"그렇습니다, 지미 알란님. 제가 신호를 하면 저녁 식사 국에다 약을 탈 것입니다."

"카보, 저기 보이는 인부들도 모두 검을 차고 있는데, 그들도 무사들인가?"

"아닙니다, 지미 알란님. 인부로 뽑힌 자들인데, 만약 습격을 막을 수 없다고 판단되면 지시에 따라 마차를 부수도록 명령을 받았다고 합니다."

지미 알란은 카보의 보고를 듣고 입술을 깨물었다. 그는 상단의 상품이 마치 자신의 것인 양 눈썹마저 찡그렸다.

"흠, 상품을 모두 넘겨주지 않겠다는 심산이군. 그렇다면 인부들부터 처리해야 한다는 결론이잖아."

"귀찮은 일이 생길 듯해서 이번에는 좀 더 강한 약을 준비시

켰습니다."

카보는 지미 알란에게 자신있다는 투로 대답했다.

"잘했군, 카보. 오늘은 이거 가지고 가서 푹 쉬어라. 우리는 내일 출발하겠다."

"감사합니다, 지미 알란님. 그럼 내일 아침에 뵙겠습니다."

카보는 알란이 던져 주는 묵직한 주머니를 들고 몇 걸음 걷더니 지미 알란의 시야에서 슬그머니 사라졌다.

"저놈은 볼 때마다 섬뜩하단 말이야. 그것참."

지미 알란은 고개를 흔들며 성벽에서 내려갔다. 하지만 그의 뒤를 따르는 그림자가 있는 것은 미처 발견하지 못했다.

상단은 아무런 사고 없이 사흘을 보냈다. 무사들의 긴장이 서서히 무뎌졌다. 상단 행렬은 상당히 빠른 속도로 전진했다.

제일 신나는 것은 수련생들이었다. 그들은 세 명씩 팀을 이뤄 승마 연습이라도 하는지 상단 행렬보다 훨씬 앞까지 말을 타고 갔다가 돌아오기를 반복했다.

"아니, 저 애들은 뭐야? 상행을 야유회 정도로 여기는 것 아냐?"

"완전히 놀고 있군. 정말 어이가 없잖아. 꼴에 검도 하나씩 찼군."

"그래도 무사들이 식사를 가져다주는 것을 봐선 상단과 동행하는 귀족의 자녀들이겠지."

불평하는 무사나 인부들도 있었지만, 놀란 눈으로 그들을 바라보는 자들도 있었다.

"너, 봤어?"

"저 애들 승마술 말하는 거야? 마치 말에서 생활을 한 사람처럼 자유자재로군. 완전히 말과 동화된 듯해."

레슬리도 그들을 보면서 놀라움을 감추지 못했다.

'세상에, 소주군께서 가르친 아이들이라고 하셨는데, 저 애들이 모두 나와 같은 마스터의 기운을 흘리고 있어. 그리고 어떻게 보면 단순히 승마 연습하는 듯이 보이지만 사실은 상단 앞쪽의 위험한 기운을 감지하는 거야.'

"단장님, 저 애들 저렇게 마음대로 움직여도 상행에 지장이 없겠습니까?"

레슬리(흑월)의 부하 한 명이 다가와서 걱정스런 빛으로 말하자, 그가 어이가 없다는 듯이 말했다.

"저 아이들이 지금 노는 것으로 보이나? 서로 눈을 마주치지 않고 팀워크를 맞추는 고도의 수련을 하는 중이란다. 나중에 망신당하지 않으려면 소년 모두에게 나와 같은 대우를 하라고 일러라. 물론 드러나면 안 되겠지."

"예, 단장님!"

흑월의 부하는 평소 누구도 인정하기를 꺼려하던 단장의 말에 고개를 갸웃거리며 뒤로 물러났다.

그동안 상단은 각 지회가 있는 곳마다 들러서 상품을 내려놓고 그곳에 모아놓은 상품을 마차에 실었다. 짐은 좀 더 많아지기도 했고 적어진 적도 있었다.

"상단주님!"

지회의 지회장과 상인들은 카르네프를 향하여 울먹이기도 했지만, 상단주는 그들의 어깨를 두드려 줄 뿐이었다. 그들은 마치 어버이를 만난 듯이 기뻐했다.

"상단주님, 좀 더 늦게 오셨다면 간판을 내려야 할 뻔했습니다."

"그렇습니다, 상단주님. 우리에게 물건을 팔 때는 현금만을 요구하고 시세보다 센 가격이었으며, 우리에게서 물건을 가져갈 때는 가능한 한 지불 기일을 늦춰주지 않으면 거래를 하지 않으려고 합니다. 완전히 신생 상단과 같은 대접이었습죠."

"상단주님, 이제 살았습니다, 살았어요. 모든 상인이 상단 규모에 넋이 빠진 모양입니다."

"자자, 우리는 노블리아 상단입니다. 자신감을 가지세요. 지역 특산품과 이 지역에서 팔기 어려운 상품은 모두 마차에 실어요."

총관의 말을 들은 상인들은 그제야 바쁘게 움직였다.

지회의 사정은 어디나 대동소이했다. 하룻밤을 묵고 상단은 바로 출발했다.

국경 지역이 가까워지면서 산세는 점점 험해졌다. 조금 더 가면 대규모 상단이 머물 곳도 없이 발목을 잡힐 듯했다.

"상단 정지! 오늘은 이곳에서 야숙한다!"

"선두 정지! 선두 정지! 마차로 둥글게 외벽을 쌓고 막사를 만들어라! 야숙 준비를 서둘러라!"

처음 온 인부들도 이젠 손발을 맞춰서 재빨리 움직였다. 한쪽에선 벌써 솥을 걸고 식사 준비를 했다. 상단 무사들이 외곽 경계에 나서고 척후는 더욱 멀리 주변을 확인했다. 인기척이 사방을 메우자 주변의 벌레 소리가 완전히 끊어졌다.

고자르는 국솥 주변을 어슬렁거리며 분위기를 살폈다.

"허, 냄새가 죽이는군. 오늘 저녁 국은 제목이 뭐요?"

"야, 국에 콧물 떨어지겠다. 얼른 안 꺼져!"

"젠장, 허기져서 냄새에 슬쩍 끌려왔는데 말이 좀 심하군."

고자르는 허리를 펴면서 주머니에 넣었던 손을 꺼냈다. 그는 국솥을 뒤로 한 채 손을 국솥으로 뻗었다.

"동작 그만! 손가락만 움직여도 네놈을 국솥에 처박아 버릴 테다!"

어느새 무사 한 명이 다가와서 그의 목에 검을 들이댔다. 고자르의 목에서 피가 살짝 흘렀다. 그는 정말로 끓는 국솥에 고자르를 집어넣을 기세였다. 그가 고자르의 손을 꺾은 채 레슬리에게 데리고 갔다. 물론 그의 손에 든 약을 빼앗았다.

"이자가 첩자입니다. 감히 전문가 앞에서 재롱을 피우더군요."

"막사로 끌고 가라!"

"예, 대장님!"

레슬리의 부하는 공식 석상이라 대장님이라 호칭하며 고자르를 끌고 막사로 들어갔다. 먼저 막사로 들어간 레슬리는 부하에게 물었다.

"모두 몇 놈이냐?"

"확인된 놈만 세 명입니다, 단장님."

"고문해서 놈들의 계획을 알아봐라."

"예, 썰!"

레슬리가 막사에서 나가자, 레슬리의 부하는 걸레를 입에 집어넣고 수건으로 고자르의 입을 막았다. 그는 친한 동료에게 하듯이 어깨를 툭툭 치며 부드러운 음성으로 속삭였다.

"별로 알고 싶은 것도 없으니까 제발 입 좀 열지 마라. 간만에 손맛 좀 보자."

고자르는 자신의 어깨를 치는 자의 손목에서 얼핏 검은 초승달 문신을 발견했다.

'헉, 수라상의 반찬 종류마저 알고 아직까지 한 번도 밤이슬을 헛되이 맞지 않았으며, 누구도 그림자마저 발견할 수 없다는 밤의 전설 흑월이야.'

고자르는 자신의 입을 틀어막고 전혀 서둘지 않고 준비하는 이들이 무사가 아니라 어둠의 심판자임을 알았다. 고자르는 차라리 빨리 얘기하고 죽는 게 편하겠다는 생각만 들었다.

자신의 대장 카보는 건드리지 말아야 할 자들을 건드린 것이다. 자신들도 그림자 밥을 먹긴 하지만, 이들은 차원을 달리하는 어둠의 심판자이며 단 한 번의 의뢰도 실패하지 않아서 전설이 된 자들이다.

고자르는 필사적으로 눈을 깜박거려 심판자에게 의사를 전달하려 했다. 하지만 그는 거들떠보지도 않았다.

"자식, 눈에 티가 들어간 모양인데, 조금만 있으면 다 씻겨 나갈 테니 염려하지 마라!"

그는 고자르를 단순히 패기 시작했다. 고자르의 조직처럼 꼬챙이를 사용하지도 않았고, 불로 지지거나 물고문을 하지도 않았다.

퍽퍽!

단조롭게 몽둥이로 패는데, 어디를 어떻게 때리는지 머리에서 발끝까지 이어지는 쇼크와 고통은 단숨에 인내의 한계를 넘었다. 더더욱 기가 막힌 것은 기절도 하지 않는다는 점이었다.

매도 맞다 보면 고통이 줄어들건만, 한 대 때릴 때마다 새로운 고통이 전신을 사로잡았다. 갑자기 고통이 멈추자 고자르가 놀라서 눈을 떴다. 그가 물을 마시면서 지나가는 말투로 입을 열었다.

"이런 쫄따구가 뭘 알겠나. 그저 윗사람이 시키니 명령에 따랐을 뿐이겠지."

고자르는 힘없이 꺾이려는 고개를 목이 빠질 정도로 세차게 흔들었다.

"뭐? 아는 게 있다고? 에이, 다 아는 옛날얘기를 하려는 거겠지. 대충 네놈들이 살수 단체인데, 두목이 카보란 자고 지미 알란이란 자의 의뢰를 받았다는 그 정도 아냐? 그냥 남자답게 견디도록 해. 상행 다니는 동안 몸을 풀다가 심심하면 팔다리만 부러뜨려서 살려줄 수도 있으니까."

고자르는 흑월의 부하가 다시 몽둥이를 드는 모습을 보고
눈물을 흘려가며 머리를 흔들었다.

"뭐라고? 더 아는 게 있다고?"

고자르는 오직 이것만이 살길이라는 듯이 고개를 힘차게 끄
덕였다.

                    *   *   *

저녁 식사가 끝나자 숲속의 해는 쉬 넘어갔고, 날은 기다렸다
는 듯이 순식간에 어두워졌다. 경호무사 50여 명과 용병 50여
명이 경계를 서는 야숙 장소에는 사방에 피워진 모닥불이 주위
를 밝혔다.

광장 중앙에 세워진 상단주 막사 앞 모닥불 옆에서는 상단
주와 아리안이 차를 마시고 있었으며, 수련생 두 명이 그 뒤에
서 검을 든 채 모닥불을 바라보고 있었다.

"아리안, 산적들이 언제쯤 습격하겠나?"

"이미 마중을 나갔으니 힘들지 않겠습니까?"

"마중을 나가?"

카르네프 상단주는 습격하러 온 자들을 마중 나갔다는 말을
이해할 수가 없었다.

"그렇습니다, 상단주님. 이곳은 예전에도 상단이 공격받은
곳입니다. 산적들이 오기를 기다린다면 아무리 준비를 철저히

해도 피해가 발생하게 됩니다. 그럴 바에는 가서 뿌리를 뽑고 오는 게 더 낫겠지요."

"음! 그렇군."

카르네프는 담담한 표정으로 말하는 아리안을 묵묵히 쳐다봤다. 고요한 표정으로 대답하는 아리안은 마치 상점에 가서 담배를 사오라고 시킨 사람인 듯했다.

"산적들이 얼마나 된다고 하던가?"

"800명 정도 된다고 들었습니다, 상단주님."

"뭐라고? 800명? 그럼 중과부적인데 위험하지 않을까?"

경호무사와 용병이 300명이었지만 이곳에 100명 정도가 남았으니 모두 갔다고 해도 200명이다. 그 숫자로는 아무리 산적이라 하나 800명은 힘겨울 듯싶었다.

"걱정하지 마십시오, 상단주님. 인부 중 100명은 무사가 변장한 것입니다. 더구나 우리 애들 다섯 팀도 갔으니 쉽게 끝낼 것입니다."

하지만 카르네프 상단주의 걱정은 사라지지 않았다. 300명의 인원이 몰려가서 산적을 모두 없앤다고 해도 피해가 크다면 상행 자체가 어려워질 게 아닌가.

카르네프 상단주는 마시는 차가 무슨 차인지도 모르고 습관적으로 마시며 작은 소리만 들려도 눈길을 숲으로 돌렸다.

한편, 레슬리는 이미 산채 가까이 접근해 있었다.

"보초 초소는 몇 곳이나 되나?"

"몇 군데 보이지만, 출동할 예정이라 경계 서는 자는 보이지 않습니다. 광장에 산적들이 모이는 중인 듯합니다."

"너희는 50명씩 동서남북으로 스며들어 가면서 쓰레기를 정리해라. 나는 용병 50명과 함께 남은 50명을 이끌고 정면 돌파한다. 내가 공격할 시각은 지금부터 30분 후다. 무기를 든 자의 포로는 없다. 완전히 청소하라는 명령이시다. 출발해라!"

레슬리의 말이 떨어지자 200명이나 되는 무사의 모습이 눈앞에서 갑자기 사라졌다. 무사로 뽑힌 자와 용병들은 그 모습을 보고 그만 입을 벌리고 말았다.

"어? 정말 대단하군. 분명 보통 무사들이 아니야. 다년간 철저한 훈련을 받은 모양이군."

"그러게. 일개 상단 무사로 보기에는 좀 무리가 있어."

"그쪽, 조용해라! 지금 놀러 나왔나? 자, 시간이 됐다. 너희 두 사람이 들어가서 문을 열어라!"

"……."

레슬리에게 지적받은 두 명이 순식간에 사라졌다. 잠시 후, 통나무로 만든 산채 문이 슬그머니 열렸다. 무사와 용병이 모두 검을 뽑아 들고 레슬리를 쳐다봤다.

"공격!"

"한 놈도 살려주지 마라!"

레슬리의 지시에 용병 한 명이 기세를 올려 소리쳤다가 금세 머쓱해졌다. 다들 아무 말도 하지 않고, 자신의 고함에도 반응하지 않은 채 조용히 안으로 뛰어든 것이다. 그는 덩달아 입을 다물고 산채로 달려들었다.

수련생 15명도 세 명씩 팀을 이뤄 안으로 달려갔다.

"앗, 습격이다! 북을 쳐라! 컥!"

산채 광장 곳곳에 타오르는 모닥불이 사방을 희미하게 밝혔다. 제대로 훈련받지 못한 산적들은 처음부터 상대가 되지 않았다.

"아니, 여기가 어딘 줄… 컥!"

"습격이다! 죽여라! 헉!"

모처럼 칼을 높이 들고 달려들던 산적은 어느 틈에 목에 박힌 단검을 잡은 채 쓰러졌다.

챙!

"큭!"

그래도 검과 부딪쳐 본 산적은 용병들에게 덤빈 자였지만, 그들마저 두 번 부딪치지를 못했다. 용병들도 A급 용병 이상인 자만 계약했기 때문이다. 하지만 가장 많은 산적을 죽인 자는 수련생인 듯했다.

"아니, 요런 애새끼들이 여긴 뭘 먹으려… 헉! 마스터?"

"큭!"

산적도 나름의 사연이 있는 자들이다. 하지만 그렇게 따지면 세상의 누구에게 사연이 없을까.

수련생들에게 중요한 것은 그들의 사연 따위가 아니었다. 무슨 사연일지라도 산적이 되어 사람들에게 피해를 입힌다면 사회의 해충이나 다를 바 없었다. 몬스터와의 싸움을 통해 내가 주저하면 동료가 위험하다는 것을 알게 된 그들의 오라블레이드는 추호의 망설임이나 거침이 없었다.

그 광경에 놀란 것은 상단의 무사들이었다.

"원, 세상에! 저들을 보고 애들이 장난한다고 속으로 욕했는데 모두 마스터라니, 내가 혹시 꿈을 꾸는 것은 아닐까?"

"그러게 말이야. 게다가 동에 번쩍 서에 번쩍하는데 몸놀림조차 보이지 않더라고."

광장 이쪽저쪽에서 세 개씩의 오라블레이드가 원을 그리는 모습을 보고 산적들은 싸울 의지마저 잃었다. 아예 무기를 버리고 머리를 땅에 처박았다. 그렇게 저항조차 포기한 자들까지 차마 죽일 수는 없었다.

"포로로 잡은 자가 몇 명이나 되느냐?"

"광장에 무기를 버리고 무릎을 꿇은 자들이 500명이 넘습니다. 산적에게 포로로 잡혔던 자들의 수도 상당한데 어떻게 할까요?"

"그대로 두어라. 어차피 늦은 밤이다. 포로인지 잘못을 저질러 감옥에 갇힌 산적인지를 판명하는 것도 날이 밝으면 할 예정이다."

"노블리아 상단이 뺏겼던 상품이 대부분 그대로 창고에 있습니다."

"흠, 잘됐군. 시간이 지난 후에 팔려고 한 모양이야. 산적들의 가족도 모두 광장에 모아두고 보초를 세워라. 그리고 산 아래로 상황을 보고해야 한다."

"알겠습니다, 대장님!"

아리안은 차를 마시다가 상단주를 돌아봤다.
"싸움이 끝난 모양입니다, 상단주님."
숲에서 작은 소리가 들리고 경계 서던 보초가 외치는 소리
가 시끌했다.
"누구냐? 그 자리에 멈춰라!"
"공격하러 갔던 자다. 상단주님께 보고하러 왔다."
흑월의 부하는 곧 보초와 함께 카르네프 상단주 앞으로 왔
다.
"상단주님, 이곳을 습격하려고 준비하는 산적들을 물리쳤
습니다."
"오, 그래?"
카르네프의 얼굴은 단번에 환히 밝아졌다.
"반항하는 산적 300여 명을 죽이고 500여 명은 포로로 잡았
습니다. 상당수 그들에게 잡힌 자들도 있었지만, 신원을 파악
할 길이 없어서 날이 밝은 후에 하려고 그대로 두었으며, 창고
에는 전날 잃어버린 상품이 대부분 그대로 있는 듯했습니다."
"오, 정말 수고했어. 참으로 수고가 많았군. 레슬리 대장은
그곳에 있는가?"
"예, 상단주님. 날이 밝으면 상단주님께서 올라오시라고 말
씀드리라 했습니다."
"암, 그래야지, 그래야 하고 말고. 그래, 우리 무사들 피해는

얼마나 되나?"

　카르네프 상단주는 그래도 무사들이 걱정이 되어 물었다가 엉뚱한 대답을 듣고 말았다.

　"없습니다, 상단주님. 같이 올라간 나이 어린 청년들이 모두 마스터라 한결 쉽게 제압할 수 있었습니다."

　"뭐라고? 피해가 전무해? 그리고 이 청년들이 모두 마스터라고?"

　"그렇습니다, 상단주님."

　카르네프 상단주는 등 뒤에 선 두 수련생을 돌아봤지만 그들의 태도는 담담했다. 다시 고개를 돌려서 바라본 아리안의 얼굴 표정도 변함이 없었다. 카르네프 상단주는 정신을 차릴 수가 없었다.

　'아니, 아무리 그래도 그렇지, 어떻게 이처럼 완벽한 승리를 할 수가 있지? 아리안이 레슬리와 뭔가를 의논하더니 이 계획을 짠 모양이야. 크크, 내가 한 투자 중에서 가장 값진 투자는 역시 아리안이었어.'

　공격을 나갔던 자가 돌아와서 보고하는 내용을 들으려고 모였던 무사와 용병들도 그 말을 듣고 모두 놀랐다.

　"와, 멋지다. 피해가 전혀 없는 승리를 쟁취하다니……."

　"아니, 저렇게 아직 어리다고 해야 할 젊은이들이 한두 명도 아니고 모두 마스터라고? 요즘은 어디서 마스터 자격증을 파는 곳이 있나?"

　"쓸데없는 소리 하지 마. 그들은 나름대로 몇 십 년에 해당

하는 피눈물 나는 수련과 수도 없이 인간 한계에 도전했을 거
라고."

"암, 그랬겠지. 그랬을 거야."

그들은 이야기를 하면서도 모닥불에 반사되는 수련생들의
얼굴을 쳐다보기에 바빴다.

다음날 새벽, 카르네프 상단주는 아리안과 함께 산채로 올
라갔다. 수련생 두 명이 그 뒤를 경호했다.

"상단주님이 오셨다."

네 사람이 산채에 도착하자 경비하던 무사가 안을 향해 고
함을 지르고 묵직한 통나무 문을 열었다.

"어서 오십시오, 상단주님."

"수고가 많았네, 레슬리 대장."

"해야 할 일을 했을 뿐입니다, 상단주님."

카르네프 상단주는 공을 세우고도 처음과 같은 자세를 유지
하는 레슬리 대장이 그렇게 고마웠다.

"포로로 잡혔던 자들에게 가보세."

"알겠습니다, 상단주님. 이쪽으로 오십시오."

카르네프 상단주는 혹시라도 상인들이 죽지 않고 잡혔기를
간절히 바랐다. 그는 잡혀서 무릎을 꿇고 있는 광장의 많은 산
적들은 쳐다보지도 않고 레슬리 대장의 뒤를 따랐다.

산채의 감옥은 지하에 있었다. 몹시 지저분하고 냄새가 독
했지만, 어디선가 빛이 들어와서 그렇게 어둡지는 않았다. 갇

힌 자들은 제대로 먹지 못하고 운동도 못해서 하나같이 뼈가
앙상히 드러나 있었다.

그들의 어두침침했던 얼굴은 카르네프의 등장에 갑자기 환
히 밝아졌다.

"앗! 상단주님이시다! 상단주님이 오셨어!"

"아이고, 상단주님이 우리 몸값 때문에 오셨구나."

"오, 상단주님! 이제야 살았다."

여기저기서 감방 나무 창살 앞으로 모여 소리쳤지만, 카르
네프 상단주는 그들을 쉽게 알아보지 못했다.

"레슬리 대장, 일단 저들을 씻겨야지만 얼굴을 알아볼 듯싶
네."

"예, 상단주님. 우선 밖에 나가 계십시오. 얘들아, 상단주님
과 아리안님을 산채 두목의 집으로 모셔라!"

"예, 대장님!"

아리안과 상단주가 나가자 레슬리는 부하들에게 눈짓했다.

부하들은 감방 문을 하나씩 열고 안에 있던 자들을 끌어냈
다. 수많은 자들이 감옥의 어두움을 벗어나 햇빛이 내리쬐는
바깥으로 나아갔다. 그들의 얼굴에는 드디어 탈출했다는 환희
가 가득 차 있었다.

누구보다 먼저 밖으로 나가려고 서두르는 바람에 잠시 소란
이 일어났다. 모두가 발걸음을 빨리하고 있는 그때, 그들을 통
제하던 흑월의 부하들이 그들 사이로 뛰어들어 두 명을 붙잡
아 재빨리 제압했다.

"아니, 이거 왜 이러는 거요? 우릴 구해주려고 온 게 아니요?"

"세상에, 정직한 사람에게 이게 웬 횡포요? 이렇게 하면 산적들과 다를 게 어디 있소? 우리가 상인이 아니라 인부였다고 무시하는 게요?"

잡힌 두 명은 거칠게 반항했다. 흑월의 부하가 말없이 그들의 옷을 벗기고 샅샅이 뒤졌다.

"허, 이 자식 봐라? 옷깃에 독침을 숨겨놨군. 요즘 인부들은 별 요상한 짓도 다 하는구나. 너, 정직한 사람으로 죽을래, 자백하고 아는 것 모두 털어놓은 후에 더러운 놈으로 살래? 하여튼 마음대로 해라. 좀 더 많이 아는 놈 한 명만 살려줄 테니까."

그 두 명은 그 말을 듣고 이미 자신들의 정체가 탄로 난 것을 알았다. 그들은 서로 쳐다보더니 그만 고개를 숙이고 말았다.

아리안은 분주한 카르네프 상단주와 같이 움직이지 않고 무릎을 꿇은 산적들을 한 번 쳐다본 후 몸을 날려 정상으로 올라갔다.

"허걱! 고위 마법사 아냐? 하마터면 불고기가 될 뻔했군."

"아니야. 시동어를 외치지 않은 것을 보면 마법사가 아닌 듯해."

산적들은 놀라서 입을 다물지 못했고, 놀란 것은 흑월의 부하들도 다를 게 없었다.

"우리 소주군은 볼 때마다 놀라게 하시는군."

"그러게. 그 능력의 끝을 모르겠어."

끝없이 이어진 봉우리는 이곳이 디베르소 산맥의 일부임을 말해줬다. 크고 작은 봉우리마다 신령한 기운이 감돌았다.

산 정상에서 바라본 산채는 마치 분지처럼 생겼으며 의외로 상당히 넓은 곳이었다. 아리안이 다시 내려와서 천천히 걸음을 옮기자 레슬리가 다가왔다.

"소주군, 저들을 어떻게 처리할까요?"

"어떻게 했으면 좋겠나?"

"난감합니다, 소주군. 이제 와서 그대로 죽이자니 도리가 아닌 듯하고, 풀어주자니 제 버릇 남 주기 힘든 법이라 어디선가 민폐를 끼치다가 죽거나 다시 뭉쳐서 나쁜 일을 할 게 명약관화합니다."

"그렇군. 부하들을 몇 명 남겨서 저들을 훈련시키면 어떻겠나? 피와 땀을 몽땅 뽑아서 정신을 개조하고, 뛰어난 놈은 부하로 삼고 보통인 자는 무사로 활용했으면 해. 더구나 죽을 각오를 했을 테니 웬만한 훈련은 소화할 게 아닌가."

아리안의 말을 들은 레슬리는 놀란 눈으로 자신의 소주군을 쳐다봤다. 그는 항상 자신의 생각을 벗어나 있었다. 관습을 벗어난 그의 발상은 언제나 한껏 자유로웠다. 레슬리는 이 일이 장래에 상당한 도움이 될 것을 직감했다.

"알겠습니다, 주군. 간부 세 명과 부하 중에서 30명을 추려서 이곳을 관리하도록 하겠습니다."

"상행에는 지장이 없겠나?"

"인부가 줄어드니 손이 좀 바빠질 것입니다. 다음 지회에 도착하면 인부를 보충하겠습니다."

"그럼 그렇게 하게. 그리고 식량이 어느 정도 남았는지 확인하고 보충해 주도록 하게."

"예, 소주군."

*　　　*　　　*

아리안은 레슬리가 물러나자 광장을 둘러봤다. 광장 한쪽에 사람이 몰린 것을 보고 다가갔다.

산채의 정리는 흑월과 상단 무사들이 전담하고 있었다. 때문에 아리안과 함께 온 수련생들은 기다리기만 할 뿐이었다. 그들은 이 자투리 시간조차 아까운지 넓은 광장을 이용하여 수련하고 있었다.

수련생 열한 명이 둘러앉아 있었고, 여섯 명이 세 명씩 나뉘어서 격돌했다. 비록 그들의 검에서 오라블레이드는 형성되지 않았지만, 서로 부딪치는 모습이 장난이 아니었다. 마치 목숨을 건 혈투를 벌이듯이 사뭇 험악한 형상을 자아냈다.

자신이 맡은 상대를 공격하다가도 다른 상대가 가까이 다가오면 그의 뒤를 공격하는 것도 사양하지 않았다. 그들은 마치 뒤에도 눈이 달린 것처럼 자신을 공격하는 자의 검을 막으면서 다시 공격을 퍼부었다. 그렇게 되면 싸우는 상대가 바뀌었다.

한 명이 물러나다가 돌에 걸려 넘어지려 하자 공중에서 맴을 돌았다. 상대는 공중 회전하는 상대를 쫓아가며 검을 휘둘렀다.

"앗!"

주위에서 구경하던 무사가 놀라서 소리쳤다. 그 상황에서는 최소한 다리가 잘릴 수밖에 없었다.

"어? 저럴 수가!"

무사는 너무 놀라서 입을 다물지 못했다. 공중 회전하던 자가 절반만 돌고 아무것도 의지할 것 없는 공중에서 반대로 돈 것이다. 그 모습을 본 공격자는 놀라기보다는 계단을 밟고 올라가듯이 공중으로 쫓아가며 공격을 퍼부었다. 그들의 공방전은 공중에서 이뤄졌다.

광장의 대부분의 무사와 용병들은 그들을 쳐다보느라 여념이 없었다. 나머지 네 명의 싸움도 공중으로 이어졌다. 그들은 공중에서 보법을 연습했다. 그들의 공중전은 마치 블링크를 사용하듯이 나타났다가 사라지기를 반복하면서 격돌했다. 그들의 몸은 점차 빨라져서 그들의 몸놀림을 자세히 관찰하는 것은 아무래도 무리인 듯싶었다.

"아! 정말 보면 볼수록 놀랍구나."

"맞아. 저토록 어린 나이에 대륙 어디에서도 들어본 적도 없는 높은 능력을 지닌 그들이 평범한 인간일 리가 없어."

그 후로 수련생들을 가볍게 대하는 혹월의 부하나 용병은 단 한 명도 없었다.

아리안이 수련생들이 연무하는 모습을 관전하는데, 무사 한 명이 찾아와서 말했다.

"아리안님, 상단주님께서 차 한 잔 드시자고 합니다."

"예, 알았습니다."

아리안이 무사가 안내한 문을 열고 들어갔다. 차를 마시고 있던 카르네프는 자못 감격한 모습이었다.

"아리안, 평소에 저들을 가족이라고는 하지만 별 감흥이 없었는데, 죽었다고 여긴 그들을 다시 보니 그렇게 반가울 수가 없네. 그리고 저들이 내게 얼마나 소중한지를 새삼 깨달았지."

"몸은 많이 상했겠지만 죽은 사람은 없습니까?"

"내 평소 상인들에게 만약 위험이 닥치더라도 몸값을 지불하고 구할 테니 반항하지 말라고 했기에 다행히 죽은 사람은 없네. 단지 무사들이 약에 취해 힘을 제대로 쓰지 못하면서도 상인과 상품을 지키려다가 대부분 죽고 말았다네. 이번에 돌아가면 그들의 의기를 높이 사서 다시 충분한 보상을 해줄 작정이야."

카르네프 상단주는 죽은 줄 알았던 상인들을 다시 만나자 마치 어린아이처럼 흥분한 표정이 역력했다.

"무사들이 상단을 지킬 때 목숨을 걸 명분을 주는 셈이 되겠군요. 아마도 천직으로 여기게 될 겁니다."

"상단이 커지면 어느 한 사람만의 힘으로 움직이기에는 한계에 봉착하게 된다. 부분과 전체가 밀접하게 연관되어 필연적인 관계를 가지는 가족과 같은 조직이 되어야만 하지."

"아, 상단이란 그런 면에서 국가와 같은 조직이로군요."

아리안은 상단주의 말을 듣고 뭔가 깨달음이 오는 듯했다. 조직이란 크고 작고 간에 통하는 부분이 있는 듯했다.

"그렇지. 권력을 잡은 자가 동기 그 자체가 되기도 하지만, 동기 유발을 끊임없이 하지 않으면 곧 썩은 부분이 발생하게 돼. 그 점은 처벌만으로 개선되지 않는 문제이기에 이념을 끌어들이기도 하지."

"에고, 상단주님. 점차 어려워지는군요. 진도가 너무 빠른 듯합니다. 출발은 언제 하실 겁니까?"

"크크, 들키고 말았군. 풀려난 상인들이 2~3일 쉰 후에 출발하세."

카르네프 상단주는 아리안의 말에 웃으면서 말했다. 아리안과 이야기를 하고 있으면 무작정 즐거워지는 상단주였다.

"몸이 많이 약해졌을 텐데 너무 무리하는 것 아닙니까?"

"그렇긴 하지. 하지만 무인이 검의 길을 제대로 걷고 있다고 여길 때 마음이 편안한 것처럼, 상인은 상단의 흐름과 함께할 때 심신이 가장 편한 법이라네. 혼자가 아니라는 기분, 내가 조직에서 필요한 존재라고 여겨질 때, 상인은 보람을 느끼게 되니까."

"그렇겠군요. 알겠습니다. 어차피 상품을 마차까지 옮기려면 길이 험해서 시간이 걸릴 듯합니다."

상단이 빼앗겼던 상품은 주로 산적들이 옮겨야만 했다. 아리안과 카르네프가 웃으며 이야기를 나누고 있는 이때도 밖에서는 레슬리가 산적들을 통솔하고 있었다.

"모두 잘 들어라!"

레슬리 대장은 자신들이 어떻게 될지 몰라서 조마조마해하는 산적들에게 말했다.

"너희는 숱한 목숨을 빼앗고 재물을 강탈하여 수많은 사람이 피를 뿌리고 피눈물을 흘리게 했다. 피를 흘린 값은 피로 갚아야 하기에 마땅히 죽여야 하지만, 단 한 번의 기회를 주기로 했다. 너희를 끌고 가서 관에 고발해도 모두 죽을 것은 너무나 뻔한 사실이라 이곳에서 훈련을 시키겠다. 만일 훈련을 무사히 마친다면 다시 떳떳하게 살 수 있는 기회를 주고자 함이다."

레슬리 대장의 말을 들은 산적 포로들은 갑자기 웅성거리기 시작했다. 모두 죽을 줄 알았는데 살 수 있는 기회를 준다니……

"훈련 도중에 요령을 피우는 자와 도망가는 자는 지금 죽이지 않은 것을 탓하며 그 자리에서 목을 베겠다. 부탁하건대, 여기 조교들이 심심하지 않도록 가능하면 많이 도망가고 꾀를 부리거나 조교에게 반항하기를 바란다. 먼저 여기 있는 짐을 산 아래까지 운반한다. 길에서 벗어난 자는 무조건 베어버릴 테니 한번 시험해 보아라. 용변을 보기 위한 자도 용서하지 않을 테니 이곳에서 처리하기 바란다. 자, 이쪽으로 와서 차례대로 짐을 들고 내려가라."

그들은 자신을 죽이지 않을 것 같다는 느낌이 들자 부지런히 움직였다. 그러나 세 명이 짐을 놓고 올라오는 과정에서 덤불

속에 몸을 숨겼다가 그곳을 영원한 안식처로 만들기도 했다.

상품의 상태를 분류하여 가치가 있는 것은 다시 포장하고 품목을 적어서 표시한 후 마차에 싣고 출발할 준비를 마친 것은 그로부터 닷새 후였다.

갑자기 상품이 늘어 상인들이 탔던 마차에까지 실을 수밖에 없었다. 그래서 상인들은 걸어서 가야 했지만 그들은 전혀 힘들어 보이지 않았다. 동료들이 죽었다가 살아났으니 충분히 감수할 만한 수고였다.

마차는 천천히 산길을 따라 앞으로 갔다. 수련생들은 팀을 이룬 채 끝없이 이어지는 상단 행렬 최전방과 후미, 그리고 중간 중간에서 말을 타고 움직였다.

무사들과 용병, 그리고 인부 그 누구도 그들이 논다는 생각을 하지 않았다. 그들이야말로 자신들의 안전을 보장할 최후의 보루임을 너무나 잘 알고 있기 때문이다. 그들은 수련생들과 혹시라도 눈이 마주치면 미소를 짓거나 고개를 가볍게 숙였다.

학생들은 교수를 따라다니며 배움과 실습을 계속하게 되니 하루하루가 최고의 수련장이었다. 그들이 달리는 말발굽 소리가 그렇게 시원할 수가 없었다.

다그닥다그닥!

Chapter 02
태허의 신비

그때였다. 최전방에서 사방을 관찰하던 팀 중에서 한 명이 급히 말을 달려 아리안에게 보고했다.

"교수님, 몬스터가 습격할 것 같습니다. 아무래도 제3자가 개입한 듯하니 대책을 세워야겠습니다. 저희가 모두 막기에는 수가 많아서 다른 사람들을 효과적으로 보호하기가 어렵습니다. 마침 고개를 넘어 조금만 내려가면 마차를 세워둘 만한 공간이 보입니다."

"알았다. 다시 가서 팀에 합류하고 선두 마차를 그곳으로 유도해라."

"예, 교수님!"

수련생이 말을 몰아 앞으로 달려가자, 아리안은 레슬리를 돌아봤다. 레슬리도 보고를 들었기에 아리안이 말하지 않아도 그 뜻을 짐작하고 명령을 내렸다.

"모든 무사는 경계 태세를 취한 채 인부들을 도와서 마차가 신속히 언덕을 넘도록 도와라!"

"예, 대장님!"

"무사와 용병들은 말에서 내려 자신이 탔던 말을 마차에 묶고 함께 끌어당겨라!"

레슬리 대장의 명령이 떨어지자 모두 일사불란하게 움직였다.

"빨리 움직이자! 영차! 영차!"

"영차! 영차!"

마차는 신속히 언덕을 넘기 시작했다. 선두는 이미 광장에 도착해서 두 줄로 동그랗게 원을 그렸으며, 말은 마차에서 풀어 안쪽에 묶고 눈을 가렸다. 마차는 속속 도착해서 이미 만들어진 원 밖으로 새로운 원을 그리며 멈췄다.

무사들은 레슬리의 지휘하에 전투 준비를 했고, A급인 용병들도 무기를 고쳐 잡고 마차 밖에 섰다. 인부 중에서 무기를 든 자 중 일부는 마차가 만든 원 안에서 지켰고, 다른 인부들은 검을 들고 무사들과 같이 섰다. 수련생들은 팀을 풀고 마차 위에 띄엄띄엄 올라서서 사방을 살폈다.

마침내 마지막 마차가 도착했을 때, 마치 기다렸다는 듯이 숲에서 몬스터의 포효하는 소리가 들렸다.

크~ 헝!

꾸륵! 꾸륵!

"인부와 상인들도 손에 들 만한 무기를 잡으세요. 몬스터가 달려들면 당장은 자신의 목숨을 지켜야만 합니다. 혼자서는 힘들어도 서너 명이 뭉치면 단번에 해를 당하진 않을 테니까요. 잠시만 버티면 여러분을 도우려고 누군가가 달려올 것입니다. 알겠습니까?"

"예, 교수님!"

수련생이 아리안을 칭하는 소리를 누군가가 들은 듯했다. 상인과 인부들은 몽둥이를 손에 들고 조를 짰다. 카르네프 상단주가 물었다.

"아리안, 교수라니, 무슨 말인가?"

"하하, 상단주님. 그럴 만한 사정이 있습니다. 저들은 모두 마스터 경지에 이른 자들인데, 아카데미에 풀어놓으면 소문이 날 게 분명합니다. 그래서 이끌고 나와야만 했지요. 하지만 저들을 인솔하는 교수가 없다면 학과의 연장으로 볼 수 없어서 퇴학당하게 될 테니 어차피 모두 알게 되고 소문이 퍼지지 않겠습니까? 묘책을 찾다 보니 어쩔 수 없이 제가 교수 임용을 받게 된 것이랍니다."

"흐흐, 열여덟 살에 사회에 첫발을 디뎠는데 그게 교수란 말이군. 자넨 아예 대륙의 신화를 이룰 모양이야. 자네의 흔적 하나하나가 기적 아닌 게 없으니 말일세."

"하하, 상단주님. 인간이 하루의 삶을 영위하기 위한 모든 게 사실은 기적이 아닐까요? 눈으로 보는 것, 입으로 먹는 것, 귀로 듣는 것, 먹었으니 뒤로 내보내는 것이 단순한 일 같지만, 사실은 어마어마한 기적이 모여서 이루어진 일이 아닐까요? 기적이란 사람이 생각하기 어려운 자연현상을 말하는 것일 테니까요."

"으하하! 그렇군, 그래. 하긴 이 모든 게 기적이 아니라면 해명할 길이 없지. 역시 자네 행사는 모두 시원시원해."

두 사람이 이야기를 나눌 때, 몬스터가 사방에서 몰려들었다. 검은 구름이 점차 하늘을 가려 주위는 차츰 어두워졌다.

무기를 든 오크와 일반 고블린보다 훨씬 큰 홉고블린 떼가 덤벼들었다.

"오거가 아니라고 방심하지 말고 최선을 다해서 단번에 처리해라."

"예, 대장님!"

도무지 얼마나 되는지 셀 수도 없었다. 하지만 레슬리의 부하나 용병들은 잘도 싸웠다. 그들은 결코 밀리지 않았다. 수련생들은 마차 위에 서서 싸우는 광경을 보면서도 애써 굳이 뛰어들 필요성을 느끼지 못하고 좀 더 주위를 살폈다.

치익! 컥!

사방에서 몬스터의 비명과 비린내가 심하게 퍼졌다.

"우웩!"

한쪽에서 인부 중에 비위 약한 자가 구토를 했지만, 수련생들은 눈썹도 까딱하지 않았다.

크헝!

그때 고릴라 같은 덩치를 자랑하는 오거와 트롤이 나타났
다. 그놈들은 확실히 위협적이었다. 일반무사의 검은 오거의
피부를 쉽게 뚫고 들어가지 못했다. 무사나 용병이 단번에 처
리하지 못하자 빈틈이 생겼고, 오크와 홉고블린이 그 틈을 파
고들었다.

"앗!"

"허걱!"

"가자!"

무사와 용병들이 상처를 입기 시작하자 마하비라가 외쳤다.
수련생들이 마차에서 그대로 나는 듯이 오거나 트롤 등에 달
려들어 목을 베어버렸다. 그들은 땅을 밟지도 않고 그대로 공
중에서 오가며 오거와 트롤 같은 대형 몬스터만 처리했다.

"앗! 오거와 트롤이 들어왔다!"

오거 두 마리와 트롤 한 마리가 원 안에 들어왔다. 인부와
상인들이 몽둥이를 앞으로 내밀었다. 그들의 표정은 몬스터를
죽이려는 게 아니라 다가오지 말라고 애원하는 듯했다.

마차로 만든 원 안에 처음 들어온 몬스터는 사방을 둘러보
다가 자신을 향해 몽둥이를 내민 인간들을 보고 포효하며 달
려들었다. 그놈들의 덩치는 동산만 해도 행동은 고블린처럼
빨랐다.

"앗!"

휘익! 뻐걱!

어느새 아리안이 나타나 인부에게 칼을 휘두르는 오거의 목을 발로 차서 부러뜨린 후 다른 오거와 트롤 역시 단 한 번씩 발로 찼다. 그러자 오거와 트롤은 다시 일어나지 못했다.

"세상에, 대형 몬스터를 단지 발로 차서 쓰러뜨리는 사람이 있어."

"그러게. 교수님이라고 하던데, 박투술 교수님인가?"

"박투술은 검술학과에서 강의하니까 검술학과 교수님일 거야."

아리안이 다시 마차 위로 올라가서 보니 아직도 인간과 몬스터의 싸움은 치열하게 계속되고 있었다. 수련생들은 어느새 백여 마리에 가까운 대형 몬스터를 모두 처리하고 다시 마차 지붕 위에 선 채 사방을 살피는 중이었다.

아리안은 마차 위에서 사방을 살피더니, 오른쪽 숲을 가리키며 바로 옆에 선 파라미를 바라봤다.

"예, 교수님!"

파라미는 검을 든 채 신속히 아리안이 가리킨 숲으로 들어갔다. 그는 낙엽 밟는 소리를 내지 않으려고 나무 위에서 아래를 내려다보며 움직였다.

파라미가 숲으로 들어간 후 갑자기 사방에서 검은 안개가 마차가 원을 그린 광장으로 몰려들었다. 그리고 안개 속에서 해골병사 스켈레톤이 기분 나쁜 소음을 내며 덤벼들었다.

삐거덕! 삐거덕!

"자르지 말고 부숴 버려라!"

"예, 대장님!"

역시 A급 용병은 강했다. 그들은 해골병사들을 힘으로 밀어 붙였으며 잘린 뼈가 다시 붙기 전에 재차 달려들어 부숴 버렸다.

무사들은 잘린 뼈가 계속 새로 붙는 바람에 황당한 표정을 지었다가, 용병들이 싸우는 모습을 보고 그들도 스켈레톤을 부수기 시작했다. 하지만 스켈레톤의 수가 너무 많았다. 무사와 용병들은 마음부터 지쳐 갔다.

수련생들이 마차에서 스켈레톤 무리의 중심으로 뛰어내려 검을 휘둘렀다.

번쩍!

한 번에 수십 명의 해골병사를 먼지로 만들어 영면에 들게 했다. 그제야 조금씩 공간이 보이기 시작했다. 무사와 용병이 그 광경을 지켜보고 신이 나서 반격을 가했다.

"부숴 버려라! 끝이 보인다!"

"역시 마스터들이야. 부수자! 부숴 버리자!"

그들은 수련생들의 분투에 힘입어 기세를 올렸다. 이 기세라면 단숨에 스켈레톤들을 쓸어버릴 수 있을 것 같았다.

그러나 그것도 한순간이었다.

기세를 올리는 바로 그때, 갑자기 모든 해골병사가 연기처럼 사라졌다. 주위를 자욱하게 메우고 있던 안개도 태풍이라도 지나간 듯 없어졌다.

"어? 뼈다귀들이 다 어디 갔지?"

"아하, 스켈레톤을 소환했던 흑마법이 깨졌구나."

"맞아. 흑마법사가 죽은 게 틀림없어."

상단의 사람들이 모두 어처구니가 없어할 때 숲에서 파라미가 풀이 죽은 모습으로 나왔다.

"교수님, 죄송합니다. 텔레포트 마법으로 사라지는 바람에 흑마법사를 놓치고 말았습니다."

아리안은 몬스터들의 공격의 배후에 심상찮은 자가 있음을 감지했다. 그래서 단숨에 그 위치를 파악하여 파라미로 하여금 처치하게 한 것이다. 물론 흑마법사 처치는 실패했지만, 큰 피해가 나기 전에 마무리 지었기에 충분한 결과였다.

"괜찮다. 소기의 목적은 달성하지 않았느냐. 언젠가는 다시 눈앞에 나타나겠지."

상단주가 레슬리 대장에게 말했다.

"오늘은 어차피 늦었으니 이곳에서 쉬도록 하지."

"예, 상단주님. 몬스터의 시체를 모아서 태우고 주위를 정리해라! 막사를 세우고 야숙 준비를 서둘러라! 오늘은 이곳에서 쉬고 간다! 경계를 철저히 하고 언제라도 싸울 준비를 갖춰라!"

"예, 대장님!"

모두 바삐 움직였다. 한쪽에선 벌써 솥이 걸리고 식사 준비가 한창이었다. 아리안은 지금까지의 싸움의 양상을 생각하면서 생각에 잠겼다.

'음, 실제로 싸워보니 대량 살상 무기와 원거리 공격 무기가 절실히 요구되는군. 만약 활이라도 있었다면 기선을 제압한 후에 유리한 싸움이 됐을 거야. 맞아, 수련생들을 기사로 키울 게 아니라 전사로 만들어야겠어. 음, 틈이 생기는 대로 이 문제를 연구해 봐야겠군.'

*   *   *

한편, 아빌라 왕국 베스시오 성 여관에서 연락을 기다리던 지미 알란은 습격을 주도했던 카보의 보고를 받고 어이가 없었다.

"뭐라고? 습격이 실패했다고? 아니, 약을 먹고 비실거리는 무사와 용병들이 세 배가 넘는 산적들을 물리쳤다는 말을 믿으라는 말인가?"

"아닙니다, 지미 알란님. 약을 타려던 부하가 그만 실패하고 말았습니다."

"뭐야? 그 복잡한 소란통에 국에 약조차 탈 만한 부하가 없었단 말인가?"

지미 알란은 어이없다는 표정으로 카보를 바라봤다.

"맞습니다, 지미 알란님. 분명 상식적으로 이해가 되지 않는 일입니다. 그리고 그 부하는 제가 오랫동안 데리고 다닌, 능력이 뛰어나고 임기응변이 탁월한 자였습니다. 일이 참 묘하게 됐습니다."

"그렇다면 그 내막을 내가 적에게 발설했다는 말인가? 그런 뜻이야?"

"지미 알란님, 제가 그렇게 말씀드린 게 아니지 않습니까? 혹시 그 일을 누가 또 알고 있습니까?"

카보의 말을 들은 지미 알란은 옆에 앉은 에레디아 공작의 아들 카스티야 백작을 힐끗 쳐다보고 말했다.

"그 일은 아는 사람이 적을수록 좋은 일이기에 카보 대장과 나밖에 모르는 일이라네."

"잠깐, 들어보니 산적으로 하여금 습격하는 일은 실패한 듯한데, 그 일로 양측 사상자는 얼마나 되나?"

말없이 옆에 앉았던 카스티야 백작은 두 사람이 서로 책임을 추궁하는 듯하자 눈썹을 찌푸리며 두 사람의 말을 중단시켰다.

"죄송합니다, 백작님. 현장에 다녀온 자네가 말씀드리게."

"그러지요, 지미 알란님. 백작님, 죽은 자는 약 300명 정도지만 대부분 산적들입니다. 상단은 별 피해가 없습니다. 용병 100명이 모두 A급이고 무사들의 능력도 상당했습니다."

"상단은 별 피해가 없다? 그렇게 부끄러운 말을 잘도 뱉는군."

지미 알란은 화가 나서 어쩔 줄을 몰랐고, 카보는 더 까서 보일 카드가 없는지 속으로 '지미'만 되뇌었다.

"흠, 그들이 그렇게 강했나? 알란, 상대의 힘도 파악하지 못하고 전략만 짜면 � 하나? 완전 실망이군. 쯧쯧!"

카스티야 백작이 못마땅한 듯이 혀를 차자, 지미 알란은 얼굴이 창백하게 변하면서 급히 말했다.

"카스티야 백작님, 염려하지 마십시오. 곧 좋은 소식을 가지고 올 자가 있습니다. 혹시나 싶어서 고 서클 흑마법사를 섭외했으며, 마지막 복마전은 이 성에다 깔아놓았습니다. 만에 하나 상단이 이 성으로 들어온다고 해도 마차에 짐을 싣고 나가지는 못할 것입니다."

그때, 문을 두드리는 소리가 들렸다.

똑똑!

"지미 알란님, 들어가도 됩니까?"

"오, 소환 술법사님, 어서 들어오십시오."

들어오라는 알란의 말이 들리자 검은 로브를 입고 검은 두건으로 얼굴을 가린 마법사가 안으로 들어섰다.

"어떻게 됐습니까? 물론 성공했겠지요?"

"아니요. 타격을 주긴 했지만 성공하지는 못했습니다. 경호무사 중에 소드 마스터가 있었고, 그에게 숨은 장소가 탄로 났기에 그대로 돌아왔습니다. 소드 마스터가 있는 줄 알았다면 힘이 들어도 좀 더 먼 곳에서 소환을 했어야 하는데 참으로 아쉽게 됐습니다."

"잘한다, 잘해. 자네에게 내가 직접 손을 쓰고 싶지는 않으니 이제 그만 손을 떼고 사라지게. 앞으로는 내가 직접 하겠네."

공작의 아들인 카스티야 백작은 지미 알란을 못마땅한 표정으로 바라봤다.

"그럴 수는 없습니다, 백작님. 공작님의 은혜를 갚지 못하고 사라져서야 도리라고 할 수 없지요. 만약 상단 마차 행렬이 베스시오 성을 벗어나면 어떤 처벌이라도 달게 받겠습니다, 백작님."

"그 말 명심하게. 에레디아 가문에는 실패자를 기르는 우리는 없으니까."

지미 알란은 자신을 동물로 격하하는 카스티야 백작의 말에 어금니를 악물었다. 카스티야 백작이 뒤도 돌아보지 않고 방에서 나가자 알란은 카보, 흑마법사와 함께 머리를 맞대고 의논을 거듭했다.

음모의 밤은 점점 깊어만 갔다. 아직은 추위가 완전히 가시지 않아서 꽃샘추위가 창가를 엿봤지만 방 안의 불은 밤늦도록 꺼지지를 않았다.

*   *   *

상단은 우여곡절 끝에 산을 넘었다. 멀리 우뚝 선 성이 보였다.

"와, 베스시오 성이다!"

"오늘 저녁에는 따뜻한 물에 몸을 담글 수 있겠구나. 흐흐!"

"크크, 독주로 목구멍을 씻어야지."

용병과 인부들은 성을 보자 환호했다. 계속 이어지는 야숙과 몬스터와의 사투 끝에 마침내 인간 세상으로 나온 듯싶었다.

"상단주님, 저희는 여기서 헤어지는 게 좋을 듯싶습니다."

"아니, 아리안! 끝까지 상행을 함께하는 게 아니었나?"

아리안이 따로 가겠다고 말하자, 카르네프는 의아한 표정으로 말했다.

"상단주님, 물론 함께할 것입니다. 하지만 성에서 나올 때까지는 위험하지 않을 듯싶습니다. 그래서 이곳에서 학생들 수련을 시킨 후에 저녁에 들어갈까 합니다."

"아, 그런가? 그렇게 하게. 여관은 같은 곳으로 잡아놓을 테니 노블리아 상단 지회를 찾아오면 연락이 될 걸세."

"아닙니다, 상단주님. 우리가 일행이 아닌 것처럼 여관은 조금 떨어진 곳으로 정해서 레슬리 대장에게 전해주기 바랍니다."

카르네프 상단주는 아리안의 말이 이해되지 않았지만, 그의 행사는 항상 어떤 뜻이 있었기에 고개를 끄덕였다.

"알겠네. 예약한 여관은 레슬리 대장에게 알려주지."

아리안은 말을 천천히 몰아 레슬리와 나란히 가면서 작은 소리로 말했다.

"레슬리, 우리를 습격했던 흑마법사가 있던 곳에서 마나를 확인한 결과, 그가 텔레포트한 곳이 저 성일세. 어쩌면 그 일당이 저곳에 함께 모였을지도 모르겠네. 그렇다면 쉽게 포기할 자들이 아닐 테니, 필히 또 다른 모의를 하는 중이겠지. 혹시라도 모르니 부하들을 뽑아서 상단을 은연중에 보호하는 게 좋을 걸세. 상단을 암중에 지켜보는 자가 있으면 역으로 뒤를 밟는 것도 좋겠지. 그리고 우리 전력을 노출하고 싶지 않아서 우리는 따로 들어가겠네."

"음, 그렇군요. 알겠습니다, 소주군. 준비하도록 하겠습니다."

"아차, 레슬리. 용병과 인부들이 술집에도 갈 테니 입단속을 좀 시켜주게."

"염려 마십시오, 소주군."

아리안은 레슬리와 헤어져서 수련생들과 함께 뒤로 처졌다. 상단이 멀어지는 모습을 보면서 아리안 일행은 숲으로 들어섰다. 길에서 완전히 벗어난 작은 공터를 발견하자 모두 말에서 내려 빙 둘러앉았다.

마하비라, 엔테로, 디네로, 히엘로, 파라미, 후아나 등 수련생들의 눈빛은 기대에 넘쳐 반짝거리며 아리안을 주목했다.

"검을 든 사람이 가장 추구하는 것은 검극을 보는 일일 게다. 아주 오랜 옛날부터 검극을 언급한 자는 있어도 검극을 봤다는 사람은 없다."

아리안이 검도의 끝자락, 검극을 언급하자 수련생들의 열기는 순식간에 타올랐다.

'검극', 진정한 검의 스승도 자못 숙연해질 수밖에 없는 천외천의 언어였다.

"꿀꺽!"

누군가가 침을 삼키는 소리를 들으며 수련생들은 옷깃을 여미고 자세를 바로 했다.

"검극을 이야기하자면 검도를 제대로 이해해야만 한다. 검도, 진정 검이 원하는 길은 따로 있는 것인가? 크든 작든 간에 검을 든 검사의 의지가 반영되거나 검사의 무의식을 검의 뜻이라고 생각한 것은 아닐까? 너희는 어떻게 생각하나? 검에게 뜻이 있을까?"

"교수님, 동물은 본능에만 충실하다고 배웠습니다. 동물이 그렇다면 광물에게 어떤 의지를 요구하는 것은 무리가 있지 않을까요?"

아리안은 디네로의 말을 듣고 고개를 끄덕이며 다른 자들을 바라봤다.

"아, 그렇게 생각하는군. 다른 의견은?"

"마법사가 대지의 기억을 읽는 마법을 펼치는 것을 볼 때, 무생물이라고 해서 의지가 없다는 것은 어폐가 있는 듯해요. 우리가 모른다고 해서 없다는 뜻은 아닐 테니까요."

아리안은 후아나의 말을 듣고 고개를 끄덕이며 다른 학생을 쳐다봤다.

"흠, 상당히 설득력이 있군. 다른 사람 생각은 어떤가?"

"……."

학생들은 서로 쳐다보다가 아리안의 얼굴을 바라봤다.

"최초의 인간도 단지 본능에 충실했을 것으로 여겨진다. 세월이 흐르면서 본능에 따라 무리를 이루게 되고, 필요에 따라 언어가 발달하고 진화하게 됐지. 형상을 갖춘 모든 물체는 많든 적든 간에 수분을 함유하고 수분은 '념(念)'을 지니고 있다. 물론 '넘' 에는 동물처럼 단순해 보이는 '넘' 도, 인간처럼 개성을 지닌 복잡한 '넘' 도 생겨난 것으로 보인다."

아리안은 잠시 말을 끊고 그들에게 생각할 시간을 허락했다.

"검이 스스로 뜻을 지니는 것은 전적으로 검사에게 달려 있다. 그가 얼마나 검을 사랑하고 관심을 표명하는지에 따라 검 스스로 개성을 가진 주체로서 발전하는지가 결정되기 때문이다. 내가 검도를 언급하는 이유는 단계를 넘을 때마다, 다가오는 거대한 벽에 부딪칠 때마다 초심으로 돌아가야만 하기 때문이다."

아리안은 부드러운 눈빛으로 한 사람씩 눈을 마주친 후 말을 이었다.

"검이라면, 내 삶의 얽히고설킨 모든 문제를 단칼에 끊어버릴 듯한 신앙에 가까운 믿음을 결코 잊어서는 안 된다. 자, 오늘은 기초만 하기로 하고 오랜만에 함께 운기하자. 이 산은 마치 '마나 강압진' 처럼 의외로 기운이 아주 좋고 왕성하구나."

아리안은 자신이 앉은 곳에서 3명, 5명, 9명에게 각기 앉을 자리를 정해줬다.

"자, 내가 앉은 곳을 중심으로 세 명이 앉으니 삼상이요, 다음 줄은 다섯 명이니 오행을 이룸이고, 바깥 줄은 아홉이라 구궁이고, 우주를 이뤘구나. 자세를 잡고 허리를 편 채 눈을 반개한 후 단전을 의식한다."

학생들이 숨을 배와 등이 맞붙을 정도까지 천천히 내쉬었다가 다시 한껏, 그리고 깊이 들이마셨다.

주위 공기가 꿈틀거렸다. 아리안이 기이한 음성으로 태허심법을 암송했다. 마치 귀에다 대고 속삭이는 듯했고, 뇌에서 직접 울리듯이 느껴지기도 했다.

세월은 무상해도 삶의 강은 흐르고.

아리안 일행이 앉은 자리가 마치 진법이라도 쳐진 듯이 주위의 기운이 강하게 회오리치면서 몰려들었다.

쌩~ 쌩~!

일행을 둘러싼 초목이 비명을 질렀다.

광풍폭우 요란해도 낙락장송 의연하니.

백회가 뻥 뚫리고 폭포수가 쏟아지듯이 기운이 들어왔다. 단전에 차고 넘친 기운이 임맥을 타고 위로 솟구쳤다. 중단전이 강한 압박으로 상당한 통증이 생겼지만 꼼짝도 하지 않았다.

기운은 다시 위로 올라가서 생사현관을 건드렸다. 머리가 깨질 듯이 아팠다. 인간은 죽고 신성으로 거듭난다는 생사현관은 고고한 처녀처럼 쉽게 그 비밀을 허락하지 않았다.

통증은 더욱 심해졌다. 숨을 내쉴 때마다 견디기 힘든 삼차신경통이 마치 화창으로 전신을 관통하듯이 머리에서 발끝까지 이어지기를 계속됐다. 견딜 수 없는 통증에 악문 어금니 사이로 신음이 새어 나왔다.

"윽~!"

'입을 벌려서는 안 되고 심법을 멈춰서도 안 된다. 계속하다가 죽어라. 지금이 바로 죽을 때다.'

아리안의 음성이 천둥처럼 뇌리에서 울렸다.

'그래, 죽자. 주군께서 내 목숨을 요구하신다.'

"뿌드득!"

눈에선 이유 모를 눈물이 흐르고 악문 어금니는 비명을 질렀다. 볼 순 없었지만 그들의 입가에는 피가 흘러내렸다. 그들의 몸이 조금씩, 그러다가 마구 흔들렸다.

태허의 신비는 태극에서 피어난다.

심법 암송이 완성됐다. 주위 고목들이 마치 광풍폭우가 몰아치듯이 비명을 질렀고 주먹만 한 가지들이 뚝뚝 꺾여서 회오리바람에 날렸다. 마나는 더욱 거세게 쏟아졌다. 자신의 몸은 사라지고 마나만이 요동치는 듯했다. 몸은 사정없이 앞뒤 좌우로 움직였고, 고통은 이미 한계를 넘어서 버렸다.

하단전에서 숨을 고른 마나 덩어리가 다시 차고 올라갔다. 중단전의 통증이 심해졌고, 상단전이 미약하게 흔들렸다.

꽝!

뻥~!

생사현관이 뚫렸다. 고고한 처녀의 마음 문이 활짝 열렸다. 갑자기 몸이 허공에 붕 뜬 듯했다. 한없이 가볍고 평화로운 기분이 들었다. 그들의 몸은 한결같이 공중에 약간 뜬 채 드러누운 자세가 됐다. 마나가 전신으로 들어왔다가 피부를 통해 나갔다.

우드득!

뼈가 어긋났다가 다시 붙고, 허물이 몇 번이고 벗겨졌다. 그들의 몸에서 비롯한 향내와 악취가 혼합되자 더욱 역겨운 냄새로 변했다.

그들은 한 명씩 깨어났다. 그리고 자신의 상태를 깨달았다.

"아~!"

아리안, 자신의 주군을 쳐다봤다. 대견하다는 듯이 미소를 지으며 바라보는 그의 한없이 깊고 넓은 눈길에 그만 눈물이 쏟아졌다. 모두 아리안 앞에 무릎을 꿇고 엎드렸다. 그리고 이구동성으로 외쳤다. 하고 싶은 말은 많은데 오직 한마디밖에 생각나지 않았다.

"주군! 흑흑!"

*　　　*　　　*

"히히! 너무 좋다. 그지?"

"자식, 애들처럼 '히히'가 뭐냐? 덩치는 오거가 '형님' 할 정도면서."

무조건 좋았다. 참으로 좋았다. 파라미가 동료를 바라보며 눈물과 콧물로 모자이크를 이룬 얼굴로 웃으면서 말했다.

"뭐? 그럼, 이런 경우에 '호호'가 맞는 건가?"

"에고, 내가 말을 말아야지. 너 하고 싶은 대로 해라!"

"흐흐, 누가 말로 파라미를 이겨? 포기하는 게 빠를 거다."

"하하하! 크크크!"

학생들은 '어제의 향수'라는 여관에서 참으로 오랜만에 목욕하며 신나게 떠들었다. 그들은 열여덟 살이라고는 상상도 하지 못할 정도로 컸다. 얼굴은 동안이었지만 웬만한 청년의 키와 체격을 능가했다.

"야, 식사 집합이다. 대강 씻고 빨리 식당으로 와."

"접수했다. 곧 갈게."

"어이쿠, 밥 식겠다. 빨리 순대 채워야지."

그들은 씻는 것은 시끄러웠고 닦는 것 역시 소란스러웠다.

"어? 수건이 왜 한 장 부족하지? 사람 수대로 가져다 놨는데."

"수건 한 장으로 어떻게 머리까지 말리지?"

"야, 이 옷 좀 봐라! 우리가 키가 커서 옷이 작아지자 새 옷을 가져오신 모양이야."

학생들은 의미없는 말로 떠들고 웃었다. 모든 게 그저 좋았다.

"역시 우리 교수님이 최고야."

"크크, 옷감이 죽이는데."

"빨리 가자. 늦으면 기다리실 거야."

"알았어. 그럴 수는 없지."

식당에는 아리안과, 여학생이라 따로 목욕한 후아나와 니에브가 먼저 와서 기다렸다. 두 여학생은 비록 그들처럼 입은 수련복은 비슷했지만, 목욕을 하고 머리를 뒤로 묶자 여성스러움이 한껏 돋보였다.

더구나 검게 탄 피부조차 탈태환골하면서 다시 희게 변한데다 윤기까지 흘러서 얼굴미인, 조형미인, 피부미인이란 말을 들을 만했다.

"교수님, 늦어서 죄송합니다. 어? 너희들, 여자였냐?"

"흥!"

"어이, 파라미! 아는 여자야?"

그때 뒤에 들어오던 동료들이 여자와 이야기하는 파라미를 신기한 듯이 바라보며 물었다.

"크크, 네 눈은 그려놓은 거야, 장식품이야? 후아나와 니에브잖아."

"후아나와 니에브, 남자 아니었어?"

"크크! 푸푸! 호호!"

식탁 위에 반찬은 이미 놓인 상태였고, 그들이 앉자마자 국과 밥, 그리고 찌개가 놓였다. 그들은 수련도 열심이었지만 밥 먹는 것은 더욱 열정적이었다.

후루룩, 쩝쩝!

달그락달그락!

"어? 이곳이 언제 양아치 소굴이 됐지? 쯧쯧!"

아리안 일행이 식사하는 여관에 딸린 식당은 주점을 겸한 곳이라 외부 손님이 많았다. 날이 어두워지자 차츰 술손님들이 모여들었다.

식당 주인은 새로 들어온 자들을 보고 눈살을 찌푸렸고, 다른 손님들은 고개를 숙이고 먹는 일에 열중했다.

어느 곳에 가든지 분위기 파악 못하는 자, 자신이 최고라는 착각에 몸을 맡긴 자, 무조건 저질러 놓고 보는 대책 불가인 자, 치마만 보면 침을 바르려는 광견족이 존재했다.

오거다운 덩치를 만들려고 배불리 먹고 나서 또 먹기, 먹으면서 잠자기 신공을 연마하는 일명 '형님족' 여섯 명이 주점으로 들어서다가 아리안 일행을 보고 허를 찼다.

번쩍!

그들 중 한 명이 니에브의 빛처럼 반짝이는 피부와 후아나의 발랄함에 눈이 뒤집혔다.

"허걱! 이런 국경성에서 웬 팔방미인? 얘들아!"

대장인 듯한 한 녀석이 소리치자, 주변 오거들이 사방을 둘러보다가 아리안 앞에 앉은 두 여자 수련생을 발견했다.

"크크, 삼삼하군. 역시 형님은 여자 보는 안목이 있어. 어이, 냄비야. 이리 와라. 형님이 찾으신다."

"교수님, 어떻게 할까요?"

아리안 맞은편에 앉은 파라미가 하는 말을 들은 덩치가 끼어들었다.

"웜매, 겁나 부렸서라. 햄요, 저자가 고수라카는데, 우짜지요?"

딱!

"아야!"

형님이라는 자가 부하의 뒤통수를 쥐어박았다.

"와 이캅니까, 햄요?"

"야, 이 자슥아, 넌 형님께 맞아도 싸. 북 치는 고수가 아니라 교수. 알겠냐? 성은 뭔지 몰라도 교수형에 처형당한 부모의 원수를 잊지 않으려고 지은 이름 교수, 누가 자신을 부를 때마다 원수를 찾아 석양을 등지고 마을을 떠나 황혼 속으로 자취를 감추는 원한 맺힌 사나이 교수. 알겠냐?"

형님이란 자의 옆에 섰던 사내가 소설을 쓰면서 수련생들의 분위기를 살폈다. 사내들은 세 배나 되는 인원수에 약간 긴장한 듯했다. 그러나 학생들은 여전히 그릇 비우는 일에 열중할 뿐이었다.

'크크! 완전히 겁먹었군.'

그는 한 발 뒤로 물러서며 고개를 끄덕였다. 그게 안전하다는 신호였다. 덩치는 후아나에게 다가서서 그녀의 어깨를 끌었다.

"가자. 그런 멀대보다는 형님께서 확실히 끝내주실 거다."

짝! 꽈당! 탕탕!

갑자기 덩치 사내는 따귀 한 대를 맞고 식당 구석에 처박혔다.

"나를 모욕하는 것은 참을 수 있지만, 교수님에 대해서는 그 누구라도 용서하지 않는다."

"이런, 호로 잡년!"

"아예 얼굴을 그어버려!"

옆에 섰던 네 명의 덩치가 한꺼번에 달려들었다.

휘익!

으득! 뻐걱! 우당탕! 탕!

갑작스런 회오리가 휘몰아쳤다. 덩치 여섯 명은 어딘가가 하나씩 부러진 채 식당 구석으로 날려가 사이좋게 새로운 요가 자세를 선보였다.

"저들을 끌고 가자."

"예, 교수님!"

아리안은 식당 주인에게 그들이 모이는 장소를 듣고 이미 기절한 자들을 데리고 갔다. 식당 주인이 가르쳐 준 장소는 의외로 커다란 저택이었다. 그들의 본부인 듯했다. 다섯 명이 문 앞에서 서성거렸다.

"어? 저 자식들 뭐야? 첨 보는 놈들인데?"

"아니, 형님이잖아. 야, 모두 모여! 안에 연락하고 이 자식들 죽여라!"

저택 문을 지키던 자 중 한 명은 안으로 들어가고 네 명이 아리안 일행에게 덤빌 때, 골목 어귀에서 십여 명이 뛰어왔다. 히엘로가 골목에서 뛰어오는 자들을 보며 걸음을 멈췄다. 마하비라가 문 앞에서 덤비는 네 명을 향해 몸을 날렸다.

퍽퍽! 퍽퍽!

마하비라의 몸놀림은 보이지도 않았고, 공중 양발차기 두 번으로 가볍게 네 명은 제압됐다. 일행은 말없이 그들을 문 옆에다 기대놓고 아리안의 뒤를 따랐다. 아리안은 벌써 안으로 들어가는 중이었다.

"어? 이 새끼들, 뭐야? 감히 여기가… 헉!"

아리안에게 덤비는 자들을 수련생들이 처리했는데, 그들은 진정 남아답게 말없이 쓰러졌다. 아리안은 상대가 정리되는 모습을 지켜보며 또 하나의 문을 들어섰다.

안에는 50여 명의 사내가 손에 몽둥이와 각종 무기를 든 채 기다리고 있었다. 그리고 여기저기서 역시 손에 무기를 든 사내들이 나타났다. 곧 백여 명에 육박했다. 아리안 일행의 모습이 습격한 자들치고는 가소로워 보였는지 누구도 긴장한 빛을 띤 자는 보이지 않았다.

"네놈들은 누구냐?"

"쓰레기를 청소하려고 왔지. 얘들아, 처리해라!"

"예, 교수님!"

휘익!

아리안의 말이 떨어지자, 그의 뒤에 섰던 17명의 모습이 순식간에 사라졌다. 파라미는 날듯이 달려들어 자신을 발견하지도 못한 사내의 목을 돌려 찼다. 파라미의 발은 한 명으로 그치지 않고 계속 그 옆에 선 자들의 목마저 차례로 걷어찼다. 세 명이 단번에 쓰러졌다.

그제야 놀란 눈으로 쳐다보는 다른 사내를 향해 이번에는 반대편 발로 배를 찼다. 갑자기 숨이 막혀서 얼굴을 일그러뜨리며 고개 숙이는 자의 턱을 한 번 더 올려 찼다.

퍽!

"헉!"

옥수수가 사방으로 튀었다. 그 뒤에서 상당한 체격의 덩치가 맨손으로 달려들었다. 파라미는 어깨로 그를 들이받았다. 오거도 뒤로 넘어간 어깨 박치기에 그는 5m를 날아갔다가 떨어지며 날개가 없음을 증명했다.

사방에서 비명이 난무했다. 파라미가 다시 한 놈을 쓰러뜨리고 다음 상대를 찾자, 아무도 서 있는 놈이 없었다.

"젠장, 아직 손맛은 보지도 못했는데."

"맞아. 격투는 오거가 제 맛이었어."

쓰러졌다가 일어나서 싸우려고 안간힘을 다하던 자가 그 말을 듣고 정신을 놔버렸다.

'쓰벌, 괴물 같은 놈들!'

전장은 삽시간에 정리됐다. 100여 명의 적들도 도저히 수련생들의 상대는 되지 않았다. 별로 긴장되지도 않던 전투를 모두 지켜본 그림자 하나가 대문 밖에서 슬그머니 사라졌다.

그것을 아는지 모르는지, 아리안은 사방을 둘러보고 무심한 목소리로 말했다.

"두목을 깨워라."

"예, 교수님!"

수련생들은 신이 난 모습이었다. 언제나 두려움의 대상이었던 뒷골목 패거리들을 처리한 그들은 자신들의 능력이 그제야 피부에 와 닿았다.

　그들이 기절한 두목에게 물을 가져다 부었다.

　"에취! 이런 젠장! 어떤 미친놈이야?"

　퍽퍽!

　마하비라가 그를 패기 시작했다. 아리안도 말리지 않았다. 마하비라는 반항도 하지 못하는 두목을 북어 패듯이 전신을 고루 팼다. 물을 가져다 붓고 정신이 깨어나면 또다시 말없이 패기만 했다. 정신이 들 때마다 욕을 하던 두목이 다섯 번 물을 붓고 나자 무릎을 꿇었다.

　아리안은 두목이란 자를 끌고 방 안으로 들어갔다. 밖에 남은 수련생들은 기절한 자들을 깨워 치기신공을 연마했다. 치기신공은 연마할수록 참기 힘든 희열을 가져왔다. 방 안의 두목은 밖에서 끊임없이 들리는 비명에 아리안의 말도 제대로 듣지 못하고 무조건 고개를 끄덕였다.

　"머리 박아!"

　백여 명이 넘는 인원의 훈련 효과는 지대해서 명령이 한번 떨어지면 어떤 강병 못지않은 일사불란한 행동을 보였다.

　"이것밖에 못합니까?"

　"잘할 수 있습니다!"

　그들은 악을 쓰며 고함을 질렀다. 만약 조금이라도 마음에 들지 않으면 무시무시한 기합이 기다렸다.

"그럼, 기대해 보겠습니다. 뒤로 취침, 앞으로 취침, 좌로 굴러, 우로 굴러. 잘할 수 있습니까?"

"잘할 수 있습니다."

"목소리가 그것밖에 나오지 않습니까?"

"잘할 수 있습니다!"

그들은 악을 썼다. 그들의 음성은 이미 맛이 간 지 오래됐다. 그들은 참으로 오랜만에 땀을 흘리며 삶의 보람을 찾았다(?).

체력은 국력이라고 어느 현자가 말했더라?

Chapter 03
전설이 시작되는 땅

카르네프 상단주는 붙잡혔던 상인과 인부들을 고려하여 베스시오 성에서 사흘을 쉬기로 했다. 상품을 마차에 실어놓고 쉴 수는 없었기에 노블리아 상단 베스시오 성 지회 창고 일곱 개는 상품으로 가득 찬 상태였다. 상인과 인부들은 쉴 수가 있었지만, 경호무사들은 혹시라도 있을 공격에 대비하느라 전혀 쉴 수가 없었다.

  첫날과 둘째 날은 무사히 넘어갔지만 아직 안전한 것은 아니었다. 레슬리는 자신의 간부들을 불렀다.

  "소주군께서 흑마법사의 흔적이 이 베스시오 성으로 이어졌다고 말씀하셨다. 그렇다면 그들도 우리가 내일 출발할 것을 알았을 게다. 만약 그들이 공격을 포기하지 않았다면 틀림없이 오늘 밤에 습격하겠지. 만일 너희가 공격한다면 어떻게 하겠는가?"

레슬리 대장은 간부들의 얼굴을 쭉 둘러봤다.

"저기, 빼앗은 상품을 산적들에게 그대로 넘겨준 것을 봐서 그들의 목적은 상품이 아니라 상단을 쓰러뜨리는 데 있는 듯합니다."

"그럼, 그런 가정하에 공격과 수비 방법을 찾아보자."

그들은 오랫동안 의논한 후에 각기 일을 분담하고 나서 흩어졌다.

상단 지회 정문을 지키던 무사 네 명은 혼자서 검을 차지도 않고 다가오는 수련생을 보고 의아한 표정을 지었다.

"잠을 자지 않고 여기는 웬일입니까?"

무사들은 상대가 소주군의 제자들이기에 어리다고 해도 말을 낮출 수는 없었다. 더구나 그들은 검사에게 꿈의 경지인 마스터가 아닌가.

"교수님이 여기서 상황을 지켜보라고 하셨습니다."

"그래요? 그런데 검은 어떻게 된 것입니까?"

"크크, 만약 적이 나타나면 검이 아니라 온몸으로 싸우라는 뜻이지요."

마데라는 잠시 지회를 돌아보고 자리에 가부좌 자세로 앉았다. 시간 보내는 데는 심법 수련이 최고였다. 한 번 수련에 기본 두 시간은 금방이었다.

작은 상단을 이끄는 상단주의 아들인 마데라는 대륙 십대상 단이라는 이름에 걸맞은 노블리아 상단 상행의 규모에 몇 번 이나 놀랐는지 모른다.

아버지가 상행을 떠날 때는 마차 대여섯 대가 한계였다. 그 것마저 얼마나 가슴 뿌듯이 여겼던가. 마데라는 고개를 한번 흔들어 생각을 떨치고 심법에 집중했다.

무사들은 학생이 무척 불편한 자세로 땅바닥에 앉는 것을 보고 기이하게 여겼다. 그는 그러한 자세로 미동도 하지 않았 다. 밤 8시에 교대한 무사들이 밤 10시에 교대할 때까지 조금 도 움직이지 않는 그를 보고 혀를 내둘렀다.

"와, 정말 놀라운 학생이야. 나 같으면 5분도 어렵겠다."

"그래, 저 나이에 마스터가 된 것은 그럴만한 집중력과 우리 가 상상하기 어려운 수련 과정이 있었을 거야."

"저 자세가 중요한 듯해서 흉내를 내봤는데, 1분도 안 돼서 사지가 뒤틀리고 피가 안 통해서인지 무릎이 저린 게 죽겠더 라고."

"너도 그랬구나. 크크, 사실은 나도 해봤지. 영 말이 아니었 어."

그 소리를 들은 마데라는 그 자세로 잠을 자다가 깨어났다.

'심법 수련하다가 조금만 집중이 흩어지면 그대로 잠이 든 단 말이야. 에고, 잘 잤다. 이 자세가 힘들다고? 아무렴, 힘들 고말고. 하지만 숙련이 되면 허리를 구부리는 게 오히려 얼마 나 불편한지 모를 거야.'

자세에 대한 그들의 평을 속으로 비웃고 있던 마데라는 불현듯 상단 사람들 이외의 기척을 느꼈다.

'가만, 이쪽으로 다가오는 기운이 정상적이 아니야. 수상하군.'

마데라는 자세를 풀고 일어났다.

"모두 조심하세요. 지금 다가오는 자들이 수상합니다."

삐이~!

무사 한 명이 적이 눈에 보이지도 않는데 긴급을 알리는 신호를 보냈다. 마데라의 말은 눈으로 본 것보다 더 믿을 수 있었다. 한데 그곳만이 아니라는 듯이 여기저기서 일제히 신호가 울렸다.

'세상에, 상단 전체가 공격받잖아. 도대체 얼마나 많은 인원이 동원된 거야?'

숙소에서 대기하던 무사가 올 때까지 네 명의 무사가 이곳을 지켜야만 했다. 무사들은 마데라를 쳐다봤다. 그는 자리에서 일어나더니 가볍게 몸을 풀었다. 그의 여유가 마음을 든든하게 했다.

습격하는 자들이 어둠 속에서 서서히 모습을 드러냈다. 앞에 선 세 명의 눈에서 사이한 붉은 기운이 뻗쳐 나왔다.

"젠장, 골치 아프군. 흑마법에 당한 자들이야. 오거만큼 세고 트롤처럼 재생력이 강하지."

"쓰벌, 불로 태워 죽여야 하는 놈들이잖아. 여긴 마법사도 없는데……."

"저놈들은 내가 앞에서 상대할 테니 다른 놈들이나 신경 쓰세요."

마데라는 말을 마치고 앞으로 튀어나갔다.

"저, 저런. 칼도 없이……."

무사 한 명의 놀란 외침은 더는 이어지지 않았다. 마데라는 공중으로 날아올라 오른발로 앞선 자의 머리를 올려 차고 왼발로 다음 녀석의 머리를 돌려 찬 후, 세 번째 녀석의 머리 역시 정확하게 내리쩍었다. 그들을 따라온 자들도 마데라의 위용에 놀라서 주춤거리며 뒤로 물러섰다.

"어, 어?"

마데라는 오거도 즉사시킬 수 있도록 발에 마나를 주입하여 머리를 찼다. 그렇기에 끝났다고 여기고 돌아서려 했다. 그때 무사 한 명이 말도 제대로 못하며 뒤를 가리켰다. 돌아선 마데라의 표정이 일순 굳었다. 흑마법에 당해 마물이 된 자들의 머리는 마데라의 발에 맞아 분명 옆이나 뒤로 꺾여 있었다. 그러나 머리가 함몰됐음에도 그들은 비실거리며 일어났다.

"에이, 나쁜 자식! 사람을 가지고 장난해?"

마데라는 흑마법사에 대한 강한 분노를 느꼈다. 마데라의 손에서 발광체인 양 오라가 뿜어져 나와 마치 마법등처럼 어둠을 밝혔다.

"세상에! 저게 뭐지?"

"오! 말로만 듣던 오라권이야."

"오라권?"

"그래, 오라권. 전신(戰神)이 되면 몸 전체에서 오라가 뿜어져 나와 오라 바디가 된다고 전해지지. 몸 전체가 가공할 무기가 되는 셈이야."

마데라는 오라권을 휘둘러 마물의 목과 머리, 배와 가슴을 연타했다. 마물은 오라권에 맞아 전신에 구멍이 뻥뻥 뚫렸다가 그대로 쓰러졌다. 마데라는 역시 비실거리며 다가서는 다른 마물을 쳐다보고 발로 머리, 가슴, 배를 연속해서 찼다. 그 마물도 여지없이 쓰러져서는 다시는 일어나지 못했다. 그의 발에도 오라강이 맺혔다.

손과 발에 맺힌 오라강이 어둠 속에서 번쩍거리자 마물보다 더한 괴물처럼 보였다. 마데라가 다른 자들을 돌아보며 서서히 공중으로 떠올랐다.

"으악!"

습격하려던 자들은 그만 놀라서 바지를 따뜻하게 적시며 산지사방으로 도망갔다.

아리안은 상단 지회가 멀리 내려다보이는 나뭇가지 위에 서서 상황을 지켜보는 중이었다. 상단 안의 마하비라는 마물의 몸에서 팔의 관절을 뽑아서 마치 옷으로 매듭을 만들 듯이 팔다리를 꼬아버렸다. 꼬인 몸은 관절을 뽑아 팔을 꼬았는데, 빠진 관절에서 새롭게 뼈가 자라니 더욱 심하게 꼬인 모습이 됐고, 결국 공처럼 동그랗게 말려 버렸다.

"후후, 흑마법사가 저 모습을 봤다면 분통이 터지겠군."

흑마법에 의한 마물들을 수련생들이 처리하는 모습을 보고 함께 동원됐던 떠돌이 용병들은 모두 달아났다.

그때였다. 상단 지회를 향해 골목마다 사람들이 몰려들었고 그 수는 점차 늘어났다. 그들의 한 손에는 횃불이 들렸고, 다른 손에는 각종 무기가 빛을 받아서 반짝였다.

"아니, 저자들은?"

마데라가 지키는 정문 쪽으로 수백 명이 손에 횃불과 무기를 들고 서서히 몰렸다.

'젠장, 싸우는 것이야 그렇다고 쳐도 저들이 단번에 횃불을 던지면 창고에 불이 나는 것을 막기는 어렵잖아. 몇 놈 같으면 일시에 처리해도 되겠지만, 아무리 생각해도 나 혼자 처리하기에는 수가 너무 많아. 이럴수록 경거망동하면 안 돼. 침착하자, 침착!'

마데라는 자신을 안정시키며 천천히 그들 앞으로 나갔다.

"허걱! 이곳에 어쩐 일입니까?"

"네놈이야말로 이곳에 웬일이냐?"

그는 첫날 아리안이 형님이란 자를 데리고 갔던 곳의 두목이다. 마데라의 말을 들은 두목의 옆에 있던 자가 화를 내며 앞으로 나섰다.

"이런 고블린 같은 자식이 하늘같은 두목님께 반쪽짜리를 남발해?"

두목이 그 말을 듣자 너무 놀라서 재빨리 부하의 뺨을 발로 돌려 찼다. 두목답게 상당한 실력이었다.

펵!

"너야말로 아가리 닥쳐. 이분은 위대하신 교수 야황님의 친위대원이셔. 너희 모두 덤벼도 이분의 털끝 하나 건드리지 못한다."

아리안의 별명이 제멋대로지만 결정되는 순간이었다.

그는 분위기 파악 못한 부하의 옥수수를 허공에 뿌린 후 사방을 둘러보고 은근한 음성으로 물었다.

"교수 야황님은 지금 어디 계신지요?"

"지금 네놈의 행동을 지켜보고 계실 거다."

두목은 그 소리에 깜짝 놀라 고함쳤다.

"예? 이놈의 새끼들아, 빨리 무릎 꿇지 않고 왜 뻣뻣하게 서 있나. 앙? 정강이를 박살을 내야 무릎 꿇을래?"

두목은 자신부터 무릎을 꿇었다. 그가 무릎 꿇자 몰려든 놈들 역시 모두 무릎을 꿇었다. 마치 파도치듯이 엎드리는 모습이 실로 장관이었다. 지금까지의 상황을 바라보던 정문 경비 무사들은 그만 할 말을 잃었다.

"……"

"그런데, 네놈들은 여기 왜 왔냐?"

두목은 마데라의 태도가 엄숙해진 것을 느끼고 식은땀이 제철을 맞이한 듯 흘러내렸다.

"저, 그러니까… 에… 또……."

"두목, 상단에 불 지르는 게 아니라 경비하는 게 맞죠?"

보다 못한 부하가 옆에서 말을 거들었다.

"아, 흠흠. 당연하지. 상단을 공격하려는 자들이 있다는 소리를 들었다. 어서 형제들에게 상단을 완전히 둘러싸고 경비를 철저히 하라고 일러라!"

"예, 두목! 야야! 빨리빨리! 상단을 둘러싸고 보호해라!"

"햄요, 불 질러 뿌라던 횃불은 우짭니꺼?"

"야, 이 자슥아! 척 하문 착이고, 계집 하면 빠구리 아이가. 횃불로 어서 모닥불이나 피워라. 밤을 샐라카문 모닥불이 필요한 법이지."

"하몽, 하몽!"

두목과 형이란 자는 마데라의 눈치를 연방 살피며 부하들에게 호통 쳤다. 모닥불을 군데군데 피우고 뒷골목 왈패들이 상단을 둘러쌌다.

소란스러운 밖을 내다본 창고 경비무사가 그들을 보고 레슬리 대장에게 보고했다. 그가 나와서 상황을 파악하고는 마데라가 있는 것을 보고 그대로 안으로 들어갔다.

바로 그때, 갑자기 날씨가 추워지고 모래바람이 불었으며, 점차 먹구름이 몰려와 달빛을 가렸다.

쏴아~!

"젠장, 더럽게 을씨년스럽네. 햄요, 그냥 불 지르고 가면 쉬운 것을 와 일을 어렵게 만드는 거요?"

"내일 아침에도 밥알 씹고 싶으면 아가리 닥쳐라! 저들은 정말 졸라 무섭다. 우리가 베스시오 성을 장악했던 실질적 무력인 중간 간부 이상과 백여 명의 형제를 단숨에 박살 냈다. 우리 중에 어떻게 당했는지조차 아는 놈은 아무도 없었지. 그들의 몸은 보이지도 않았다. 저들은 차원이 달랐어."

형님이란 자는 그때의 일을 떠올리며 몸을 부르르 떨었다.

피시식!

갑자기 그들이 피워놓은 모닥불이 일제히 꺼졌다.

"젠장, 이게 무슨 일이야? 귀신의 장난인가?"

"시끄러, 새끼야. 그렇지 않아도 으스스한 판에 귀신 얘기는 왜 꺼내?"

갑자기 을씨년스러워진 분위기에 그들이 한바탕 소란을 피우는 그때,

삐거덕삐거덕!

흐느적흐느적!

그들과 멀지 않은 어둠 속에서 기괴한 소리와 함께 허연 무언가가 나타났다!

"으악! 유령병사다!"

"악! 해골병사다!"

뒷골목 건달들은 갑자기 나타난 유령병사와 해골병사를 보고 손에 들었던 무기를 버리고 달아나려 했다. 그들은 사방으로 흩어졌지만 달아날 곳이 없었다. 달아나려면 괴물들을 뚫고 도망가야 했다. 그들은 담에 붙어서 부들부들 떨었다.

경비무사들도 겁이 났지만 검을 고쳐 잡았다. 마데라는 땅에 떨어진 청강검 한 자루를 향해 손을 벌렸다. 마치 줄이라도

달린 듯 검이 날아와 마데라의 오른손에 쥐어졌다. 그는 검의 무게를 가늠해 보고 가볍게 늘어뜨린 자세로 거리 중앙으로 나섰다. 그는 사방을 한번 둘러보고 크게 외쳤다.

"하늘도 놀라고 땅도 놀란다!"

마데라는 검으로 팔방을 찌른 후에 하늘을 향해 치켜들고 몸을 회전시켰다. 그의 몸은 돌면서 5m나 올라갔다. 그가 검을 지상으로 휘두르는 대로 벼락이 떨어져서 해골병사들을 가루로 만들고 유령병사들을 소멸시켰다.

번쩍번쩍! 우르릉! 꽝꽝! 우르릉! 꽝꽝!

마치 천재지변이 일어나고 지각변동이 벌어진 듯했다. 하지만 해골병사와 유령병사의 수가 너무 많았다.

"노천지멸!"

그때였다. 여기저기서 수련생들이 검을 들고 하늘로 솟구치면서 외쳤다. 그들의 검에서 하늘이 노했는지 쉬지 않고 벼락이 떨어졌다.

해골병사들은 우왕좌왕했고 유령병사들은 사방으로 흩어져 달아나려고 애를 썼다. 그들도 소멸은 두려운 모양이었다. 수련생들은 악착같이 그들을 찾아서 소멸시켰다. 마지막 유령병사가 소멸되는 순간 어디선가 비명이 울렸다.

"끄악~!"

차츰 먹구름이 사라지고 달이 제 모습을 드러냈다. 공중에 나타났던 수련생들의 모습이 일제히 사라졌다.

상단 지회 안팎에 있던 사람들은 악몽처럼 일어났던 일과 그것을 해결한 수련생들의 능력에 놀라서 누구도 입을 열지 못했다.

'교수 야황님의 친위대는 결코 인간이 아닐 거야.'

다음날 아침, 상단 행렬은 조용히 베스시오 성을 떠났다. 그리고 얼마 후, 아리안과 학생들이 말을 타고 성을 벗어났다.

"부디 살펴 가시고, 저희를 잊지 마시고 종종 들러주십시오."

"다음에 들렀을 때 너희의 변한 모습을 볼 수 있다면 좋겠구나."

"교수 야황님, 어떻게 변해야 하는지를 모릅니다. 제발 인도해 주십시오."

아리안은 말을 멈추고 묵묵히 그들을 내려다봤다. 한참 후에 그가 말했다.

"알았다. 그게 너의 진정인 듯하구나. 사람을 보내주도록 하지."

"감사합니다, 교수 야황님!"

두목과 '햄요', 그리고 500여 명의 뒷골목 건달은 성문 앞에서 모두 무릎을 꿇은 채 그들의 교수 야황을 전송했다. 그들의 가슴에는 교수 야황의 부하라는 자긍심이 뜨겁게 타올랐다.

'우리는 위대하신 야황님의 부하야.'

*　　　　*　　　　*

"아나하타, 어떻게 됐나?"

에레디아 공작의 아들 카스티야 백작은 상단이 성을 벗어나는 광경을 보면서 차가운 음성으로 말했다. 그의 뒤에서 무심한 표정의 사내가 고저없는 음성으로 대답했다.

"지미 알란이 데려왔던 흑마법사는 그들 손에 죽었고, 카보는 이미 하루 전에 행방을 감췄습니다. 지미 알란은 영원히 입을 닫았습니다."

백작은 그 말을 듣고 힐끗 돌아봤다가 다시 고개를 돌려 성 밖을 보면서 물었다.

"상단의 다음 행선지는 어딘가?"

"프롱삭 성입니다, 백작님."

"마법사를 불러라. 우리가 먼저 가서 준비해야겠다."

"예, 백작님."

백작은 이젠 잘 보이지도 않는 상단의 뒤를 눈으로 쫓으며 생각에 잠겼다.

'프롱삭 성주가 야심만만한 마카브로 백작이었지? 크크!'

"백작님, 마법사가 왔습니다."

아나하타가 로브를 입은 마법사와 함께 왔다. 마법사가 백작에게 정중히 인사했다.

"부르셨습니까, 카스티야 백작님."

"지금 곧 프롱삭 성으로 가자."

"예, 백작님. 그럼 준비하십시오."

마법사는 백작과 아나하타의 손을 잡은 채 마법어를 암송하고 시동어를 외쳤다.

"텔레포트!"

번쩍!

빛과 함께 세 사람은 사라졌다. 그들은 프롱삭 성이 보이는 5m 공중에 나타났다가 땅으로 떨어졌다.

"플라이!"

마법사가 미리 마법어를 암송해 두었기에 시동어만 외쳐서 부드럽게 내려올 수 있었다. 그렇게 하지 않았다면 불을 보고 달려드는 나방처럼 죽음을 향한 공간이동이 되고 말았을 것이다.

베스시오 성이 군사 주둔형 성이라면 프롱삭 성은 험준한 환경을 배경으로 한 난공불락의 요새 형태의 성이었다. 깎아지른 듯한 절벽과 높디높고 견고한 성벽은 이끼가 상당해서 무척이나 오래된 듯한 프롱삭 성의 역사를 알려주고 있었다.

"흠, 마치 신마전쟁을 대비한 성인 듯하군. 웬만한 몬스터나 마수마물의 공격에는 끄떡도 하지 않겠어."

"그렇습니다, 카스티야 백작님. 실제로 이 성은 천 년 전 마계 침공 때도 건재했던 것으로 유명합니다."

"역시 그렇군. 마법사, 그대는 한 번 더 수고해 주게. 베스시오 성의 숙소에서 내 짐과 사람들을 데려왔으면 하네."

"알겠습니다, 백작님. 그럼, 텔레포트!"

번쩍!

마법사가 사라지고 카스티야 백작은 아나하타와 함께 성으로 들어가서 머무를 숙소를 찾았다.

숙소를 정한 백작은 아나하타에게 고급 천으로 싼 마법검을 주며 말했다.

"아나하타, 성주에게 이걸 선물하고 와라."

"예, 백작님."

카스티야가 주막의 별채를 얻어 짐을 풀고 차를 마시는데 마카브로 성주가 미행 차림으로 나타났다.

"하하하하! 카스티야 백작! 어서 오시오. 에레디아 공작님은 안녕하시지요?"

"역시 마카브로 백작이십니다. 말씀도 드리지 않았는데 어떻게 아셨습니까?"

"하하하하! 그 정도도 모르고 경호 없이 외부인을 만났다고 여긴다면 이몸을 너무 무시한 게 아닐까?"

마카브로 백작은 호탕한 웃음을 터뜨리며 카스티야 백작을 반겼다.

"하하하! 마카브로 백작님의 능력이 너무 놀라워 그만 실언을 한 듯합니다."

"에레디아 공작님은 이몸이 존경하는 분이라 주변에 놀라운 인물이 많다는 것도 잘 안다오. 특히 후계자인 카스티야 백작이 특출한 인물임은 잘 알고 있지. 그래, 무슨 바람이 서쪽으로 불었기에 드워프가 만든 마법검까지 선물하신 건가? 하하하!"

마카브로 백작은 선물이 무척이나 마음에 든 듯싶었다. 그는 연방 웃음을 터뜨려서 자신의 기분을 전했다.

"하하하! 역시 교언보다는 직언을 높이 산다는 마카브로 백작이십니다."

"흐흐흐! 백작은 젊은 사람답게 공주 때문에 온 모양이군. 사내가 그 정도 야심은 있어야 큰일을 도모하고 주변에 사람도 모이는 법이지."

카스티야 백작은 무슨 소린가 싶었지만 물어보지도 못하고 빙그레 미소만 지었다.

"귀족회의에서 모렐로스 왕국과의 백년전쟁을 끝내려고 주비스 제국 황제가 그토록 원하는 마르티네스 공주를 납치하여 그들의 도움을 받는다는 정책을 세울 때, 난 적극 반대했었지. 모렐로스 왕국과 전쟁을 끝내려고 주비스 제국의 도움을 받겠다는 것은 말리지 않는다고 해도, 그 과정에서 마라카이브 제국과 원수가 되는 것은 누가 봐도 이해하기 힘든 정책인데도 채택이 되다니, 모두 정신이 나간 모양이야."

그는 빙그레 미소를 지으면서 카스티야 백작을 바라봤다.

"카스티야 백작이 납치당한 공주를 구하고 그 과정에서 공주의 마음을 얻는다면 황위 계승 서열 2위가 되겠군. 그러다가 황태자가 사고라도 난다면… 흐흐!"

카스티야 백작은 속으로 놀랐지만 전혀 불가능한 이야기가 아니므로 미소를 지으면서도 주위를 다시 살폈다.

"걱정 말게. 이곳은 내 허락 없이 누구도 가까이 올 수 없네. 더구나 방에는 방음 마법이 걸려 있지."

성주는 자신이 데리고 온 마법사를 쳐다보고 말했다. 카스티야 백작은 상체를 앞으로 약간 숙이며 작고 은근한 음성으로 말했다.

"배가 있고 바람도 적당한데, 키 잡을 사람이 없군요."

"하하하하! 카스티야 백작은 진정 말이 통하는 사람이군. 좋네. 황금이면 귀신도 부린다고 하지 않았나. 뜻이 있고 황금이 있다면 어찌 사람이 없다고 한탄하겠나."

"하하하! 좋습니다, 마카브로 백작님. 며칠 후면 이 성으로 노블리아 상단이 들어올 것입니다."

"크크크! 절묘하군, 절묘해. 우리 왕국은 현재 전쟁 중이고, 그들 중에 모렐로스 첩자가 있다는 신고를 하면 되겠군. 그들을 잡아놓고 상품을 하나하나 낱낱이 뜯어서 조사하고 시간을 끌게 되면? 첩자 조작이야 간단한 일이고, 백작은 상단 본부가 있는 레포르마에서 또 다른 작업을 하겠군. 크크, 대륙 십대상단이라는 노블리아를 삼키면 황금은 넘치고도 남겠어."

마카브로 백작 방에서 연방 터지는 웃음은 방음 마법 때문에 밖으로 새어 나오지는 않았다. 그들은 의논할 일이 너무나 많았다. 그들은 '마당 쓸고 돈 줍고', '꿩 먹고 알 먹고'를 연발하며 밤이 깊어가는 줄을 몰랐다.

*　　*　　*

"교수님이 오십니다."

아리안 일행이 언덕을 넘자 경계를 서던 무사 한 명이 재빨리 상단 행렬이 쉬는 곳으로 가서 보고했다.

"어서 오게. 기다렸네."

카르네프 상단주가 마중 나오며 반겼다.

"상단주님, 왜 좀 더 가시지 않고 벌써 쉬십니까?"

아직 해가 많이 남아 있는데도 상단은 벌써 야숙 준비까지 끝마친 상태였다. 아리안이 의아한 표정으로 말에서 내리자 카르네프는 빙그레 미소를 지으면 대답했다.

"다음에 들를 프롱삭 지회는 내일 점심때쯤 도착할 것이네. 그 성은 다른 성과는 달리 해가 지면 절대 성문을 열지 않아. 성문 앞에서 밤을 지내는 것보다 오히려 이곳에서 쉬고 낮에 들어가는 게 좋을 듯해서. 그리고 의논할 일도 있다네."

"아, 그렇군요."

아리안은 단주를 따라서 그의 막사로 들어갔다. 막사 안에 다른 사람은 없었다. 카르네프 상단주가 아리안에게 차를 따라줬다.

"아리안, 이번 상행을 하면서 어떤 생각을 했나?"

"별 생각 하지 않았습니다. 아버지도 상인이지만 형님이 상단을 운영할 것이기에 깊은 생각을 하지 않았는데, 이번 일을 겪으면서 상품 하나가 내 손에 들어오는 일이 실로 간단치 않다고 여겼을 뿐입니다."

"그렇다네. 어떤 일도 간단한 일은 없지. 한 톨의 쌀이 익기까지 농부들은 볍씨를 심은 후에 비가 오기를 간절히 기다리고 잡초를 제거하고 벌레를 잡는 일을 새벽부터 해 질 때까지 쉬지를 않지. 가뭄이라도 들면 논바닥이 갈라지기 전에 농부의 손바닥과 가슴이 먼저 갈라진다네."

아리안은 갑자기 농부의 애환을 이야기하는 상단주를 묵묵히 바라봤다. 그는 불필요한 말을 하는 사람이 아니었다.

"수확을 하면 좀 더 많은 곳에서 구매하여 필요한 곳으로 옮기는 과정에 몬스터와 산적의 습격을 받으면 굳이 싸우기보다는 통행세를 내거나, 마차 한 대 정도를 놔두고 떠나는 쪽을 택하기도 한다네. 어쨌든 간에, 인명 피해만은 내지 않으려고 애를 쓰곤 하지. 상단 자체로 봐서는 일용 인부거나 용병이겠지만, 집에 돌아가면 누구나 가장 중요한 가장일 테니까."

"……."

아리안은 조용히 단주의 말을 기다렸고, 카르네프는 차를 마시며 입술을 적셨다. 심중에 쌓인 말을 하려는 듯싶었다.

"한데, 지금은 대륙이 몸살을 시작한 듯하네. 거대한 피의 폭풍이 다가온다는 뜻이겠지."

"상단주님, 그게 무슨 말씀입니까?"

"상단은 단순히 상품만 옮기는 작업이 아니라네. 포르피리오와 같이 전문적으로 살피고 연구하진 못했어도, 환경과 상품 수확의 연관관계를 면밀히 살피지. 가령 저녁에 노을이 짙게 지면 다음날 흐리다거나, 겨울이 다른 때보다 추우면 다음 해 고구마와 팥 등 입에 단 식량은 흉년이 든다네. 대신 쌀은 풍작이 되지."

카르네프 상단주는 서둘지 않고 천천히 하고 싶은 말로 유도해 갔다. 아리안은 그가 참으로 하기 어려운 말을 할 예정임을 느낄 수 있었다.

"앞으로 사람들은 점점 여유가 사라지고 작은 일에도 피를 흘리게 될 거야. 그래서 하는 말인데, 나는 이 상단을 지키고 싶네. 그리고 내가 죽는 날까지 상도(商道) 위에 서고 싶다네."

"그렇게 될 것입니다, 상단주님. 어떤 환경이나 압박 속에서도 노블리아 상단 마차가 대륙을 횡단하는 걸 막을 수는 없을 것입니다."

아리안은 상단주의 바람을 이뤄주고 싶었다. 그는 상단주에게 자신의 결연한 의지를 전했다.

"고맙네. 정말 고마워. 그러기 위해서 자네가 단주가 됐으면 하네."

카르네프는 아무렇지도 않게 말했다. 때문에 아리안은 자신이 잘못 들었나 의심했다가, 흠칫 놀란 표정으로 소리쳤다.

"아니, 상단주님! 지금 무슨 말씀을 하시는 겁니까? 저를 배은망덕한 자로 만들려고 작정하셨습니까?"

"허허, 말은 끝까지 들어봐야 하고, 겉으로 드러난 글자보다는 행간의 숨은 뜻이 중요하며, 사람과 사람 사이에는 신뢰보다 중요한 것이 없지 않은가."

카르네프 단주의 말을 들은 아리안의 얼굴에 가득히 드리워진 섭섭한 기운이 사라졌다.

"예, 죄송합니다, 단주님. 계속 말씀하시지요."

"피의 역사가 도래하면 무엇보다 우선시해야 할 것은 무력이네. 정글의 법칙이 광범위하게 적용된다는 점이 극히 무서운 일이지. 역사를 돌아볼 때 혈륜이 돌기 시작하면 무력이 모든 것을 지배하고, 왕국이나 제국에서 운영하는 상단이 아니면 모두 먹이나 표적으로 돌변하게 되네."

아리안이 단주로 나서면 누구든지 그를 꺾지 못하는 한 상단 전체가 안전하다는 뜻이었다. 물론 처음에는 많은 도전이 있겠지만, 아리안과 그가 직접 가르친 학생들이라면 어렵지 않게 해결할 것이라고 카르네프는 믿는 듯했다. 또한 그는 여전히 상단의 모든 상행위와 운영 관리를 직접 감찰, 감독하겠다고 분명히 밝혔다.

"자네가 할 일은 단주라는 명분과 경호무사를 직할에 두는 것뿐이지, 결코 자네에게 상단 관리와 자금 운영에 관해 결재해 달라는 말은 하지 않을 테니 염려하지 말게. 그리고 피의 바퀴가 멈췄다고 판단되면 내가 다시 단주라는 명분을 사용하겠네. 실로 많은 시간 동안 고뇌한 결과이니 자네가 번거롭겠지만 그렇게 해주지 않겠나? 이것만이 노블리아 상단이 암흑시대에 살아남을 수 있는 해법이야."

아리안은 카르네프 상단주의 말을 이해하기는 했지만, 선뜻 승낙할 수 없는 문제가 있어서 깊은 생각에 잠겼다.

'혈륜, 피의 바퀴. 역사의 흐름을 말하는 거겠지. 카르네프 단주님은 내가 느낀 피의 소용돌이를 짐작하신 모양이군. 내가 힘을 모으자면 왕국이나 제국을 손에 넣어야 하는데, 그것

은 쉬운 일이 아니야. 그렇다면 단주님 말씀대로 상단뿐이지.'

아리안은 무사들을 모으고 훈련시키자면 그들의 생활을 지
켜줘야 하기에 필요로 하는 자금도 상당할 테니 일단 단주의
의견을 받아들이기로 마음먹었다. 그리고 나아가서 황금을 벌
수 있는 상품을 적극 개발하고, 원거리의 적을 효과적으로 물
리칠 무기도 만들어야겠다는 생각을 하는 순간 고개를 끄덕이
고 말았다.

"좋습니다, 단주님. 그렇게 하겠습니다."

"잘 생각했네. 그 길만이 나와 자네가 함께 사는 길이지."

카르네프는 아리안에게 고개를 끄덕이며 만면에 미소를 지
었다. 그리고 밖을 향해 외쳤다.

"이야기 끝났네! 들어오게!"

"예, 알겠습니다."

카르네프 단주의 말이 끝나자마자 마치 기다렸다는 듯이 막
사 문이 젖혀지며 네 사람이 들어왔다. 총관과 레슬리 대장, 그
리고 상인인 듯한 사람과 은자들이 주로 입는 검은 복장의 사
내였다. 그들은 들어와서 아리안에게 정중히 고개를 숙여 예
를 취하고 그 자리에 섰다.

"지금부터 아리안님이 노블리아 상단 단주 직을 맡기로 하
셨다. 상단 운영 절차가 달라지는 것은 없지만, 상단의 최고 책
임자이며 모든 권한을 쥐고 계신 분은 아리안 단주님이라는
점을 명심하기 바란다. 난 단주님의 명령에 따라 지금과 같이
대리단주의 역할을 충실히 할 것이다. 하지만 레슬리 대장은

단주님의 명령을 직접 받기 바란다."

아리안은 나중에 들어온 네 사람의 표정이 전혀 변하지 않는 것을 보고 자신이 오기 전에 이미 그들이 서로 의논을 끝냈다는 것을 눈치챌 수 있었다.

카르네프 대리단주는 아리안 단주에게 먼저 레슬리 대장을 소개했다.

"레슬리 대장은 단주님도 잘 아실 겁니다."

"아리안 단주님, 잘 부탁드리겠습니다."

"레슬리 대장님, 서로 할 말이 많겠군요. 고생 좀 하세요."

레슬리 대장은 다시 아리안에게 고개를 숙이고 뒤로 물러났다. 카르네프는 총관을 가리켰다. 아리안은 총관과 여러 번 만났지만 아직 정식으로 인사를 나눈 적은 없었다.

"아리안 단주님, 저는 총관 직을 수행하는 라마누자입니다. 정식으로 인사드립니다."

"저의 집에도 오셨지요. 반갑습니다."

"그렇습니다, 아리안 단주님. 그때의 인연이 이렇게 이어질 줄은 몰랐습니다. 당시 저는 단주님과의 인연을 매우 소중히 여기는 카르네프 단주님이 오히려 이상하게 여겨졌으니까요."

아리안은 솔직히 자신의 심정을 말하는 라마누자 총관을 믿을 수 있어서 미소를 지었다.

"하하, 그러셨군요. 솔직히 말씀해 주셔서 참으로 감사합니다."

"아리안 단주, 저 사람은 이번에 구출한 상인인데, 상인들의 가장 선임 역인 도상일세. 오마르, 인사드리게."

"도상 오마르입니다, 아리안 단주님. 생명을 구함 받은 상인과 인부들을 대신해서 감사드립니다."

도상 오마르는 생명의 은인인 아리안에게 공손히 예를 올렸다.

"반갑습니다, 오마르님. 몸은 좀 어떻습니까?"

"지금은 좋아졌습니다. 상인이 상품을 만지는 것보다 더 좋은 영약이 어디 있겠습니까?"

아리안은 오마르 도상을 쳐다보며 미소를 짓고, 말없이 선네 번째 사내를 바라봤다. 얼핏 봐서 아무런 특징이 없는 사내였는데, 아리안은 다시 유심히 살폈다.

"호오, 주안법(佛顔法)을 연마했군요. 참으로 놀랍습니다."

"아니, 아리안 단주! 주안법이라니?"

"얼굴을 속이는 법술입니다. 아무리 봐도 돌아서면 잊어먹는 얼굴이죠. 누구나 보긴 봤지만 본 적이 없는 얼굴이라고나 할까요. 상당히 어려운 공부랍니다. 그런 공부를 한 사람이 있다는 것 자체가 놀라운 일이지요."

아리안은 사내를 보며 무척 놀랐다는 표정을 지었다. 사내는 단주의 말을 듣는 순간 얼굴이 풀어지며 본래의 모습을 드러냈다.

"역시 단주님을 속일 수는 없군요. 저는 상단의 정보를 책임지고, 단주님의 그림자 속에서 경호하는 밀영단의 단장 레모입니다."

"하하하! 아리안 단주는 그대의 정체를 알 수 있을 것이라고 예측했었지. 그래서 소개도 하지 않았던 것이고. 레모, 앞으로는 자네도 아리안 단주님에게 직접 보고하게나."

"예, 카르네프 대리단주님 아리안 단주님, 잘 지도해 주십시오."

그들은 차를 마시며 덕담을 나누고 각기 자신의 막사로 돌아갔다. 그들의 막사 중에 아리안의 막사가 가장 컸다. 그가 단주여서가 아니라, 수련생 17명과 함께 심법 수련을 하며 밤을 보내야 했기 때문이다.

그는 막사 밖에서 제자들이 수련하는 것을 확인하고 마차에 실린 짐 위로 올라가 사방을 둘러봤다. 엄밀히 따지면 단주 직을 맡게 되어 그가 이러한 경계를 할 이유는 없으나, 그렇다고 그의 일상적인 자세는 한 치도 바뀌지 않았다.

다음날 아침, 일찍 식사를 끝낸 일행이 산에서 내려가자 프롱삭 성이 멀리 눈에 들어왔다.

"와, 프롱삭 성이다!"

"크크, 오늘도 목에 때 좀 벗기겠군."

환호하는 인부들에 의해 마차의 행렬이 더욱 빨라졌다. 일행이 좀 더 앞으로 가서 도로가 세 갈래로 갈라진 곳에 도착하자 총관이 말을 타고 레슬리 대장에게 갔다.

"여기서 일단 정지했으면 합니다. 프롱삭 지회는 넓은 터를 구할 수 없어서 이 짐이 모두 들어갈 창고조차 없으니 마차를 나눠야 할 것 같습니다."

"그렇게 하죠. 선두 정지!"

"선두 정지!"

레슬리의 명령이 앞으로 전달되고 마차가 일제히 멈췄다. 총관은 베스시오 성에서 상단마차가 나오기 전에 이미 분류해 놓은 듯했다. 그는 열 개 정도의 마차를 지적해서 프롱삭 성을 향하게 했다. 대부분의 마차는 그 마차들과 헤어져서 곧장 다음 성을 향했다.

"레슬리 대장님, 산을 넘어가면 마차가 쉴 만한 곳이 나올 것입니다. 그곳에서 기다려 주시죠."

"알았습니다. 그렇게 하죠. 출발!"

수련생들도 나뉘었다. 마하비라가 네 개 팀 열두 명과 함께 마차 본대를 따라갔고, 엔테로를 비롯한 네 명이 프롱삭 행에 동행했다.

"정지! 정지!"

프롱삭 성에서 기사 한 명이 정지하라고 소리치며 말을 달려 왔고, 먼지구름을 일으키며 기사대와 병사들이 그 뒤를 이었다.

훗날 역사가들이 '프롱삭 혈전'이라고 일컫는 상단 대 왕국의 힘겨루기 서막이 올랐다. 그 결과, 대륙은 아리안이라는 거인의 이름을 그 뇌리에 똑똑히 새기게 된다.

Chapter 04
프롱삭 혈전

"정지! 성주님의 명령이다!"

전령은 말을 타고 전속력으로 달려오며 종이를 흔들었다.
상단 마차는 모두 멈췄다. 이윽고 30여 명의 기사단이 도착하
고, 이어서 300명 남짓한 병사도 도착하여 상단을 포위했다.

레슬리 대장이 손으로 '2급 경계 태세' 신호를 보냈다. 상인
과 인부들이 안쪽으로 슬금슬금 움직이고 경호무사와 용병들
은 검을 뽑지 않은 채 병사들 앞쪽으로 이동했다.

기사단장이 기사단을 이끌고 천천히 앞으로 나섰다.

"너희는 성주님의 명에 따라 누구도 이곳을 벗어나서는 안
된다."

"이유가 뭐요? 우리는 아빌라 국왕 전하의 허락을 받은 상

단인데, 성주의 명령을 받을 이유가 없소."

그때 아리안이 작은 소리로 물었다.

"레모."

"예, 단주님."

레모의 모습은 보이지 않고 음성만 들렸지만, 아리안은 개의치 않고 물었다.

"저 성벽 위에 성주처럼 보이는 자 옆에 선 자가 누구냐? 레포르마에선 지미 알란과 같이 있더니, 베스시오 성에서 나올 때도 그가 지켜보더군."

"단주님, 저는 이곳에서 성벽 위의 인물을 알아보지 못합니다. 잠시 가까이 다가갔다가 오겠습니다."

"그렇게 해라."

그가 떠나자 아리안은 기사단을 돌아봤다.

"이유는 곧 알게 된다. 누가 이 상단의 책임자냐?"

"내가 이 상단의 단주다. 할 말 있으면 해라."

아리안이 앞으로 나서며 말하자, 기사단장 옆에 있던 자가 화를 내며 검을 뽑았다.

"이 자식! 평민 나부랭이가 기사단장님께 하대를 하다니 죽고 싶으냐?"

"너, 지금 그 말 책임질 수 있나?"

레슬리가 앞으로 나서며 기사를 보고 말했다.

[레슬리 대장, 이상한 문제가 있어서 확인하고 오라고 했으니 시간을 좀 끌어줘야겠다.]

레슬리 대장은 갑자기 머리에서 아리안의 명령이 떠오르자 놀라서 고개를 돌려 소주군을 쳐다봤다. 아리안이 그에게 고개를 끄덕이는 것을 보고 소주군의 끝없이 새롭고도 놀라운 능력에 경악하며 자신감이 크게 치솟았다.

레슬리는 다시 기사를 보며 살기를 일으켰다.

"뭐, 뭐라고?"

따닥, 딱딱! 따닥, 딱딱!

그 기사는 레슬리가 일으킨 살기를 감당하지 못해서 몸을 부들부들 떨었다. 이가 마주치는 소리마저 리드미컬하게 울렸다.

"우리 단주님은 네놈들이 어떻게 해볼 분이 아니시다. 아라카이브 제국에서도 백작 대우를 받는 것은 물론, 대륙 어느 왕국에서나 후작 대우를 받으시는 제국 국립 아카데미 교수님이시다. 프롱삭 성주 따위가 오라 가라 하실 만한 분이 아니야."

이때 기사단장이 앞으로 나섰다.

"너희 중에 첩자가 있다는 신고가 들어왔다. 순순히 따라오지 않으면 모두 간첩죄로 체포하겠다."

"저 자식, 지금까지 내가 하는 말을 들은 거야, 입으로 처먹은 거야? 감히 제국 교수님 앞에서 큰소리치는 네놈은 도대체 어떤 놈이냐?"

레슬리 대장이 아리안의 말을 듣고 시간을 끄는 동안, 레모가 돌아와서 아리안에게 보고했다.

"단주님, 그자는 제국 에레디아 공작의 아들 카스티야 백작입니다."

"음, 일이 심상치가 않군."

아리안은 이 일이 잘잘못을 가리려는 게 아니라 상단을 넘어뜨리기 위한 모략임을 깨달았다.

"부하들이 몇 명인가?"

"15명입니다, 단주님."

"모두 인솔해서 저 성안의 상단 가족들을 안전한 곳으로 피신시켜라. 만약 그들이 먼저 손을 썼다면 위치만 파악하면 된다. 떠나라."

"예, 단주님."

레슬리에게 말하는 기사단장의 음성은 점차 날카로워졌다.

"만약 누구든지 반항한다면 모두 간첩죄, 반역죄, 귀족 모독죄로 즉결처분하겠다. 모두 무기를 버려라!"

기사단장의 '무기를 버려라'는 말이 떨어지자 프롱삭의 기사와 병사들은 무기를 뽑아서 상단 경호무사들을 겨눴다.

아리안은 기사단장의 태도가 강직하여 상황을 벗어나기 어렵다고 판단하고 명령을 내렸다.

"제압해라!"

"예, 썰!"

명령이 떨어지자마자 엔테로와 세 명이 기사단을 덮쳤고, 경호무사들은 병사들에게 덤볐다.

엔테로는 말 위에서 검을 뽑아 든 기사를 향하여 비스듬히 날아오르며 검은 상관하지도 않고 발로 목을 올려쳤다. 체인 갑옷을 입은 기사는 턱에 한 방 맞자, 한마디 비명도 없이 그대로 말에서 떨어져 불행히도 목이 부러졌다.

엔테로는 그를 거들떠보지도 않고 이미 다음 기사에게 덤벼들어 말 엉덩이를 살짝 짚으며 돌려 찼다.

"헉!"

그 기사는 다행히 발이 말에 걸려 죽지는 않았지만 이미 기절한 후였다. 엔테로가 그 옆의 기사를 바라보자, 그는 엔테로의 허리를 벨 듯이 검을 휘둘렀다. 엔테로가 살짝 공중으로 오르며 그의 머리를 걸어차자, 기사는 급히 방패로 엔테로의 발을 막았다. 그리고 검으로 다시 공격하려고 했지만, 그것은 단지 그의 생각일 뿐이었다.

뼁!

"헉!"

엔테로의 발에 맞은 방패는 맞은 곳이 우그러들었다. 방패를 잡은 기사의 팔꿈치가 자신의 옆구리를 쳐서 갈비뼈가 부러지고 말았다. 오거도 맞으면 날아가는 발인데 방패라고 견딜 수는 없었다.

엔테로가 다음 목표를 찾았지만, 말 위에 앉은 기사는 오로지 기사단장뿐이었다. 어느새 본대를 따라가던 수련생들까지 합세하여 기사들을 제압하거나 죽인 후였다. 기사는 기절한 자가 열두 명밖에 되지 않았다. 열여덟 명은 이미 유명을 달리했다.

병사들도 사정은 비슷했지만, 기사와 달리 죽은 사람이 별로 없었다. 300명의 병사로 120여 대가 넘는 마차를 포위했다가 기사들이 월등한 능력 차이로 죽거나 기절하는 것을 보고 아예 무기를 내려 버린 자가 더 많았다.

전의를 잃어버린 기사들을 둘러본 후 레슬리가 아리안에게 고개를 숙여 보였다.

"모두 제압했습니다, 단주님."

성벽 망루에서 이 광경을 지켜본 마카브로 백작은 화가 너무 나서 몸을 부르르 떨었다. 카스티야 백작은 기가 차긴 했지만, 오히려 박수를 보내고 싶은 심정이었다.

'참으로 시원시원하군. 아버지의 명령만 아니라면 오히려 친구로 사귀고 싶을 정도야. 하나 이 일이 성사돼야만 내 욕망을 달성할 수가 있지. 어쩔 수 없이 우리는 싸울 수밖에 없겠구나.'

마카브로 백작은 이를 갈았다.

"저, 저런 무지막지한 놈이 있나. 감히 상인 주제에 귀족, 더군다나 성주님의 명을 거역하고 반기를 들다니……."

카스티야 백작은 상단을 보는 척하면서도 마카브로 백작의 안색을 살폈다. 성주는 이를 악문 채 상단을 바라봤다.

'마카브로 백작과 상단을 완전히 적으로 만들려면 좀 더 강한 처방이 필요해. 음! 맞아, 노블리아 상단 상인을 처치한다면 서로 타협점이 없어지겠지.'

"상단 상인들을 본보기로 몇 놈 처리하고 나서 병사들을 이끌고⋯⋯."

카스티야 백작이 혼잣말처럼 중얼거리는 소리를 들은 성주는 곧 명령을 내렸다.

"수비대장, 상단 상인 놈들을 잡아뒀나?"

"예, 성주님! 인부들까지 22명 모두 체포했습니다."

"끌고 와라!"

"예, 성주님! 여봐라! 잡아온 놈들을 모두 끌고 와서 무릎을 꿇려라!"

"예, 대장님!"

병사들이 수비대장의 명령을 받고 급히 어디론가 뛰어갔다.

그때, 아리안은 카르네프 단주, 레슬리 대장, 라마누자 총관, 오마르 도상에게 상황을 설명했다.

"여러분 중에는 지금의 상황이 이해가 안 되는 분도 있을지 모릅니다. 프롱삭 성주가 말하는 첩자가 우리 중에는 없기 때문에 우리 모두 성에 끌려가도 별다른 일은 없을 것이라고 판단할 수도 있습니다."

아리안은 잠시 말을 끊고 네 사람의 얼굴을 둘러봤다. 다른 사람들은 무표정했지만, 오마르 도상만은 이해가 안 되는 얼굴이었다.

"이 일을 제대로 이해하자면 먼저 우리 상단이 이미 다섯 번의 참화를 입었다는 점을 기억해 주기 바랍니다. 누군가의 악의적인 목적과 계략이 아니라면 있을 수 없는 일입니다. 그 일을 명령한 자는 바라하 상단의 실질적인 주인 에레디아 공작으로 여겨집니다. 그리고 그 명령을 받은 자는 공작의 아들 카스티야 백작과, 음모를 꾸민 것은 지미 알란이란 자입니다."

아리안은 자신의 말을 듣고 놀란 도상 오마르를 힐끗 쳐다보고 현재의 상황을 자세히 설명했다.

"지금 프롱삭 성주인 마카브로 백작 옆에는 카스티야 백작의 얼굴이 보입니다. 아마 우리가 체포와 조사에 응했을 때 그들은 에레디아 공작의 바라하 상단이 노블리아 상단의 모든 것을 흡수할 때까지 우리를 가둬놓기만 할 것으로 예상됩니다."

아리안의 말을 들은 카르네프 단주는 조용한 음성으로 물었다.

"아리안 단주, 상황은 이해하지만 한 가지 궁금한 점이 있네. 만약 프롱삭 성주가 대군을 이끌고 공격하든지, 왕국 차원에서 공격한다면 어떻게 하겠나?"

"저는 노블리아 상단이 타인의 모략에 의해 무너지는 것을 묵과할 수 없습니다. 희생은 따르겠지만 병사들이 온다면 그들을 상대할 것이고, 왕국 차원에서 공격한다면 아빌라 왕국이란 이름을 대륙에서 지울 것입니다."

아리안의 결심은 단호했다.

아빌라 왕국이란 이름을 대륙에서 지우겠다.

대륙의 역사에 있어서 왕국과 상단은 언제나 우호적인 입장을 견지했다. 간혹 억울한 일이 있어도 상단은 참고 넘어가는 일이 상례였고 한편으로 당연한 일이었다. 왕국의 힘에 대항할 수 있는 상단은 있을 수 없었기 때문이다.

그리고 얼마 후에는 왕국도 상단의 필요를 절감하고 억제의 고리를 풀었다. 또한 왕국의 귀족들이 상단을 소유하면 오히려 세금은 줄어들고 이익은 귀족들의 주머니에 들어갔으며, 백성들은 훨씬 더 살기가 어려워지기에 세금은 더욱 줄어들 수밖에 없었다.

하지만 지금까지 어떤 상단도 귀족이나 국왕의 횡포에 정면으로 반발한 적은 없었고, 혹 있었다고 해도 모두 철저히 징계를 받았을 뿐이었다.

그런데 참으로 무모한 아리안의 이야기가 그들의 귀에는 마치 기적을 약속하는 천상의 복음이며 역사의 흐름인 양 여겨졌다. 도저히 이해하기 어려운 믿음이었다.

그러나 그 믿음은, 아리안이 약속하는 작은 기적은 지금 이 시간에도 점차 무르익어 가고 있었다.

잠시 후, 성벽 위에는 노블리아 지회 상인과 인부 22명이 끌려왔다. 그들은 채찍을 맞으면서 무릎을 꿇었다.

"노블리아 상단 단주는 들어라!"

마카브로 성주는 옆에서 마법사가 '음성 확대 마법' 을 걸어주자 말을 시작했다.

"간첩 은닉죄를 인정하고 당장 항복하지 않으면 너희 상단 상인들을 모두 죽일 것이며, 병사들을 모두 동원하여 한 명도 남겨두지 않을 것이다. 당장 항복해라!"

협박에 가까운 경고에도 아리안의 음성은 한 치도 흔들리지 않았다.

"우리는 상인이다. 간첩이 있다고 정보를 준 것은 바로 옆에 있는 카스티야 백작이 아니던가. 우리가 제국 백성이기에 간첩이라면 그도 역시 간첩이 아닌가?"

아리안의 말은 음성 확대 마법을 건 것보다 더 분명히 모든 사람의 귀에 스며들었다.

"또한 우리에게는 기사단장과 기사 12명의 포로, 그리고 300여 명의 병사가 사로잡혀 있다. 이들의 생사는 모른 척할 것인가? 그렇다면 우리가 손을 든다고 해도 믿을 수 있는 것은 아무것도 없다는 뜻이 아니냐. 마카브로 성주는 잘 들어라! 내가 분명히 말하건대, 잡힌 한 사람을 구하고자 다른 사람을 사지에 보내는 일은 결코 하지 않을 것이다."

아리안의 말을 들은 상인과 무사들은 속으로 고개를 끄덕이며 안심했다.

'아, 단주님은 우리를 억울하게 죽도록 하지 않으실 분이야.'

"만약 우리 상단 식구가 죽는다면 분명히 그 원수를 갚아줄 것이며, 그 가족은 평생 상단이 책임질 것이다. 나아가서 상인 한 사람이 죽으면, 기사와 병사 10명씩을 죽여서 내 말을 증명하겠고, 상인에게 칼을 휘두른 자 역시 죽음을 면치 못할 것이다!"

상인들과 무사들은 이를 악물었다.

'노블리아 상단은 부당한 처사에 결코 머리를 숙이지 않을 것이다.'

아리안은 다시 고함을 쳤다. 누구나 분명히 들을 수 있었다.

"모든 프롱삭 병사들은 들어라! 노블리아 상단은 친구에겐 친구의 도리를 다할 것이며, 검을 겨누는 자는 결코 용서하지 않겠다! 우리는 대륙의 자랑스러운 노블리아 상단이기에 상단은 마카브로 성주의 횡포에 그대로 당하고만 있지 않고 우리의 소박한 권리를 주장하고 상인으로서의 의무를 다할 것이다! 그리고 여기 포로로 잡힌 프롱삭의 기사와 병사가 죽는다면 그 책임은 분명히 억지를 부리는 성주에게 있음을 분명히 밝힌다!"

성벽 위의 상인들은 이를 악물었다. 괜히 노블리아 상단에 들어와서 억울하게 죽는다 여겼으나, 그런 원망은 씻은 듯 사라졌다. 자신이 죽어도 상단은 원수를 분명히 갚아줄 것이며 가족에 대한 걱정도 하지 않아도 된다는 믿음이 생긴 것이다.

'죽거나 살거나 노블리아가 함께한다.'

그들은 노블리아라는 이름 밑에서 죽는 것조차 영광이란 생각이 들었다. 그들은 어깨를 폈다. 그들의 눈에서 두려움이 아니라 자랑스러운 눈물이 흘렀다.

'그래, 난 노블리아 상인이야.'

"포로를 교환할 마음이 없으면 어서 시작해라! 우리는 기사 열두 명과 덤으로 기사단장을 가장 먼저 죽일 것이다."

레슬리는 부하에게 명해서 기사단장과 기사들을 앞에 나란히 앉혔다. 그들의 얼굴은 죽는다는 생각 때문에 사색이 되었다.

마카브로 성주는 그들이 취하는 행동으로 봐서 정말 죽일 듯싶었다.

"저런 씹어 먹을 놈들이 있나. 뭐라고? 상인 한 명에 기사나 병사를 가리지 않고 열 명씩 죽이겠다고?"

"성주님, 일단 포로를 교환한 후에 총공격해서 모두 죽이는 게 어떻겠습니까?"

수비대장은 못마땅한 표정으로 카스티야 백작을 힐끗 쳐다보고 성주에게 작은 음성으로 말했다.

"음, 저들이 정말 포로 교환을 할까?"

"성주님, 지금은 포로로 잡힌 기사와 병사 때문에 오히려 마법이나 병사로 공격하기도 어렵습니다. 일단 저들이 꺼낸 말이니 포로를 교환하면 좋은 일이고, 거절하면 병사나 기사가 죽는 것은 저들의 죄가 되지 않겠습니까?"

성주가 수비대장과 의논할 때, 상단은 마차로 벽을 만드는 중이었다. 그리고 일부 무사들은 기사들이 탔던 말을 한곳에 묶고 그들의 무기를 전부 모아들였다.

"아리안 단주, 저들이 상인들을 정말 풀어줄까?"

"포로를 교환하지 않을 리가 없습니다. 물론 교환한 후에 공격하겠지요. 이번 기회에 노블리아 상단 이념과 이를 뒷받침하는 힘을 대륙에 알릴 것입니다. 친구에겐 한없는 신뢰를, 적에겐 누구도 두려워할 검을 보낼 테니까요. 카르네프 대리단주님, 저들은 가슴으로 세상을 보지 않고 잔머리로 계산하는 자들입니다. 저들은 새로운 질서, 새로운 세상의 희생물이 되겠지요."

카르네프 대리단주는 아리안의 확고한 신념을 접하면서 새로움에 대한 불안함과 하고 싶은 말을 시원하게 털어놓는 통쾌함을 동시에 느꼈다.

아리안은 정말 그런 세상을 만들 것만 같았다. 그는 아리안의 손을 꼭 잡았다.

"아리안, 그래 주게. 자네를 믿어. 희생은 따르겠지만, 자네가 말하는 새로운 세상은 모든 상인의 꿈이 아니겠나."

그때, 프롱삭 수비대장이 말하는 소리가 들렸다.

"노블리아 상단 단주는 들어라! 기사와 병사들을 모두 보낸다면 상인들을 풀어주겠다!"

"네놈은 머리가 모자라거나 포로 교환할 뜻이 없는 모양이로구나! 만약 교환을 하려면 상인들을 모두 말에 태워서 정중히 모셔오너라! 그렇지 않으면 포로 교환은 결렬된 것으로 알겠다! 그 상인 한 사람은 기사 한 명과 병사 열 명에 해당하는 귀한 몸이라는 것을 잊지 마라!"

"저, 저런 건방진 놈들 같으니……."

성주는 화를 삭일 도리가 없었지만, 익스퍼트 상급인 기사단장과 기사들을 포기할 수는 없었다. 기사는 귀족이 가진 힘의 발현이었다.

"성주님, 어떻게 할까요?"

"일단 저들이 원하는 대로 모두 말에 태워 끌고 나가서 우리 기사와 병사들을 데려오너라."

기사들은 갑옷이 벗겨지고 모두 밧줄에 묶였지만, 상인들은 말을 타고 돌아왔다.

"와, 우리 형제들이 모두 살아서 돌아왔다!"

"크크, 말 타고 오는 모습이 마치 금의환향하는 것 같구나."

죽었다고 여겼다가 돌아온 상인들과 인부들은 카르네프 단주에게 가서 울음을 터뜨렸다.

"큭큭! 단주님! 큭큭!"

"단주님, 우리를 구해주셨군요. 형~!"

그들을 바라보는 상인과 인부들의 눈시울도 붉어졌다. 그들의 일은 다른 사람의 일이 아니었다. 상단에 대한 신뢰가 더욱 깊어졌다.

"그동안 얼마나 놀랐겠나. 우선 같이 밥부터 먹기로 하지. 많이 시장했을 거네."

어느새 식사 준비가 됐는지 상인들이 함께 식사할 동안 경호무사와 병사들도 둘러앉아 밥을 먹었다. 누구도 프롱삭 성에서 공격할 것을 두려워하는 자는 없는 듯했다.

그들은 노블리아란 이름 아래에서 강한 신뢰와 평온함을 느꼈다. 만약 상단이 내 목숨을 요구할지라도 그만한 가치가 있는 일임이 틀림없었다.

그들이 마치 야유회라도 하듯이 경계무사도 없이 둘러앉아 웃으며 밥을 먹는 모습을 본 성주는 그만 화가 나서 미칠 지경이었다.

"으윽! 이 뼈를 갈아 마셔도 시원치 않을 놈들! 네놈들이 내 화를 돋우려는 것이었다면 분명히 성공했다. 여봐라! 마법사는 뭐하느냐, 저놈들에게 몇 방 갈기지 않고!"

"예, 성주님!"

마법사 세 명이 마법 주문을 영창한 후 불덩이를 날려 보냈다.

"파이어 볼!"

"그레이트 파이어!"

누구보다 파이어 볼의 위험성을 잘 아는 용병들이 가장 먼저 허둥댔다.

"앗! 파이어 볼이다!"

"세상에, 파이어 볼보다 몇 배나 강하다는 그레이트 파이어 볼이잖아?"

"어서 피해라!"

그러나 아리안은 마법 공격을 보자 손만 한 번 공중으로 휘젓고 쳐다보지도 않았다.

쾅! 꽈쾅!

마법 공격은 실드에 막혀서 소리만 요란하게 울리면서 화려한 불꽃놀이를 만들 뿐이었다. 아름다웠다. 참으로 아름다웠다.

식사를 하며 바로 눈 위에서 벌어지는 불꽃 축제는 노블리아 상단의 대륙을 향한 포효를 축하하는 듯했다. 그 기쁨을 넘은 격동이 차츰 상단 전체로 퍼져 나갔다.

"세상에, 지금 우리가 뭘 하고 있는 거지?"

"뭘 하고 있긴, 지금 밥 먹으며 노블리아 상단 환영 축하 공연을 감상하는 중이지."

"내게 이런 일이 일어날 줄은 상상도 하지 못했어. 귀족이라면 당연히 고개 숙이고 그들의 자비를 바랄 뿐, 말 한마디 제대로 할 수 없었거늘! 여보, 당신이 살아서 이 광경을 같이 볼 수 있다면 얼마나 좋겠소. 귀족에게 당하고 목숨을 끊은 당신이 오늘 따라 사무치게 그립구려!"

능력이 없는 귀족일수록 더욱 큰소리치는 법이기에, 그런 귀족에게 억울함이나 피해를 한 번도 보지 않은 자가 과연 어디에 있겠는가.

상단 사람들은 목이 메어 밥이 걸리는 바람에 헉헉거렸고, 용병들은 시동어도 외치지 않는 고 서클 마법사가 상단에 있다는 것을 알고 입을 다물지 못하고 허걱거렸다.

카르네프 대리단주는 아리안의 작품을 여유롭게 감상했고, 더는 놀라기를 포기한 레슬리의 부하 경호무사들과 수련생들은 그저 밥 먹기에 바빴다.

마카브로 성주는 마법 공격이 실드에 막히자 기가 막혔다.

"도대체 어떻게 된 거냐? 우리 성의 전속 마법사가 상단 마법사가 친 실드 하나 깨지 못한단 말이냐?"

"성주님, '그레이트 파이어'는 4서클 마법으로 알려졌으나, 5서클 마스터가 아니면 감히 시전도 생각하지 못할 마법입니다. 만약 4서클 마법사가 행한다면 대부분 마나량 폭주로 자신이 상해를 입기 때문이죠. 그레이트 파이어 공격을 막는 실드라면 최소 6서클 마법사가 아니면 불가능합니다. 5서클 마법사 열 명은 있어야 겨우 대적할 수 있습니다."

마법사의 말을 들은 성주는 몸을 부들부들 떨었다.

"크흐, 이몸이 상인 나부랭이에게 굴욕을 당하다니! 수비대장! 병사들을 모두 집합시켜라! 기사대장! 기사들도 출정 준비를 시키지 않고 뭐하나?"

"예, 성주님!"

"충!"

기사대장과 수비대장이 신속히 밖으로 나갔다. 이때 옆에 있던 마법사가 조심스럽게 말했다.

"성주님, 기사와 병사는 우리가 월등하지만 솔직히 마법만은 저희가 열세입니다. 곧 어두워질 텐데 저들이 마법사를 앞세우고 방어한다면 상당한 피해가 예상됩니다. 한 번 더 재고하심이 좋을 듯싶습니다. 저들이 저렇게 강하게 나오는 걸 보니 밤에 도망가지는 않을 것 같습니다. 이미 막사를 치고 야숙 준비를 끝낸 듯합니다. 기사와 병사들을 밤에 푹 쉬게 한 뒤에 내일 아침 동이 트는 대로 공격하는 게 어떻겠습니까?"

"총관은 기사대장과 수비대장에게 새벽에 공격한다고 전하고, 밤에 저들의 움직임이 있는지 철저히 감시하라고 일러라!"

"예, 성주님!"

성주는 카스티야 백작을 쳐다보지도 않고 자신의 방으로 들어가서 밤새 이를 갈았으며, 상단은 상단 나름대로 바쁘기만 했다.

으드득으드득! 부스럭부스럭!

그리고 마침내 전설의 시작이라는 '프롱삭 혈전'의 아침이 밝았다. 귀족과 상단, 왕국과 상단의 싸움이 시작된 것이다.

"출정!"

뚜~! 뚜~!

동이 트기 무섭게 성안은 시끄러워졌다. 출정 나팔이 불면서 병사들의 구두 소리, 기사들의 말 투레질 소리가 사방에서 요란했다.

"제1천인대 집합 완료!"

"제1천인대 출정!"

"출정!"

"성문을 열어라!"

천인대 다섯 부대가 성문을 나가서 도열했다. 보통의 영주는 꿈도 꾸기 어려운 대단한 병력이었다.

아빌라 왕국은 모렐로스 왕국과 전쟁 중이기에 각 영지마다 상당수의 병력을 국경으로 보냈다. 그래서 각 영지는 치안을 확보할 정도의 병사밖에 남지 않은 게 현실이었다.

백작의 영지는 천 명 정도, 후작의 영지는 2천 명, 공작 영지만이 5천 정도의 병사를 거느린 것을 봐서 프롱삭 성은 특별한 경우에 속했다.

5,000여 명의 병사가 질서정연하게 도열했다. 성벽 위에서 바라보는 카스티야 백작은 처음 보는 대군의 위용에 놀라기도 했지만, 500여 명의 상단 인원 중에서 상인과 인부의 수를 뺀 무사가 도대체 얼마나 되기에 저런 병력을 동원해서 상대하는지 도저히 이해할 수가 없었다.

"정말 대단하군."

"그렇습니다, 백작님. 공작님의 영지에는 훨씬 더 많은 병사가 있지만, 황도에만 계신 백작님은 처음 보는 장면일 겁니다."

카스티야 백작의 말에 마법사는 간단히 설명하면서 상단을 바라보며 고개를 끄덕였다. 은영술사 아나하타가 자세히 대답했다.

"첫째는, 전쟁 중인 왕국에서 일개 영지에 이 정도 병력을 보유한다는 자체가 대단합니다. 둘째는, 500명의 상단을 상대로 수비병 몇 명만 남기고 성의 병력 전체를 동원한다는 발상 자체도 참으로 기가 막힙니다. 셋째는, 상단이 승패를 떠나서 성주가 전력을 기울이도록 만들었다는 게 믿기 어려울 정도로 엄청난 일입니다. 아마 이 이야기를 들으면 누구도 쉽게 믿지 못할 것입니다."

카스티야 백작은 아나하타를 힐끗 쳐다보고 다시 고개를 돌렸다.

마카브로 백작이 기사단을 이끌고 성문을 나섰다. 기사단은 30명 정도였다. 어제 20명 가까운 기사가 죽은 것을 감안한다면 그것도 놀라운 숫자였다.

"흠, 마카브로 백작이 내 제의를 받아들인 이유를 알겠군."

"그렇습니다, 백작님. 성주는 세금과 성의 기타 수입 그 이상을 기사와 병사를 키우는 데 사용하므로 금전적인 돌파구를 찾는 문제가 절박했겠지요."

백작은 고개를 끄덕이며 마카브로 백작을 바라봤다. 그는 기사단을 이끌고 잘 정렬된 병사들 앞을 사열하듯 천천히 지나갔다.

"성주님께 대하여 받들어 창!"

"충성!"

거만한 표정으로 병사들 앞을 지나가는 마카브로 성주를 본 카스티야 백작은 그만 고개를 흔들고 말았다.

"완전 졌다, 졌어. 저 자식, 정신이 온전히 박힌 자야? 아니, 급습하지 않을 거면 왜 새벽부터 설쳤지?"

"인간은 제 멋에 겨워 산다지만 저 정도라면 가히 수준급입니다. 흐흐!"

사열을 끝낸 성주는 병사들 앞 중앙에서 말했다. 그는 옆에 따라온 마법사에게 음성 확대 마법을 걸도록 명령하는 것을 결코 잊지 않았다.

"나의 자랑스러운 병사들이여! 이제 어제의 치욕을 씻고자 이 자리에 섰다! 그대들의 용맹은 역사에 기록될 것이며, 뭇 병사들의 귀감으로 전해질 것이다! 총공격에 앞서 주의할 점은 상인은 죽이지 말고 짐도 불사르면 안 된다는 것이다! 알겠나?"

"예, 성주님!"

"빨리 끝내고 돌아가서 밥 먹자. 공격!"

"돌격!"

"와!"

병사들은 빨리 돌아가서 밥 먹자는 말에 고무되어 마음껏 소리치며 앞으로 달려갔다. 열도 없고 줄도 없었다. 상단에는 활이 없었는지 화살 한 발 날아오지 않았다. 선두에서 달리던 병사들이 마차로 만든 담을 뛰어넘었다.

"죽어라! …어?"

그런데 안에는 사람은 물론 아무것도 없었다. 고개를 돌려 자신이 넘어온 마차를 봤다. 마차도 보이지 않았다. 다시 고개를 돌리자 어디선가 갑자기 나타난 몬스터가 달려들었다.

"으악!"

지능이 낮고 광폭한 미노타오로스와 단독으로 싸울 맘은 처음부터 없었다. 죽어라 달아나며 연방 비명을 질렀지만 누구도 나타나서 돕지 않았다.

다른 병사는 죽은 마누라가 쫓아왔고, 어떤 자는 불길 속에서 서서히 타 죽었다. 평소 가장 두려워하던 공포가 현실로 나타났다.

병사들은 연방 마차 담을 넘었다. 그리고 신기하게 모습을 감췄다.

"정지! 정지! 멈춰라! 환상마법진이다."

마법사가 마차로 된 담 안에서 일어나는 이색적인 마나의 움직임을 뒤늦게 간파하고 소리쳤지만 너무 늦었다.

"아! 내 잘못이야. 좀 더 일찍 확인했어야 하는데……."

마법사가 자신의 머리를 마구 쥐어뜯으며 괴로워했다. 그는 상대를 원망하지 않고 자신의 잘못이란 말 때문에 죽음이 빗겨 갔다는 것을 몰랐다. 아리안이 멀리서 그 마법사를 향하여 손을 들었다가 슬며시 내렸다.

이 기묘한 현상이 무엇인지 성주가 급히 물었다.

"환상마법진이라니? 그게 뭔가?"

"환상마법진이란, 정신계 마법 중에서도 상당히 고 서클 마법입니다. 신마전쟁 때 사용했다는 기록이 있을 뿐 자세한 것은 마탑의 기록을 봐야만 합니다."

"아니, 그런 마법을 일개 상단 마법사가 사용한다는 말인가? 도저히 믿을 수가 없군. 지금 저 안에 들어간 병사가 얼마나 되는지 인원 파악을 해라!"

"예, 성주님!"

성주가 천인장에게 명령하자, 곧 병사들의 번호 외치는 소리가 천인대마다 요란했다.

"흠, 고맙게도 모두 모여주었군. 밀가루 포대를 가져왔겠지?"

"예, 교수님!"

수련생 15명이 밀가루 포대를 안고 나무 위에 서 있었다. 아리안은 작전을 확인하듯 둘러본 다음 바람의 정령 진을 불러냈다.

"진, 수고 좀 해줘!"

"알았어요, 아리안님."

아리안이 부탁하자 그녀는 예쁘게 웃으며 대답했다.

"진, 위험하니까 이곳에서 해줘. 할 수 있지?"

"그럼요, 아리안님. 저 병사들에게 곱게 뿌리기만 하면 되지요?"

진에게 미소를 보인 아리안은 학생들에게 말했다.

"자, 밀가루를 뿌려라!"

"예, 교수님!"

학생들은 포대를 뜯고 밀가루를 모두 날려 보냈다. 금방 비어버린 밀가루 포대를 모두 버린 그들은 레슬리 대장이 몸을 숨긴 곳에 합류했다.

바람의 정령 진은 그 밀가루를 흩어지지 않게 모아서 병사들이 모인 공중에 뿌렸다.

"와, 눈이 내린다!"

"정신 차려! 지금이 몇 월인데 눈이 내린다는 거야? 황사일 거야, 황사!"

"눈도 아니고 황사도 아냐. 이건 틀림없이 밀가루야!"

"밀가루? 상단 놈들이 우리를 밀가루로 질식사시키려고 하나?"

바람에 날리는 밀가루를 바라보는 병사들은 너도나도 한마디씩 하면서 웃기 바빴다.

"참으로 어이없군. 상단과 싸우다 보니 별일을 다 보겠네."

그들은 조금 전의 환상마법진을 잊고, 지금의 현상을 단순히 비웃기만 했다.

그런 그들에게 되려 조소를 보내며 아리안이 손을 뻗었다. 그의 손끝에서 작은 불꽃 구가 솟아올라 밀가루를 향해 날아갔다.

"어? 저게 뭐지? 파이어 볼이잖아?"

"크크, 저것도 파이어 볼인가? 1서클짜리가 만들어도 저보다는 크겠다."

연신 병사들이 비웃는 그때, 파이어 볼이 밀가루의 운집에 충돌했다.

꽝! 꽈꽝!

1서클 파이어 볼에 맞은 밀가루가 분진 폭탄으로 변해 엄청난 굉음을 울리며 터졌다.

"아, 이게 아리안 단주님이 말씀한 신호로구나. 공격!"

레슬리 대장이 공격 명령을 내리자, 바위 뒤에 숨어 있던 용병과 무사들이 일제히 검을 들고 뛰쳐나왔다. 비장한 각오로 싸우려고 달려나온 그들은 다음 순간 그만 넋을 놓고 말았다.

"세상에, 이게 뭐야? 파이어 스톰이 지나간 자리 같잖아."

"그러게. 성한 사람이 한 명도 없어."

"아, 노블리아 상단을 상대하는 것은 재앙이야, 재앙!"

용병들은 20배나 되는 병사들과 싸운다고 생각했다가 쓰러진 기사와 병사들을 보고 할 말을 잃었다.

분진 폭발의 원리에 휩쓸린 병사들이 그 자리에 죄다 널브러져 있었다.

"어, 대부분 기절했는데? 죽은 사람은 의외로 적어."

무사와 용병들은 전장을 정리했다. 말들이 먼저 일어났고, 기사와 병사들도 한 명씩 정신을 차렸다.

"아니, 저 굉장한 마법은 도대체 뭔가?"

카스티야 백작은 성벽 위에서 폭음을 듣고 놀라 마법사에게 물었다. 하지만 마법사도 그런 류의 마법은 배운 적도 들은 적도 없으니 알 수가 없었다.

"8서클 마법인 '파이어 스톰'은 이런 굉음이 없고, 마법사 궁극의 마법인 '헬 파이어'라고 보기에는 피해가 적습니다."

"헬 파이어였다면 살아날 사람이 없다는 말인가?"

"그렇습니다, 백작님. 우선 자리를 피하는 게 좋겠습니다. 상단 마차가 포로를 앞세우고 성으로 들어옵니다."

카스티야 백작은 부하의 말을 들으면서 참으로 어이없다는 표정을 지었다. 눈앞에 보면서도 정말 믿기 어려운 현실이었다.

"허허, 그것참. 상단이 영지전에서 승리하여 성을 장악했다? 기문에 괴사로군. 우리 상대는 아닌 것 같아. 돌아가자."

"맞습니다, 백작님. 상단은 상단에 맡기는 게 옳은 듯싶습니다."

"음, 상단은 상단에 맡겨라. 참으로 많이 생각하게 하는 말이야. 가세!"

"텔레포트!"

번쩍!

아리안은 성문을 들어서며 힐끗 성벽 위를 쳐다봤다. 카스티야 백작 일당은 이미 사라져 있었다. 아리안은 피식 웃음을 떠올렸다.

그렇게 노블리아 상단은 프롱삭 성을 장악했다. 하지만 그것은 끝이 아니라 새로운 도전의 시작일 뿐이었다.

프롱삭 성의 함락 소식이 전해진 아빌라 왕궁은 발칵 뒤집히고 말았다.

도저히 믿을 수 없는 일이 벌어지고 만 것이었다.

*   *   *

"아니, 이런 찢어 죽일 놈들이 있나. 뭐라고? 마카브로 백작과 기사, 병사들이 포로로 잡히고 성을 빼앗겼어?"

"세상에, 이런 변이 있나. 만일 모렐로스 병사들이 알면 우리를 어떻게 생각하겠습니까? 당장 모두 잡아서 물고를 내야만 합니다."

"오, 겁납니다, 겁이 나요. 만약 이 소문이 퍼지면 다른 왕국이나 제국에서 우리를 어떻게 여기겠습니까?"

아빌라 왕국 귀족회의는 전령의 보고를 듣는 순간 수습하기 어려울 정도로 어지러워졌다.

"시끄럽소! 경들은 지금 여기가 어디라고 여기는 거요? 국왕 전하께서 계신 자리에서 윤허도 받지 않고 입을 여는 자를 어떻게 귀족이라 할 수 있겠소!"

보다 못한 왕국 제일 공작인 아르주나가 호통을 쳤다. 회의장에 갑자기 침묵이 감돌았다. 국왕 전하의 이마 주름이 좀 더 늘은 듯싶었다.

"전령은 좀 더 자세히 말해보라!"

국왕의 어음이 떨어지자 전령은 분위기에 놀라서 마치 자신이 잘못한 것처럼 몸을 부들부들 떨다가 고개도 들지 못하고 아뢰었다.

"마카브로 성주님은 노블리아 상단에 첩자가 있다는 정보를 받으시고 기사 30명과 병사 300명을 보내서 상단을 검문하라고 명하셨는데, 그 과정에서 충돌이 일어났고, 기사 18명이 사망했사옵니다. 진노하신 성주님은 프롱삭 성에 거주하는 상단 상인과 인부들을 체포하여 포로를 교환하시고 다음날 공격하셨습니다. 기사 30명과 병사 5,000명이 출동했사오나 싸워보지도 못하고 진법에 걸려 1,800여 명이 죽었고, 파이어 스톰에 버금하는 마법 한 방에 200여 명이 죽었으며, 성주님과 병사들은 포로로 잡혔사옵니다."

전령의 말을 들은 아르주나 공작은 다시 전령에게 물었다.

"그들은 성에 들어와서 어떤 행동을 취했으며, 모두 포로로 잡혔다는데 너는 어떻게 올 수 있었느냐? 소상히 아뢰도록 해라!"

"예, 예. 저는 직책이 전령인지라 참전하지 않고 성벽에서 모든 일을 직접 볼 수 있었습니다. 그들은 성에 들어와서 포로 중에 말단 병사들은 모두 풀어주고 십인장, 백인장, 천인장 등 간부급과 기사, 기사대장, 수비대장과 성주님만 감옥에 가뒀습니다. 그들은 출입에 제한을 두지 않아서 저는 재빨리 달려올 수 있었습니다."

"병사들을 풀어줬다고? 그들을 부하로 삼았다는 뜻인가?"

"죄송합니다. 그것은 잘 모르겠습니다."

"알았다. 너는 밖에서 대기해라!"

전령이 나가고 공작은 깊은 생각에 잠겼다. 잠시 후, 공작은 옥좌를 돌아보며 말했다.

"국왕 전하, 지금은 모렐로스 왕국과 전쟁 중이옵니다. 상대가 약한 기색이 보이면 언제든지 공격을 해서 피해를 주든지, 끝장을 내고 싶은 마음은 양국이 같으리라 사료되옵니다. 일단 사신을 보내서 정확한 일의 경위를 알아야 대처할 방안이 생길 것이옵니다."

"국왕 전하, 천부당만부당한 이야기이옵니다."

공작의 말이 미처 끝나기도 전에 아비도 후작이 일어났다. 왕후의 아버지이기도 한 후작은 공작과 더불어 왕국의 쌍두마차 역을 담당했다.

"국왕 전하의 임명을 받아 귀족이 됐고 국왕 전하를 대신하여 영지를 다스리는 고귀한 귀족이 피해를 입었습니다. 이를 바로 징치하지 않고 시간을 끈다면 바닥으로 굴러 떨어지는 병사들의 사기는 어떻게 할 것이며, 검을 잡지 않은 귀족은 두려워서 어떻게 본연의 임무를 다할 수 있겠습니까?'

아비도 후작은 어전인데도 화가 나서 부들부들 떨었다. 그는 강력한 징계를 요구했다.

"우선 본보기로 왕국 내 노블리아 상단을 폐쇄하고, 상단 상인에서 인부까지 모두 체포해야만 하옵니다. 그래도 저들이 항복하지 않는다면 병사를 보내기 전에 먼저 체포한 자들을 처형해서 왕국의 권위를 세워야 한다고 여겨지옵니다."

"그렇사옵니다, 국왕 전하!"

"아비도 후작님의 말씀이 백번 지당하옵니다, 국왕 전하! 그렇게 하지 않는다면 귀족의 권위를 어디서 찾을 것이며, 귀족이 없는 왕국을 어찌 상상인들 할 수 있겠습니까?"

귀족들이 너도나도 한마디씩 던지고 중도파 귀족들마저 아비도 후작에게 힘을 실어주자 국왕의 시름은 더욱 깊어만 갔다.

'이대로 두면 공작이 위험해지겠다. 진정한 충신은 점점 사라지는데 공작마저 떠난다면 이 왕국은 어이할꼬. 제국의 공주를 납치해서 주비스 제국에 바치자는 왕도를 벗어난 일만 하는 저들이 귀족이 아니라 마치 승냥이 떼 같구나. 좀 더 놔두면 어떤 말이 나올지 심히 염려되는군.'

"제신들은 들으시오."

"예, 국왕 전하!"

국왕이 입을 열자 아직 말을 못해서 후작의 눈도장을 받지 못한 귀족들이 안타까운 표정을 지었다.

"아르주나 공작의 말이 심히 옳은 듯하지만, 상대는 정치를 모르는 일개 상인 집단이라 정당한 상대로 보기는 어려울 듯싶소. 또한 옆집 아이가 내 아이를 때렸다고 해서 그 아이가 내 아이와 친하게 지낼 수 있는 노력도 하지 않고 대륙 모든 아이에게 화풀이할 수는 없는 일이오. 상단의 다른 상인에게까지 책임을 전가하는 것은 불가하오. 아비도 후작은 들으시오."

"예, 국왕 전하!"

"왕국이 전쟁 중임을 감안하여 후작은 이 일을 책임지고 신속히 처리하기 바라오."

"심려치 마시옵소서, 국왕 전하!"

왕국의 병권을 잡은 후작에게 일을 일임한 것은 힘으로 그들을 신속히 처리하라는 뜻일 게다. 후작은 모렐로스 왕국과의 전쟁이 지지부진한 터에 이 일을 해결하여 새로운 전기를 마련하고 싶었다.

화려한 등장을 하려면 준비할 게 많았다. 후작은 바쁘게 움직였다.

*   *   *

"아리안, 일이 커지는 것은 아닌가?"

평생을 상인으로 지내온 카르네프에게 권력이란 너무 가까이 하면 불이 붙고 너무 멀리하면 정에 맞는 존재였다. 왕성에서 병력을 파견하기로 결정했다는 정보를 입수한 카르네프는 근심스런 빛으로 아리안을 쳐다봤다.

마카브로가 있던 성주 회의실에는 낯익은 얼굴들이 있었다. 아리안 단주를 위시해서 카르네프 대리단주, 오마르 도상, 레슬리 대장, 레모 밀영단장, 라마누자 총관 등 기존의 얼굴이 보였다.

그리고 새로운 얼굴들도 눈에 띄었다. 어느새 왔는지 포르피리오 책사와 실력이 부족하다는 문책을 듣고 부하와 함께 훈련하러 떠났던 헤르메스 경호대장까지 자리를 차지했다.

또한 수련생 마하비라, 파라미, 히엘로가 참석했지만, 그들이 마스터임을 알고 있었기에 누구도 이상히 여기지 않았다. 오히려 아리안이 전력을 기울인다는 생각이 들었다.

"제가 한 말씀 드리겠습니다."

포르피리오가 자리에서 일어나 아리안과 카르네프에게 간단한 예를 취한 후 입을 열었다.

"카르네프님의 말씀대로 일은 커지고 말았습니다. 만약 두렵다고 여기서 도망이라도 간다면 대륙에 산재한 노블리아 상단 지회는 박살이 나고 말 것이며, 상인들의 처지는 최악으로 변할 게 틀림없습니다. 그렇다면 이 위기 상황에서 길은 있는가?"

포르피리오는 일단 말을 끊고 장내를 둘러봤다. 상인들의 얼굴에는 불안한 마음을 지울 수가 없었지만, 아리안의 능력을 아는 마스터들의 얼굴은 단지 명령을 기다리는 담담한 표정이었다. 그는 그들의 표정에서 자신감을 얻을 수 있었다.

"그렇습니다. 길은 어떤 상황, 어떤 곳에서도 존재합니다. 단지 두려워서 보이지 않거나 보기를 거부하기 때문에 오직 거대한 철벽과 깊은 낭떠러지만 존재할 뿐입니다. 저는 여기서 여러분에게 한 가지 질문을 던지고자 합니다. 여러분은 이 상황에서 돌파구를 원하십니까, '위기'를 '위대한 기회'로 바꾸기를 진정으로 바라십니까? 그렇다면 일단 아리안 단주님의 말씀을 들어보겠습니다."

포르피리오는 아리안에게 자리를 양보하고 의자에 앉았다. 모든 사람의 마음을 하나로 묶는 것은 아리안의 역할이었다. 아리안이 자리에서 일어났다. 그는 조용한 음성으로 이야기를 시작했다.

"지금 두렵습니까? 그렇다면 여러분의 가장 소중한 것을 내어놓으십시오. 여러분의 어깨를 짓누르는 그 소중한 것을 던져 버린 채 두려움을 넘고 공포의 강을 건너서 희망과 신념, 그리고 신뢰의 언덕으로 오르십시오. 그 언덕에서 상인이란, 인간이 가장 인간다운 삶을 영위하도록 돕는 이웃이며 형제라는 것을 깨닫게 됩니다."

아리안은 지금 순간이 너무나 중요하다는 점을 깨달았다. 지금 상단의 확고한 신념이 세워지지 않는다면 앞으로 닥쳐올 위기마다 저들은 흔들리고 말 터였다.

그는 모든 기본적인 삶의 형태가 상(商) 행위에 의해서 이뤄지며, 상행위를 목적으로 가꿔지고, 상행위가 최종 결과임을 뼈저리게 느끼도록 강조했다. 그리고 그는 덧붙였다.

"우리가 두려움을 딛고 한 걸음 더 도약하는 길만이 우리가 살고 모든 상인이 상도 위에서 꿈과 소망을 가꾸어 나갈 수 있습니다. 과연 여러분의 선택은 어떤 것입니까?"

하나의 질문이 던져졌다. 우리는 살아가면서 수많은 선택을 한다. 시간이 흘렀을 때 우리는 그때의 선택을 후회하기도 하고, 선택했다는 사실 자체를 잊기도 한다. 그러나 지금 강요되는 선택처럼 그 결과가 극과 극으로 나뉘는 경우는 극히 드물 것이다.

회의실에 갑자기 침묵과 사색의 장막이 드리워졌다.

"음~!"

누군가의 깊은 신음이 모든 사람의 마음처럼 가슴에 울려 퍼졌다. 누구나 선택해야 할 것은 하나라는 것을 안다. 그러나 그 선택을 한 후 짊어져야 할 짐이 너무나 두려웠다.

태어나서 말을 배우기 시작할 때부터 권력에 복종해야 한다고 세뇌되었기 때문이었다. 뱀이 허물을 벗지 않으면 자멸할 수밖에 없었다.

"군사는 이 일이 가능하다고 봅니까?"

아리안의 경호를 책임질 헤르메스는 바로 아빌라 왕국의 기사단장이었기에 아빌라의 힘을 누구보다 잘 알았다.

"여러분은 지금까지 가능한 일만 했습니까? 가능이란 말은, 전진이 아니라 후퇴를 뜻하는 말이며 용기가 아니라 비겁을 의미합니다. 자신을 평가절하하고 군중 뒤에 숨어서 자책과 후회만 계속하다가 죽어가는 일일 뿐입니다. 이 일은 결코 가능한 일이 아닙니다."

포르피리오는 그들이 듣고자 하는 말을 단호히 부정했다. 그의 말이 너무 엄중했기에 오히려 두려워할 기회를 놓쳤다고 봐야 했다.

"이 일은 모든 사람의 신념과 용기, 그리고 꿈과 희생을 요구하는 위대한 일입니다. 지금까지 누구도 이룩하거나 꿈도 꾼 적이 없는 대역사입니다. 여기 주군의 제자들이 있습니다. 이들은 모두 마스터입니다. 지금까지 대륙 역사상 십대 마스터가 탄생한 적이 단 한 번이라도 있었습니까? 그것이 가능한 일이었습니까? 하지만 이들은 단주님을 전적으로 믿고 한 톨의 의심도 없이 수없는 한계에 도전했습니다. 그리고 전무후무한 대역사, 엄청난 기적을 이룩했습니다."

사람들은 모두 그와 같은 기적의 창조자 아리안을 바라봤다. 그들의 눈에는 무한한 신뢰와 뜨거운 열망이 넘쳐흘렀다.

회의장의 분위기는 서서히 반전을 시작했다.

'아리안님, 새로운 질서, 새로운 세상을 열어주십시오.'

대륙은 점차 혈향이 짙어졌고, 파발마 달리는 소리가 점점 시끄러워졌다.

역사는 꿈꾸는 자에 의해서 새로운 단장을 시작했다.

Chapter **05**
피의 대가

"주군, 드릴 말씀이 있습니다."

아리안은 포르피리오가 다가오는 기운을 읽고 심법을 멈췄다.

"들어와라."

포르피리오는 방에 들어와서 의자에 앉지도 않고 서서 말했다.

"주군께 허락받을 일이 있습니다."

"간부회의에서 하면 안 되는 일이었나?"

아리안은 포르피리오가 급히 와서 보고하는 일에 의아한 마음이 들어 조용한 음성으로 물었다.

"그렇습니다, 주군."

"앉아서 말해보게."

"괜찮습니다, 주군. 다름이 아니라, 단체의 형태는 왕국의 조직을 따라야 합니다."

"……."

포르피리오는 스스로도 뜬금없이 말문을 열었다고 여겼다. 그러나 아리안이 짐작했다는 듯이 말없이 다음 내용을 기다리자 속으로 놀랐다.

"현재 우리의 출신을 보자면 둘로 나눌 수 있습니다. 순수한 상인 집단과 무사 집단입니다. 상인 집단은 카르네프님을 중심으로 뭉쳤고, 무사 집단의 주요 인물은 주군의 가신들입니다. 조직의 장, 즉 국왕은 우선 카르네프님이 맡는 게 좋을 듯싶습니다. 주군에 대한 그분의 신뢰는 가히 신앙에 비유되지만, 대륙 상인을 끌어안는 데는 역시 카르네프님이 전면에 나서는 게 좋겠습니다."

"그렇지. 당연히 그렇게 해야지."

포르피리오는 상당히 미묘한 문제를 아리안이 선뜻 긍정하자 속으로 놀라면서 감탄했다. 그는 가슴이 뭉클해져서 아리안에게 절을 한 번 한 뒤 다시 말을 이었다.

"감사합니다, 주군. 또 하나의 문제가 있습니다."

"음, 계속하게."

"아빌라 왕국의 병권은 아비도 후작이 잡았습니다. 후작은 왕후의 아버지로 마스터이기에 백작이 됐다가 딸 때문에 후작이 됐고, 왕국의 실권자이자 욕망으로 가득한 자입니다. 그는 결코 우리를 용서하거나 타협할 여지가 전혀 없다고 봐야 합니다. 주군께 간청하는 것은 그가 여유를 갖고 각 성에서 병사들이 모이기를 기다리는 동안, 우리도 전선을 확보하려면 베스시오 성과 후에고 성을 손에 넣었으면 합니다."

포르피리오는 지도를 가리키며 설명했다.

"이는 우리가 프롱삭에 있다가 힘에 겨우면 한 발 후퇴할 수도 있다는 생각을 불식시키고, 아비도 후작에게 뒤통수를 맞지 않을 뿐더러 어느 정도 병사를 확보할 수도 있기 때문입니다. 주군께서 혼자 나서신다고 해도 아비도 후작은 물론 누가 와도 상대가 되지 않겠지만, 그런 일이 일어나면 종교 단체는 가능해도 왕국이 될 수는 없습니다."

한 사람에게 의존하는 조직은, 종교는 가능해도 왕국은 불가능하다.

아리안은 프로피리오의 말을 듣는 순간 갑자기 망치로 머리를 맞은 듯했다. 이 문제는 아리안이 앞으로 나아가는 데 결코 잊어서는 안 될 절대 명제였다.

"한 사람의 힘에 의한 절대 권력은 짧으면 1년, 길면 10년을 넘지 못하는 법입니다. 제가 우려하는 것은 프롱삭 성을 장악하는 과정에서 우리의 피해가 전혀 없다는 점입니다. 힘들게 얻지 않으면 가치는 그만큼 떨어지게 됩니다. 병사들이 주군만 쳐다보지 않고 스스로 일어서게 만들어야 합니다."

아리안은 포르피리오의 말을 듣자 자신이 어떤 실수를 했는지 분명히 알 수 있었다.

"고맙네, 포르피리오. 잘 지적해 주었어. 그럼 베스시오 성과 후에고 성 함락 계획을 세워주게."

"예, 주군."

포르피리오는 자신이 주제넘게 주군의 실수를 지적했음에도 화를 내는 대신 즉각 시인하고 대책을 물어오자, 세상을 다 얻은 듯한 기분이 들면서 눈물이 왈칵 쏟아졌다.

"큭, 감사합니다, 주군!"

"포르피리오, 내가 어린 바람에 내 잘못을 지적해야 할지 말지로 많이 고뇌한 모양이군. 나도 듣기 싫은 말보다는 듣기 좋은 말을 선호하지. 하지만 듣고 싶은 말과 들어야 할 말 정도는 구분할 수 있다네. 내가 들어야 할 말은 언제든지 서슴지 말고 말하게. 자네는 나의 군사가 아닌가."

"주군, 감사합니다. 신명을 바쳐 보필하겠습니다."

"그래 주게. 그래야 나도 가끔은 돌아보게 될 테니까."

아리안은 감격에 겨워 눈물을 흘리는 포르피리오의 손을 양손으로 꼭 잡았다.

'주군~!'

아리안은 레슬리와 헤르메스를 불렀다.

"주군, 부르심을 받고 왔습니다."

"소주군, 부르셨습니까?"

"어서들 와서 자리에 앉게."

레슬리와 헤르메스는 각기 자리에 앉았다. 두 사람 다 왕국은 달라도 기사단장을 지낸 경력이 있어서 비슷한 기운이 흘렀다.

"두 사람은 서로 인사하게. 이쪽은 헤르메스로 내 경호를 담당하고, 이쪽은 레슬리로 특수 임무를 수행하는 특무대장일세."

"전 레슬리입니다. 반갑습니다."

"난 헤르메스요. 반갑소, 레슬리. 한번 겨뤄보고 싶어서 몸이 먼저 반응하는구려."

비슷한 능력을 가진 두 사람은 벌써 몸 안의 피가 뜨겁게 끓는 모양이었다.

"하하! 저도 그렇습니다. 헤르메스님은 정통파인 듯싶은데, 저는 왕국을 떠나면서 암검 수련을 더 많이 했답니다."

"어쩐지 이상한 기운이 실렸다 싶었더니 그랬구려."

그들은 마치 십년지기를 만난 듯이 반갑게 인사를 나눴다. 나이가 더 많은 헤르메스가 반존대를 했고, 레슬리는 존대를 했다.

"자, 자, 인사는 후에 더 하고 이야기를 듣게."

아리안은 그들이 다시 마음을 차분히 가라앉히자 말을 시작했다.

"아비도 후작이 각 영지마다 병사를 보내도록 독촉을 하는 중이지. 나는 그들이 오기 전에 레슬리 대장은 베스시오 성을 장악하고, 헤르메스 대장은 후에고 성을 손에 넣었으면 하네."

"알겠습니다, 주군!"

"예, 소주군!"

"각기 2,000명의 병사를 내어줄 테니 기본 훈련을 시킨 후에 출정하도록 하게. 성에 도착하면 성문을 열어줄 사람이 있을 걸세."

"그렇게 된다면 일도 아닙니다, 주군."

두 사람은 매우 기뻐하며 밖으로 나가서 각자 맡겨진 병사들을 사흘 동안 조련하고 자신의 부하들과 출발했다.

파라미, 마하비라, 히엘로는 포르피리오를 만났다, 세 사람은 그가 회의장에서 처음 봤지만, 주군의 군사이면서 설득력이 상당하고 차가운 눈 뒤에 뜨거운 가슴을 지닌 책략가임을 알았다. 그는 세 사람을 반갑게 맞았다.

"어서 오시게, 젊은 영웅들."

"우리를 보자고 했습니까, 포르피리오 군사님?"

포르피리오 군사는 그들을 보면서 미소를 지으며 권했다.

"일단 자리에 앉으시게."

세 사람이 자리에 앉자 그는 시간을 끌지 않고 말했다. 젊은 사람들은 상대가 시간을 끌면 뭔가 꿍꿍이가 있다는 생각을 먼저 하기 때문이었다.

"우선 세 사람이 해줬으면 하는 일 하나와 주의할 점 하나를 이야기하고자 하네. 세 사람은 주군께 검을 배웠기에 주군처럼 완벽을 기하려고 한다네. 그러는 과정에서 자신의 능력을 십분 발휘하지만, 결과적으로 그러한 행동은 명령을 받는 자가 택할 행동이지 지휘할 자가 취할 행동은 아니라네. 해줘야 할 일은, 레슬리 대장이 병사들을 이끌고 도착한 후 공격을 시작하면 베스시오 성의 성문을 여는 일이라네. 그 일을 직접 하지 말고 베스시오 성 사람들을 이용하게."

그 말을 들은 세 사람은 서로 쳐다보며 고개를 끄덕였다. 전날 제압했던 뒷골목 패거리를 말한다고 느껴졌다. 포르피리오는 다시 입을 열어 결론을 내렸다.

"지휘자는 약간의 희생을 감수하더라도 모든 부하의 작전 수행 능력을 끌어올려야 하네. 희생자가 생겨야 점차 강병이 된다네. 희생을 모르고 패배해 보지 않은 조직은 좀 더 강한 자나 그런 조직을 만나면 유리처럼 부서져 버리고 재기마저 불가능해지네."

포르피리오는 아리안의 제자들에게 마스터의 길이 아니라 지휘자의 길을 이야기했다.

"그대들이 쓰러지고 짓밟혀도 다시 일어서는 불굴의 정신을 소유하게만 된다면 주군께선 당신의 무한한 꿈과 이상을 이 대륙에 펼칠 수 있으시겠지. 명심하게. 전장에서 완벽한 작전이란 존재하지 않고, 피의 대가를 지불하지 않은 결과는 결국 신기루라는 점을."

파라미 등은 포르피리오가 건네주는 종이를 들고 나오며 아무런 말도 하지 않았다. 아니, 머릿속에서 그의 말이 계속 맴돌았기에 할 수가 없었다.

피의 대가를 지불하지 않은 결과는 신기루다.

"이 새끼들은 뭐야? 감히 여기가 어딘 줄 알고!"

세 사람은 베스시오 성으로 돌아가서 뒷골목 패거리의 본부로 찾아갔다. 그들을 알아보지 못한 패거리들이 대뜸 시비부터 걸어왔다. 셋은 코웃음을 치며 대꾸했다.

"여기가 감히 어디냐?"

"고블린 방울만 한 자식들이. 여긴 바로 야황님의 베스시오 지부… 아니, 야황님의 친위대가 아니십니까?"

"야황님의 친위대가 납셨다!"

정문을 지키던 놈들이 안을 향해 소리치자 우르르 몰려나와 두목부터 바닥에다 코를 박았다.

"에고, 어서 오십시오. 역시 야황님은 우리를 저버리지 않을 줄 알았습니다."

"자, 부하들을 한 놈도 빼지 말고 모두 집합시켜라. 쓸 만한 놈들만 훈련시키겠다."

"모두 친위대원님 말씀 들었지? 모조리 쌍방울 울리며 달려오라고 해."

잠시 후, 700여 명이 모였는데도 저택 마당은 아직 여유가 보였다. 넓긴 정말 넓었다. 파라미가 의자를 놓고 그 위에 올라섰다.

"야황께서는 너희 중에 괜찮은 놈들로만 훈련시키라고 하셨다. 50명씩 집단 격투를 해서 그중 괜찮은 녀석들을 고르겠다. 조건은 근성이 있는 놈, 끝까지 오기로 버티는 놈, 잘 살아보려고 한이 맺힌 놈 등이다."

50명씩 집단 격투가 시작됐다. 49 대 1의 싸움이었다. 코피가 터지고 이빨이 춤을 췄으며 갈비뼈 순서가 바뀌었다. 파라미, 마하비라, 히엘로는 쓰러진 자 중에서도 괜찮은 놈을 골랐다. 다섯 놈이 남아서 숨을 허덕거리면서도 상대를 노려봤다.

"됐다. 네놈들은 합격이다. 이쪽으로 와라."

흐흐!

얼굴엔 피가 낭자했고 한쪽 눈은 거의 감겼으면서도 그들의 얼굴에는 흐뭇한 미소가 감돌았다. 웃는 얼굴이 오거처럼 일그러졌다.

집단 격투는 계속됐고, 결국 210명이 뽑혔다.

그들은 다음날 새벽부터 산속에 들어갔다가 사흘 만에 돌아왔다. 그들이 어떤 훈련을 받았는지는 알 수 없었지만 입은 다물어졌고 눈은 살아서 반짝였다.

200명이 넘는 인원이 함께 밥을 먹으면서도 아무런 말소리가 들리지 않았다. 식사 후 날이 어두워지자 수련생 세 명은 각기 70명씩을 인솔하여 어디론가 사라졌다.

밤길을 걷는 자를 위해 달이 모습을 드러낼 때, 성 밖에서 불화살이 공중으로 치솟았다.

휘익!

베스시오 성 건달인 티아모는 육중한 성문을 여는 장치인 복합 도르래를 노려봤다.

'음, 무슨 일이 있어도 문이 완전히 열릴 때까지 저것을 당기고 있어야 한다는 말이군. 좋다. 내가 죽더라도 저 문만은 꼭 내 손으로 열고 말아야지. 젠장, 꼬이고 꼬인 내 인생, 어디서부터 잘못이란 말인가. 씨발, 이번이 마지막 기회야.'

평소에는 다섯 명이 지키던 성문이 지금은 40명이 넘었다. 성문을 열기 위해 70명이 몸을 꼭꼭 숨긴 채 명령을 기다렸다. 달이 너무 밝아서 불안했다. 생전 처음 손에 든 제대로 된 검을 쳐다봤다. 신분이 바뀐 듯한 기분이 들었다.

"공격해라!"

파라미의 명령이 떨어지자 그들은 말없이 성문을 향해 달렸다.

"적이다! 성문을 사수해라!"

"빨리 비상 신호를 보내라!"

삐이! 삐이!

챙챙!

"윽!"

"허걱!"

상대는 정식으로 훈련받은 병사들이었다. 동료가 쓰러지기도 했고, 병사들을 쓰러뜨리기도 했다.

"물러서지 마라! 곧 구원병이 올 것이다!"

"죽고 싶지 않으면 비켜!"

티아모는 검으로 베는 게 아니라 몽둥이를 휘두르듯 마구잡이로 휘둘렀다. 검술은 약할지 몰라도 기세로 눌렀고, 인원수도 많았다.

티아모는 곧 도르래를 움직이는 손잡이를 잡아당길 수 있었다.

그그그! 삐걱삐걱!

성문이 조금씩 열렸다. 쓰러진 동료의 모습이 보였다. 이를 악물고 손잡이를 더욱 힘껏 잡았다.

"성문이 열린다! 빨리 막아라!"

비상 신호를 받은 성문 병사들이 숙소에서 뛰쳐나왔다.

"안 되겠다! 활을 쏴라!"

휘익! 휙휙!

화살이 날아왔다. 티아모는 어깨에 한 발, 그리고 허벅지에도 한 발을 맞았다.

"윽!"

"손잡이를 놓치면 안 돼!"

파라미의 고함이 들리자 티아모는 다시 힘을 주어 손잡이를 잡았다. 파라미는 다시 날아드는 화살을 검으로 쳐서 떨어뜨리면서도 싸움에 직접 가담하지는 않고 냉정하게 사태를 지켜봤다. 건달들이 쓰러지기는 하지만 기대 이상으로 잘 싸워줬다.

'어무이, 힘 좀 주이소. 내도 좀 살아 볼 낍니더.'

시간이 조금 지나자 통증이 줄어드는 대신 힘이 빠졌다. 티아모는 불현 듯 떠오른 속만 썩인 어머니를 찾았다. 동료들이 점차 쓰러졌다.

"죽여라!"

성문이 열리는 틈새로 레슬리 대장이 들어와서 단숨에 병사들을 쓰러뜨렸다. 티아모는 겨우 성문을 어느 정도 열 수 있었다. 그리고 그는 흘린 피 때문에 열린 성문을 붙잡은 채 주저앉고 말았다.

곧 말 탄 병사들이 들이닥쳤다. 그들은 정말 무서웠다. 그들은 검만이 아니라 각종 암기도 함께 사용했다.

성문은 곧 정리가 됐지만 병사들은 계속 들어왔다.

"성주관으로 간다!"

병사들은 레슬리 대장을 따라서 달려가고 성문은 완전히 열렸다. 파라미가 티아모와 동료들을 바라보며 말했다.

"정말 잘 싸웠다. 너희가 자랑스럽다. 다친 자들을 도와줘라!"

"예, 친위대원님!"

티아모는 잘 싸웠다는 말을 듣고 미소를 지으며 쓰러졌다. 피를 너무 많이 흘린 탓이었다.

다음날 티아모는 침상 위에서 깨어났다.

"어? 티아모, 일어났어?"

옆 침대에서 동료가 담배를 피우며 아는 척을 했다.

"대체 여기가 어디야?"

"크크, 여긴 바로 수비대 간부 병실이다, 간부 병실."

"간부 병실? 우리가 여긴 왜?"

"우리는 일반 병사가 아니라 간부 병사로 인정받았어. 넌 기절해서 모르겠지만 마법사가 와서 네 상처에다 대고 힐링인가 뭐라고 외치자 상처가 좋아지더라고. 거 신기하대."

"너 지금 무슨 옷 입고 있냐?"

"이게 바로 특수부대 복장 아니냐. 크크! 일반 병사들이 경례를 하는 특수부대 복장. 알겠냐?"

"그렇구나. 좋겠다. 꿈에 그리던 특수부대원이 돼서. 월급도 일반 병사의 세 배라며?"

"자식, 네 머리 위를 봐라. 네 옷도 거기 있으니."

"아~!"

티아모의 베개 위에는 특수부대복 한 벌과 검 한 자루가 가지런히 놓여 있었다. 티아모는 옷을 가슴에 품었다. 죽음을 무릅쓰고 쟁취한 옷이어서인지 감회가 새로웠다.

"티아모, 너 그거 아냐? 그 옷 입고는 이제 보호비 못 받는다."

티아모는 동료가 뭐라고 하는지 들리지도 않았다. 그의 눈에서 눈물 한 방울이 또르르 굴러 떨어졌다.

'삐까번쩍한 이 옷 걸치고 검을 허리에 떡하니 잡숫고 집에 가서 선물을 앵기면, 어무이가 뭐라 카겠노? 틀림없이 울기만 하겠제.'

티아모와 동료는 다음날부터 더욱 심한 훈련을 받았지만, 그들의 열정은 식을 줄을 몰랐다. 그들은 잘못 들어선 삶을 바꾸려고 목숨을 걸었다.

파라미 등은 처음 작전 때 60명이나 죽은 게 머리에서 떠나지 않아 남은 150명을 가능하면 살리고 싶었다. 그들은 차차 조금씩 변해갔다.

*   *   *

"뭐라고? 또다시 두 개 성이 상단 손에 넘어갔다고?"

"그렇사옵니다, 국왕 전하. 베스시오 성은 안에서 성문을 연 자들이 있어서 침입한 적과 성주 이하 기사단이 접전을 벌였지만, 워낙 열세인 병력이라 그만 당하고 말았다 하옵니다. 그 과정에서 성주와 기사단이 전멸하고 말았사옵니다. 후에고 성은 어찌 된 일인지 싸워보지도 않고 항복했다고 하옵니다."

아빌라 국왕은 아르주나 공작의 말을 듣고 몹시 분노하여 참을 길이 없었다.

"아비도 후작, 도대체 경은 무엇을 하고 있었기에 일이 이 지경이 되도록 출정조차 하지 않는단 말이오?"

"국왕 전하, 각 영지에서 병력이 아직 도착하지 않아⋯⋯."

"듣기 싫소! 경이 그토록 무시하던 상단을 치는 일에 다른 영지 병사들을 모아서 싸우려 했던 것이오? 짐이 알기로는 경의 영지 병사만 해도 7,000명인데 그 수로도 부족했소? 그대는 병권을 아르주나 공작에게 넘기고 자택에서 근신하고 있으시오!"

"하오나 국왕 전하, 이제 신은 준비가 끝나서 출정 보고를 막 하려는 참이었사옵니다."

"경은 짐의 명을 거역할 참이오? 자택에서 근신하라는 명이 들리지 않는단 말이오? 근위대, 후작이 나가신다! 안내해 드려라!"

"……."

국왕의 명이 떨어졌다. 하지만 움직이는 근위대원이 없었다. 후작은 국왕의 명을 듣고 안색이 변했으나, 근위대원들의 태도에 어깨를 으쓱했다.

'흠, 오르무즈 자작이 의외로 일을 잘했군. 근위대원들을 모두 내 편으로 만들었어.'

마음이 놓인 후작은 국왕을 보며 씨익 웃고 나서 오히려 명령을 내렸다.

"근위대원들은 들어라!"

"예, 후작 각하!"

근위대원들이 일제히 읍하는 광경을 목격한 국왕과 아르주나 공작의 안색이 변했다.

"국왕 전하의 병이 도진 듯하다! 침전으로 모시고 경호를 철저히 하되 누구도 들어가지 못하게 하라! 안정이 최고니라!"

"예, 후작 각하!"

"국왕 전하의 정신을 어지럽힌 공작을 반역죄로 옥에 가두고 재산을 몰수해라! 또한 가족들도 모두 체포하고 반역의 증거를 찾아야만 한다! 찾을 수 있겠느냐?"

후작은 근위대장의 얼굴을 의미심장한 빛으로 쳐다봤다.

"후작 각하, 이처럼 반역의 의도가 분명하니 틀림없이 찾을 수 있습니다."

아비도 후작은 만족한 얼굴로 고개를 끄덕였다. 국왕과 공작이 근위대원에게 끌려 나갔다. 엄청난 일이 벌어졌지만, 누구도 이를 지적하는 귀족은 없었다. 귀족들은 올라갈 자리가 생겼다고 오히려 희색이 가득했거나 공작파로 불린 귀족들은 전전긍긍하는 빛이 역력했다.

"후작 각하, 왕국이 어려운 때를 맞이했으나 국왕의 자리는 한시도 비워둘 수 없습니다."

모든 귀족이 어떻게 해야 할지 몰라서 주춤거리는 와중에 아비도 후작의 측근인 오르무즈 자작이 앞으로 나섰다.

"국왕 전하께서 쾌차하실 때까지 왕국의 번영을 밤낮을 가리지 않고 고뇌하시는 후작 각하께서 대공위에 오르시어 섭정하심으로써 왕국의 안위를 도모하심이 가한 줄 아뢰옵니다."

"허허, 왕세자가 있지 않느냐?"

"후작 각하, 왕세자 역시 공작에게 사사하는 중에 세뇌되어 정신이 바르지 못하다고 들었사옵니다. 왕세자 역시 폐위하시고 감옥에 가두시는 게 왕국의 분란을 미연에 예방하는 효과가 있으리라 사료되옵니다. 지금은 비상시국이라 후작 각하께서 신속히 이를 처리하지 않으시면 엉뚱한 생각을 하는 무리가 생길 수 있으며, 이는 적을 이롭게 할 뿐이옵니다. 통촉하여 주시기를 앙망하옵니다."

오르무즈 자작은 이미 아비도 후작에게 국왕에 준하는 예의를 차리고 있었지만, 후작도 이를 지적하지 않았고 스스로 나서서 목숨을 재촉하는 귀족은 더더구나 없었다. 그것이 대세였고 왕국의 국운이었다.

"그렇사옵니다, 아비도 대공 전하! 오르무즈 자작의 의견이 십분 타당한 줄 아뢰옵니다."

"당연하옵니다, 대공 전하! 왕국의 국권을 안정시킨 후 병사들을 신속히 파견하여 상단 놈들을 모조리 죽이고 그 여세를 몰아 모렐로스 왕국과의 전쟁을 끝내야만 할 줄로 사료되옵니다."

승냥이 떼가 시체를 발견했다. 저마다 한 점씩 뜯어 먹으려고 짖는 소리만이 왕궁 가득히 울렸다.

"세상에, 국왕 전하가 병환으로 승하하셨어."

"에고, 그럴 수가 있나. 어질고 아직 젊은 왕이셨는데……."

"왕세자가 아직 어리고 국정 경험이 없어서 아비도 대공께서 섭정하신다나 봐."

"아비도 대공이면 할아비는 국왕이었나?"

"예끼, 이 사람아. 누가 들으면 큰일 날 소릴 하고 있군."

"크크, 아니면 앞으로 그렇게 되겠지. 크크!"

민심도 흉흉했지만 먹고살기 어려운 백성에게는 연일 이어지는 가뭄이 더 큰일이었다. 백성들은 내일 당장 먹을거리 걱정으로 인해 왕궁 안의 피바람은 전혀 신경 쓰지 못했다.

그 사이 아비도 대공은 정권을 더더욱 철저하게 다졌다.

"대공 전하, 파리하드 왕세자가 감옥에서 죽었지만, 어떻게 죽었는지는 그 연유를 아는 사람이 없사옵니다."

"저런, 왕위를 물려받을 사람이 그렇게 쉽게 가면 되나. 그 약혼녀는 어떻게 됐나?"

"왕세자의 약혼녀이고 공작의 딸이며 4서클 마법사인 마드렌은 저택에 없었다고 합니다. 아마도 마탑으로 간 듯하옵니다."

"음, 어쩔 수 없군. 마탑을 상대할 수는 없지. 출정 준비는 끝났나?"

아비도 대공은 마드렌에 대한 생각은 지워 버리고 명령을 내렸다.

"그렇사옵니다, 대공 전하! 친정하시렵니까?"

"음, 아무래도 짐이 친정해야 귀족들도 전력을 기울이겠지. 출정 나팔을 불어라! 내 친히 무도한 놈들을 징치하리라!"

대륙의 이목은 프롱삭 성으로 몰렸다. 상단을 경호하는 무력이 성주의 부당한 검문을 거부하면서 일어난 분쟁은 급기야 왕국과 상단의 전쟁이라는 역사상 전무후무한 사태로 번졌다.

결과는 당연한 귀결이겠으나, 이 일의 파장은 일파만파로 퍼져 나갔다. 노블리아 상단의 이름은 상인에게는 훌륭하다는 뜻으로 새겨졌으며, 식자들에게는 자신의 권리를 포기하거나 뒤로 숨지 않았기에 고귀하다는 뜻으로 받아들여졌다.

*   *   *

노블리아 상단 간부들은 프롱삭 성 회의실에 모였다.

포르피리오는 아리안을 봤다가 그가 고개를 끄덕이자 자리에서 일어나 아빌라 왕국 지도 앞에 섰다.

"나를 가름하고 상대를 파악한 후에 전장으로 나가라는 말은 현자의 말이 아니더라도 중요한 말임은 틀림없습니다. 우선 아빌라 왕국 사정을 말씀드리겠습니다. 아빌라 왕국 국왕은 아비도 대공에게 피살된 것으로 보입니다. 왕세자가 죽고 아르주나 공작이 감옥에 갇혔습니다."

포르피리오의 말에 참석한 사람들은 두 가지를 놀랐다. 하나는 신속한 정보고 다른 하나는 왕국 병사가 출동한다는 데도 조금도 흔들림이 없는 그의 자세였다.

"성격이 난폭한 아비도 대공이 실질적인 국왕의 역할을 행사하는 중입니다. 그는 왕국에 비상사태를 선포하고 각 성의 병사를 끌어 모으는 중이며, 모렐로스 왕국과 접전 중인 병사 10만 명 중에서도 3만 명이나 뽑아서 보내라는 전령을 보냈습니다. 게다가 왕도 수비 병사 35,000명 중에서도 30,000명을 동원했습니다."

"세상에, 우리를 상대하고자 10만 대군을 동원한다는 말인가? 정말 대단하군, 대단해. 아니, 그렇게 만든 우리가 대단한 건가? 하하, 그거 참!"

카르네프 단주가 포르피리오의 말을 듣다 어이가 없어서 웃었다.

"그렇습니다, 단주님. 저희 정보단의 분석 역시 그 정도의 병사와 기사가 500명 정도라고 판단했습니다. 이제 우리의 전력을 말씀드리기에 앞서 한 가지 좋은 소식을 전해드리겠습니다. 바로 우리 프롱삭 성의 이웃인 후에고 성의 성주님이 우리와 뜻을 함께하고자 이곳을 방문하셨습니다."

"뭐라고 했나? 후에고 성주인 하시드님이 오셨다고 했나?"

뜻밖의 소식을 접한 간부들은 희색이 만면했으며, 카르네프 단주도 예외는 아니었다.

"하시드 성주님은 단주님의 경호대장이신 헤르메스님과 아카데미 동기로서 서로 존경하는 사이였다고 합니다. 그분은 아비도 후작의 전횡에 고뇌하시던 중에 백성을 위해서 결단을 내리셨다고 합니다. 그분은 앞으로 카르네프님의 공명정대한 상도에 입각한 정치로 굶는 백성이 안 생겼으면 한다고 말씀하신 바 있습니다. 우리 다 같이 손뼉을 쳐서 그분을 맞이하겠습니다."

짝짝짝!

우렁찬 박수와 함께 카르네프 단주와 아리안 단주가 자리에서 일어났다. 모두 함께 몸을 일으켜 뒤를 돌아봤다. 문이 열리며 이마에 고뇌를 많이 한 흔적이 역력한 40대 중년인이 들어왔다. 그는 허리를 굽혀 박수에 답례했다.

"이처럼 환영해 주어 감사합니다. 카르네프 단주님과는 직접 대화를 나눈 적은 없지만, 단주님의 현자와 같은 깊은 지혜는 예전부터 흠모해 왔습니다. 더욱 놀란 것은 아리안 단주님의 그 끝을 짐작조차 못하는 검술 능력입니다. 저도 마스터 중급 실력을 자랑했는데, 아리안 단주님과의 대결은 대결이 아니라 말 그대로 지도 검술이었습니다."

성주는 아리안에게 다시 한 번 예를 표한 후 이야기를 계속했다.

"나이는 아직 어리면서도 검술학과 교수임을 충분히 납득할 수 있는 대목이었습니다. 카르네프님의 연륜에서 비롯한 지혜와 아리안 단주님의 천신과 같은 능력이 결합한 노블리아의 이름은 아빌라가 아니라 대륙을 아우를 수 있다고 믿게 됐습니다. 앞으로 목숨을 걸고 충성을 다하겠습니다, 카르네프님!"

짝짝짝!

다시 한 번 박수가 우렁차게 울렸다. 그들은 그 손뼉에 벅찬 감동과 해낼 수 있다는 자신감을 실었다. 마치 대륙을 이미 통일한 듯한 감격이 밀려들었다.

포르피리오가 재차 자리에서 일어나 좌중을 둘러보며 말했다.

"인사는 천천히 나누셨으면 좋겠습니다. 한 분을 더 소개하고자 합니다. 이분은 우리가 지나온 베스시오 성의 성주입니다. 큰 박수를 부탁합니다."

그들은 감격이 사라지기도 전에 다시 놀라야 했다. 베스시오 성주가 기다린다니, 반신반의하면서도 혹시나 하는 기분으로 손뼉을 쳤다.

짝짝짝!

문이 다시 열리고 한 사내가 들어왔다. 그는 하시드 성주처럼 당당하지는 않았지만, 귀족의 품위가 느껴졌다.

"패전지장을 환영해 주어 감사합니다."

"패전지장?"

간부들은 그의 말에 의아한 표정으로 서로 쳐다봤다. 연유를 아는 사람은 묵묵부답이고, 모르는 사람은 말할 수가 없었다.

"저는 베스시오 성의 칼리파입니다. 여기 계시는 레슬리 대장에게 완전히 패배한 패전지장이지요. 그는 성문을 열고 들어와서 성의 모든 기능을 장악하고 성주관으로 와서 저와 기사들을 제압했습니다. 그는 마스터 상급이었고, 부하들은 기사들의 실력을 뛰어넘었습니다. 하지만 그는 실로 강했지만 교만하지 않고 겸손했으며 지혜로웠습니다."

칼리파 성주는 레슬리 대장에게 다시 한 번 목례를 보냈다. 진 사람이 자신을 이긴 사람을 존경한다. 실로 쉽지 않은 일이었다.

"그는 내게 힘으로 눌러서 항복을 강요하지 않고 백성을 위한 올바른 선택을 제게 물었습니다. 백성을 위한 마음과 그들을 지킬 수 있는 힘을 보고 싶지 않으냐고 물었습니다. 저는 거절할 수가 없었습니다. 그리고 확인했습니다. 저는 이런 분이 나의 주군이었으면 하고 얼마나 바라고 기다렸는지 모릅니다."

감동에 젖은 칼리파 성주의 음성은 살짝 떨렸다. 그의 말에는 진정이 가득 넘쳐흘렀다.

"제가 목숨을 던지고도 그것마저 영광이 될 분을 확인한 것입니다. 그리고 그분의 가신이 되는 은총이 주어졌습니다. 저는 여러분과 함께하면서 다시 태어난 이날을 영원히 기억할 것입니다. 여러분, 함께하게 되어 반갑고 기쁩니다."

그가 다시 고개를 숙여 절하자 모두 열광적으로 손뼉을 쳤다. 눈시울을 적시는 사람도 여러 명이었다. 포르피리오가 다시 자리에서 일어났다.

"아무래도 한 분을 더 소개해야 할 것 같습니다. 이분은 특급 용병으로 기드온 용병단장입니다. 저희가 청하기도 전에 다른 특급 용병 한 분과 함께 3,000명의 용병을 거느리고 오셨습니다. 여러분이 손뼉을 힘차게 쳐주시면 아마도 나오실 것 같습니다."

"하하하! 크크크!"

짝짝짝!

간부들은 포르피리오의 말에 만면에 미소를 지으면서 힘껏 박수를 했다. 앞서 소개했던 두 성주도 그 대열에 참가했다.

문이 다시 열리고 발보아 단장과 콘셉시온 특급용병이 선후로 들어왔다.

"발보아입니다. 저는 아리안 단주님을 뵌 후에 한시도 그분을 잊을 수가 없었습니다. 제 부하들은 제가 상사병에 걸렸다고 했습니다."

"하하하! 크크크!"

"상사병? 거 좋지. 그거 먹으면 새벽뿐만이 아니라 시도 때도 없이 선다더군. 크크!"

"명언이다, 명언이야. 나도 한 그릇 해야겠어."

갑자기 회의장 분위기가 밝아졌다. 하지만 간부들은 어느 정도를 지킬 줄 알았기에 곧 조용해졌다.

"노블리아 상단이 무모한 귀족의 횡포에 맞서 싸운다는 소문이 퍼졌고, 그곳에 아리안님이 계신다는 이야기를 들었습니다. 저는 올 수밖에 없었습니다. 만에 하나 중과부적으로 그분의 친인이 다치기라도 하면 대륙에는 재앙이 닥칠 것이기 때문입니다."

"그러니까 발보아 단장의 말은 우리를 걱정해서가 아니라 적을 염려해서였군. 어쨌든 간에 반갑네. 이렇게 직접 찾아와 줘서."

카르네프가 웃으면서 말했다. 발보아 단장은 교묘한 언변으로 아군의 사기를 한껏 높였다.

"하하하! 역시 카르네프님은 제 마음을 잘 아시는군요. 제 결심을 알았는지 부하들이 팔을 걷어붙이고 나섰고, 3,000명

이 모이게 된 것입니다. 물론 함께 온 특급용병인 이분의 역할
도 지대했습니다."

"저도 아리안님의 검술 경지에 크게 놀란 사람입니다. 아리
안님을 뵌 후에 그분의 가신이 되고 싶은 마음이 간절했는데,
다행스럽게 이번에 허락을 받았습니다. 더할 나위 없는 영광
입니다. 여러분, 앞으로 잘 부탁드리겠습니다."

특급용병이 어떤 위치인가? 기사단장으로 모시려는 왕국이
어찌 하나둘일까? 간부들은 두 사람이 지닌 상징적인 의미를
너무나 잘 알았다. 한마디로 대단한 사람들이 연방 모여들었
다. 이제는 누구도 진다는 생각을 하지 않게 됐다.

용병들은 본능적으로 이기는 싸움을 하는 전장의 하이에나
가 아니던가.

"자, 오늘은 한번 신나게 취해봅시다. 사실 마시기 전에 이
미 취기가 한껏 오르는군."

"하하하! 그렇습니까? 저만 그런 줄 알았습니다."

"하하하! 크크크! 푸후훗!"

아리안의 말에 모두 박장대소했다. 그의 말이 떨어지면 우
연은 필연으로 바뀌고 무모는 당연으로 옷을 갈아입었다. 그
는 기적을 몰고 다니는 자, 신화를 창조하는 자였다.

대륙에 새로운 바람이 불기 시작했다. 대륙을 강타할 신선
하고 강력한 태풍이 프롱삭에서 회오리치기 시작했다.

역사란 그의 뜻이 이루어지는 과정을 적은 기록일 뿐이었
다.

"젠장, 이젠 갈 데까지 갔군."

"그게 무슨 소린가?"

근위기사 두 명이 술을 마시면서 신세를 한탄했다.

"무슨 소리? 몰라서 묻나?"

"그럼 내가 알면서 묻는 교수란 말이냐? 말 좀 해봐!"

"크, 술맛 좋다. 국왕 전하께서 승하하신 데는 분명 아비도의 입김이 작용했을 것 아닌가? 그가 명령했거나 그의 부하 간신배가 알아서 처리했겠지."

근위기사는 분통이 터졌는지 말을 가리지 않고 위험한 말을 내뱉었다. 동료는 주위를 한 번 둘러보고 고개를 끄덕였다.

"음, 그 이야기군. 모르면 좋고 알아도 몰라야 하는 이야기."

"누가 국왕이든 간에 별 관심은 없지만, 일개 상단을 상대하면서 전장의 병력까지 부르다니, 도대체 정신이 있기는 한지 궁금해."

"아차! 자네, 그 이야기 들었나?"

갑자기 동료가 낮은 음성으로 말하자 이야기를 나누던 친구는 의아하여 귀를 기울였다.

"무슨 얘기?"

"아비도 후작의 횡포에 항의하다가 달아난 근위대장이시

던 분."

"헤르메스 경 이야긴가? 그래서?"

이젠 이야기를 듣던 동료가 오히려 호기심을 드러냈다.

"그분이 노블리아 상단 단주 경호무사 대장이란 소문이 있
어."

"그래? 그런 소문은 확인해야겠지."

"확인해서 어떡하려고?"

"참, 딱하군, 딱해. 어떡하긴, 다시 그분 밑에서 일하고 싶어
서 아니겠나. 그분 밑에는 옛날 동료들이 많이 있다더군. 자넨
어떡할 건가?"

그는 당연하다는 듯이 어깨를 으쓱거렸다. 동료도 결심이
섰는지 어금니를 깨물었다.

"같이 가세. 가서 한 팔 거들어야겠어."

"옛날 동료 중에서 출세하려고 눈이 벌건 놈들은 빼고 슬그
머니 알아보세. 아무래도 같이 가는 게 낫지 않겠나."

그날부터 두 기사의 언행은 은밀해졌다. 그리고 어느 날 갑
자기 상당수의 기사가 왕궁에서 눈에 띄지 않았다.

*　　　*　　　*

작전 회의실!

노블리아 상단군 총사령관인 아리안은 함께한 장군들, 헤르
메스 경호대장, 레슬리 특무대장, 레모 밀영단장, 하시드 후에

고 성주, 칼리파 베스시오 성주, 발보아 용병단장, 콘셉시온 특급용병, 파라미, 마하비라, 히엘로의 얼굴을 천천히 둘러봤다.

한 사람 한 사람이 일당백, 아니, 일당천의 용장이었다. 그들의 얼굴에는 주군인 아리안에 대한 존경심, 동료에 대한 신뢰, 그리고 할 수 있다는 자신감과 용기가 가득했다.

아리안이 포르피리오에게 고개를 끄덕였다.

"저는 아리안님의 가신이며 군사 역할을 담당한 포르피리오입니다. 여기 계신 분들은 누구보다도 창과 검이 난무하는 싸움터에서는, 누구 칼에 맞고 죽는지도 모르는 전장의 흉험함을 잘 아리라 봅니다. 실상 11만이 넘는 대군 앞에 아무리 강병이라고 해도 2만 명이 채 안 되는 병력으로는 역부족입니다. 그러므로 그들이 이곳에 오기까지 손 놓고 앉아서 기다리는 것은 옥쇄에 해당할 것입니다."

포르피리오 군사의 말을 듣는 사람들은 어금니를 깨물며 군사의 말에 집중했다. 군사는 앉은 사람들의 얼굴을 천천히 둘러봤다. 어금니를 악무는 사람은 있어도 두려운 표정을 짓는 장수는 없었다.

그는 가슴속에서 이길 수 있다는 확신이 서서히 차올랐다.

"적은 선발부대가 3만, 아비도 대공이 이끄는 본대가 5만, 후발대가 3만입니다. 우리의 목표는 선발대 3만입니다. 다행스러운 점은 선발대와 본대의 거리가 닷새나 떨어져 있습니다. 이번 전쟁의 승패는 여기에 달렸습니다. 작전 세부 사항은 모두 지금 나눠 드리는 종이에 적혀 있습니다. 오늘부터 일주일 동안 작전에 따른 훈련을 하고 적을 맞이하러 떠날 예정입니다."

종이를 받아 든 장군들은 고개를 끄덕이며 감탄했지만, 레슬리와 헤르메스는 남들과 조금 달랐다.

"아니, 이럴 수가……!"

"세상에, 이렇게 과감한 전략을……!"

두 사람이 놀라는 표정을 보고 모두 포르피리오를 바라봤다.

"그렇습니다. 이번 전쟁은 전략과 속도로 승부를 지을 것입니다. 주군께서 '전쟁이 하루 길어지면 그만큼 백성이 어려워진다'고 말씀하셨습니다."

그날부터 그들은 부하와 함께 훈련을 거듭했고, 벌판에는 병사들의 악쓰는 소리, 지휘관의 고함으로 몸살을 했다. 그들은 밤에도 쉬지 못했다.

"뛰어! 뛰다가 죽어야 가족이 살 수 있다! 야, 이 새끼야! 말 탄 놈이 쫓아올 텐데 뒤돌아볼 시간이 어디 있어!"

"헉헉!"

"X할 놈, 빨리 못 뛰어?"

"쓰벌, 욕이 입에 달렸네."

"어떤 개새끼가 알지도 못하면서 지랄이야? X할 놈이 욕이냐, X 못할 놈이 욕이냐?"

"어? 그건 그러네. 이제 봤더니 그건 욕이 아니라 축복이자 덕담이었어. 에라, X할 놈아, 오래오래 많이 해라!"

"크크! 푸훗!"

그들은 땀과 먼지가 범벅이 됐으나 아랑곳하지 않고 달리고 또 달렸다. 입안은 모래가 자글자글했지만 눈은 반짝거렸다.

'모래를 씹어 먹으면 눈이 좋아지는 걸까?'

다른 곳의 지휘관은 이상한 훈련을 시켰다.

"악!"

"으악!"

"더 악을 쓰란 말이야, 개새끼들아! 네 마누라가 죽었냐? 악 쓰라니까 놀고 있잖아! 다시!"

"으악!"

"끄악!"

멀리서 그들의 훈련을 지켜보는 세 사람은 파라미, 마하비라, 히엘로였다.

"저 정도면 작전에 차질이 생기지는 않겠지?"

"음, 감안해서 한다면 충분할 거야."

"한데 훈련할 땐 왜 항상 욕을 해야 하는 걸까?"

"아무래도 욕 대신 존대어를 사용하면 맛이 안 날 거야. '강아지님, 빨리 뛰셔야 해요', 이런 말 듣고 어떻게 잠재 능력을 끌어올리겠냐?"

마하비라의 말에 히엘로가 궁금하다는 듯이 물었다.

"강아지님이라니, 무슨 소리야?"

"개새끼를 존대어로 바꾸면 그렇게 되지 않을까?"

"크크, 그렇군. 귀에 익지 않아서 그런지 소름 끼친다."

"그러나저러나 아카데미 애들 부르지 않아도 괜찮을까? 3기 수련생들은 그렇다고 쳐도 1기, 2기는 대부분 마스터급이잖아."

파라미의 말을 들은 히엘로가 고개를 끄덕이며 마하비라를 돌아봤다.

"그렇군. 110명이 오라블레이드를 앞세우고 달려들면 아빌라 왕국은 물론이고 대륙이 주군 앞에 무릎 꿇고 말 텐데."

"우리끼리 속으로만 끙끙 앓을 게 아니라 주군께 가서 여쭤보는 게 좋겠다."

"좋아, 다른 애들도 궁금한 모양이니 저녁 식사 후에 같이 가자."

히엘로 등은 훈련하는 병사들을 다시 눈여겨본 후에 돌아갔다.

저녁 식사를 끝낸 학생 17명이 기사 수련장에 함께 모였다.

"모두 이곳에 있었구나."

"전체, 차려! 주군께 경례!"

"충!"

"그래, 모두 앉아라, 너희 얼굴에 궁금한 게 있다는 표정이 역력하구나."

"헤헤, 그게……."

학생들은 멋쩍은 표정을 지으며 아리안을 향해서 동그랗게 반원을 그리고 땅바닥에 둘러앉았다.

"그래, 궁금한 게 뭐냐?"

"주군, 우리 병력이 부족한 것은 사실이지만, 아카데미 동료들을 부르면 능히 승기를 잡을 수 있을 것 같습니다. 그렇지 않은가요?"

"왜, 불안한가?"

아리안은 미소를 지으며 학생들을 쭉 둘러봤다. 학생들 눈에는 숨길 수 없는 긴장감이 엿보였다.

"불안하다기보다는 많은 병사가 죽을 듯해서 안타까운 심정입니다, 주군."

"안타까운 심정이면 좀 더 훈련을 시키면 된다. 더욱 혹독하게 훈련시켜서 죽는 게 오히려 편하겠다는 생각이 들면 살아남는다는 점을 기억해라."

학생들은 아리안의 말을 이해하려고 생각에 잠겼다. 파라미가 생각을 떨치고 질문했다.

"주군, 이번 작전은 주군께서 확인하고 허락하신 작전입니까?"

"그건 왜 묻느냐?"

"이번 작전의 성공 여부는 속도와 긴밀히 짜인 연계에 있습니다. 게다가 상황에 따른 통신을 신속하게 하자면 많은 마법사가 필요할 텐데, 우리는 그만한 수를 확보하지 못한 것으로 알고 있습니다. 만약 통신이 힘들면 깃발이나 소리로 의사를 전달해야 하는데, 깊은 산에서 그것 또한 여의치 않을 것 같아

염려스럽습니다."

"파라미, 대단하구나. 네가 대륙 작전사를 연구한 모양이군."

"사실 전 주군을 뵙기 전에는 힘이 약해서 검술보다는 작전과 전략을 제가 나아갈 길로 삼고 공부하는 중이었습니다."

"그랬구나. 이번 작전의 핵심을 잘 파악했다. 물론 우리에게 마법사는 별로 없다. 하지만 이게 있다면 그런 어려움을 대신할 수가 있지."

아리안은 주머니에서 반지 열일곱 개를 꺼내서 하나씩 나눠줬다. 반지에는 태극 문양이 보이고 룬 문자도 보였다.

"아, 태극반지구나."

수련생들도 이젠 태극을 아는 듯했다.

"단순한 반지가 아니다. 통신이 가능하고 정신계 흑마법을 막아줄 것이다. 그 반지는 가신이 끼는 반지고, 일반 지휘관에게는 이번 전쟁이 끝날 때까지 유효한 통신 마크를 만들어줄 예정이다."

"와, 멋지다!"

"킥킥! 신난다. 저희들끼리도 가능한가요?"

"불가능하다. 그 문제는 다른 사람에게 정보를 줄 가능성이 생긴다. 생각해 봐라. 너희에게 정보를 캐려는 사람과 만난 자리에서 다른 동료가 연락한다면 어려움이 생기고, 개인적인 볼일도 다른 사람이 알게 되는 폐단이 생긴다."

'크크, 지극히 개인적인 볼일마저 알려진다면 변비가 생기고 말겠군. 히히!

학생들은 반지를 왼손 약지에 끼고 쓰다듬었다. 웬일인지 선택받았다는 느낌이 강하게 들었다. 그들은 흐뭇한 표정으로 서로 얼굴을 마주 봤다.

"자신의 모든 것을 드러내는 자는 자신을 죽여 달라고 주문하는 것과 같다. 다음에 오는 적은 그에 대한 대비를 하고 오겠지."

"아하, 그렇군요."

학생들이 서로 쳐다보며 고개를 끄덕이자 아리안은 빙그레 미소 지으며 자리에서 일어났다.

"자, 모처럼 대련을 해보기로 할까? 검을 뽑아라! 오늘은 오라블레이드를 일으켰을 때 몸속의 마나가 흐르는 길이 순간적으로 바뀌는 통로를 기억하도록 해라!"

아리안이 마법 등불을 만들었다. 학생들은 저마다 검에 선명한 오라블레이드를 형성시키고 아리안을 주목했다. 아리안은 검을 꺼내지 않았다. 그의 몸 주위에 바람이 서서히 일었다. 그의 옷자락이 바람에 날려 가볍게 펄럭였다.

기사수련장을 밝힌 마법 등불마저 바람에 휘날려 그림자가 춤을 췄다.

마하비라가 상단으로 치켜든 검을 기본 검술인 내려치기로 공격했다.

쌩~!

마치 태산을 가를 듯한 일격필살의 매서운 검풍이 허공을 가르며 검날마저 감춘 채 직선으로 꽂혔다. 아리안의 행동은 단순했다. 아리안이 가볍게 비껴서며 그의 등을 치자 3m는 날려갔다.

꽝!

마하비라가 땅에 떨어지는 소리가 신호라도 되듯이 사방에서 공격이 퍼부어졌다. 아리안은 한줄기 바람이었다. 공격하는 자마다 바람에 날려가듯이 나가떨어졌다.

'아, 지금까지 싸울 때 몸속 마나의 움직임은 신경도 쓰지 않았는데 확실히 평소의 흐름과 다르구나. 이게 바로 마스터의 능력이고 상황에 대처하는 인간의 잠재 능력의 일부로구나. 그리고 주군은 우리를 때릴 때마다 그런 혈 자리를 자극하시는 중이야. 크크, 이거야말로 맞을수록 강해지는 것 아닌가.'

꽝! 꽝!

학생들은 주군에게 맞을 때마다 새로운 기운이 용솟음치는 것을 느끼고 전력을 다해 덤벼들었다.

성주 궁전 기사수련장에서 연방 들리는 굉음에 레슬리와 헤르메스가 들어와서 자리를 잡고 구경했다. 잠시 후 발보아와 콘셉시온도 들어왔다. 하시드와 칼리파 성주도 자리를 잡았다. 그들도 싸우고 싶은지 몸이 들썩거렸다.

학생들은 서서히 보법을 밟기 시작했다. 그들의 몸놀림이 잘 보이지 않을 정도로 빨라졌다. 아리안의 몸놀림은 마치 춤을 추는 듯했다. 양손을 서로 역으로 돌리며 부드럽게 쓰다듬는 손길에 걸려 학생들은 나가떨어졌다.

"세상에, 마스터 열일곱 명의 전력을 다한 공격을 힘 하나도 들이지 않고 막아내다니……."

"아니야. 지금 뭔가를 가르치는 중인 듯해. 학생들이 쓰러졌다가 일어나서 공격하는 시간이 점점 더 빨라지잖아."

"아, 그러고 보니 학생들이 일으키는 투기가 점점 강해지고 있구나."

구경하는 사람들도 모두 능력이 뛰어난 자들이었기에 지금 일어나는 상황을 어렴풋이 짐작했다.

"뇌신이 이 땅에 강림하니!"

마하비라가 크게 외쳤다. 갑자기 진세가 변화했다.

우르릉! 꽝꽝!

세상이 개벽하듯이 천둥이 사방에서 울리고 벼락이 아리안을 향해 치기 시작했다. 벼락은 금방이라도 아리안을 잡아먹을 듯이 으르렁거렸다.

하지만 벼락은 그 목표를 이루지 못했다. 아리안에게 꽂히는 순간, 벼락이 스며들 듯이 사라졌다. 아리안의 손끝에서 오라가 형성됐다가 뭉쳐졌다. 권강이 쉴 새 없이 사방으로 퍼져 나가 학생들을 공격했다.

"아, 전설로만 듣던 바로 그 권강이구나."

학생들은 벼락으로 한계를 느꼈는지 오라블레이드로 권강을 막는 한편, 검탄을 만들어 냈다. 검탄은 화살처럼 아리안을 향했다.

학생들은 땅 위에서만 공격하기에는 범위가 좁다고 여겼는
지 서서히 공중으로 떠오르며 사방팔방에서 검탄으로 공격했
다. 아리안의 몸도 공중으로 떠올랐다. 그들의 몸은 공중에서
도 보법을 밟는지 매우 빠르게 움직였다.

아리안은 조상(?)들이 남긴 검법과 마법을 끊임없이 연마하
여 한 단계 상승된 모습을 드러냈다.

"세상에, 공중에서 블링크 기법이라니……!"

"무공의 극을 논할 자는 주군뿐이야!"

관전하는 자들은 입을 쩍 벌렸다. 아리안은 360도 방향에서
검탄이 날아들자 호신강기를 일으켰다.

꽝꽝!

검탄은 호신 막에 부딪치며 화려하게 비산했다. 검탄은 호
신강기 막을 깨뜨리려고 점점 더 강하게 두들겼다. 호신강기
도 조금씩 커졌다. 강기 막으로 둘러싸인 아리안이 학생들을
보며 흐뭇한 표정을 짓는 모습은 성스러워 보였다.

꽝!

돌연 호신강기가 터지면서 강기탄으로 바뀌어 학생들을 강
타했다. 강기탄은 모두 306개로 나뉘어 한 학생마다 18개 대혈
을 동시에 강타했다. 수련생들의 대혈을 강타한 강기탄은 그
대로 대혈 속으로 스며들었다. 학생들이 모두 순간적으로 정
신을 잃으면서 팔방으로 날려갔다.

"저, 저런!"

관전하던 사람들이 놀라서 벌떡 일어섰다. 학생들이 크게

다칠 듯했다. 그들의 공격이 워낙 강했기에 아리안의 반탄력도 그만큼 강해졌다.

아리안이 허공에 양손으로 원을 그렸다. 날려가던 학생들은 마치 품에 안기듯이 드러누운 자세로 공중에서 멈췄다가 팔방에서 서서히 날아와 땅에 뉘어졌다. 아리안도 지상으로 내려왔다.

"주군!"

레슬리가 가장 먼저 바닥에 무릎을 꿇었다. 그는 자신이 소주군이 아니라 주군이라고 불렀다는 것도 느끼지 못했다.

"주군!"

다른 사람들도 천신과 같은 능력을 보여준 아리안에게 무릎을 꿇었다. 그들 머리 위로 유성이 꼬리를 끌며 사라졌다.

무릎을 꿇은 자의 가슴에는 무한한 신뢰가 꿈틀거렸고, 드러누운 자들은 대련 중에 얻은 깨달음을 자신의 것으로 만드는 중이었다. 그들은 대혈을 통해 들어온 엄청난 양의 마나를 자신의 마나와 융합시키느라 시간 가는 줄을 몰랐다.

"주군! 저희에게도 기회를!"

레슬리 등이 간절한 마음으로 일제히 무릎을 꿇었다.

Chapter 06
아리안 교수법

마르티네스 공주는 팔을 턱에 괴고 아카데미 교수 전용관 뒤 정원을 물끄러미 바라봤다. 금방이라도 '마르티네스!' 하며 부르는 그의 음성이 들릴 듯했다.

　'아, 아리안님, 지금 어디 계시나요? 소녀가 이토록 애타게 기다리는 줄 아시나요? 예? 아리안님이 계시지 않는 아카데미는 정말 너무 황량해요. 나무들은 새싹을 틔우는데 저는 이렇게 여위어만 갑니다. 어서 돌아오세요, 아리안님.'

　마르티네스 공주의 애절한 바람은 바람을 타고 흩어졌다.

　'그래도 아카데미에는 가능하면 온답니다. 왜일까요, 아리안님? 장미궁에 있으면 님의 소식을 전혀 들을 수 없기 때문이죠. 저녁이면 혹시나 해서 아리안님의 교수실을 바라보지만,

아리안 교수법　181

불 꺼진 교수실은 제 마음처럼 암담하기만 해요. 강의실로 가다가 쳐다보는 교수실의 팻말은 한결같이 '체험 수업'이더군요. 아리안님, 소녀에게도 체험 수업 해주시면 안 되나요?

"공주 마마! 공주 마마!"

마르티네스 공주는 시녀가 부르는 소리에 자세를 바로하며 말없이 돌아봤다.

"공주 마마, 소식 들으셨나요? 아리안님이 전쟁 중이시랍니다."

"전쟁?"

"예, 공주 마마! 아리안님이 상단과 함께 여행 중이신데, 아빌라 왕국에서 사고가 생겨 국왕 병사와 싸움이 됐대요. 마스터 그룹 학생들이 아리안님을 도우려고 떠난다나 봐요."

"그래? 어서 마스터 그룹 사무실로 가보자."

"예, 공주 마마!"

마스터 그룹 사무실에는 수련생들이 모여 한참 열띤 논쟁을 벌였다.

"세상에, 그럴 수가 있나. 어떤 녀석들이 감히 우리 교수님께 무례를 저지르는 거야? 가서 혼쭐을 내줘야만 해."

"맞아, 맞아. 가서 혼내주고 오자고."

"모두 조용해라! 마스터 그룹이 언제부터 이렇게 시장통이 됐나?"

안티야스가 소리치자 그룹 사무실은 갑자기 조용해졌다.

"2기생들은 모두 나가서 수련에 참여해라. 너희가 할 일은 교수님이 돌아오실 때까지 다음 단계로 갈 수 있는 몸과 능력을 키우는 일이다. 속히 돌아간다. 실시!"

"알겠습니다, 선배님!"

2기 수련생들이 돌아가고 1기 수련생 50여 명만 남았다.

"우리는 모두 가자. 가서 교수님의 신위를 높이고 건방진 자들의 콧대를 꺾어줘야지."

"맞아. 여기 마스터가 26명이고 나머지는 익스퍼트 최상급이니까 먼저 간 17명과 합치면 대륙에서 무적이 될 거야."

"그렇게 간단한 문제가 아니다. 그분은 우리 교수님이기에 앞서서 주군이시다."

안티야스가 입을 열자 모두 조용히 그의 말에 집중했다. 아리안이 없는 동안 안티야스는 수련생들의 수련 진도를 체크하고 훈련 계획을 세우면서 지금까지 잘 이끌어왔다. 그는 은연중에 수련생들의 맏형 역할을 충분히 했다.

"가신이 갖춰야 할 첫째 덕목은 어떤 상황에서도 주군의 명령을 이행하는 것이다. 가신의 머리는 주군의 명령을 수행하는 데 사용하는 것이지 우리 생각으로 주군을 위한다며 명령을 어겨서는 안 된다."

"잠깐, 우리 생각으로 주군을 위한다며 명령을 어겨서는 안 된다는 말이 무슨 뜻인지 잘 모르겠다. 설명 좀 해줄래?"

한 수련생의 질문에 여기저기에 고개를 끄덕이는 학생이 눈에 띄었다.

"예를 들자면, 주군께서 한 사람을 죽이라고 명령하셨다. 그런데 알고 보니 그자는 상당히 아는 사람이 많은 자여서 그자를 죽이면 주군의 적이 많이 생길 듯싶어 살려줬다. 잘한 것일까?"

안티야스는 부연 설명했다. 주군이 죽이라고 한 적이 목숨을 살려주면 많은 돈을 내겠다고 했으며, 그 돈은 주군에게 더욱 유용하리라 여겨서 돈을 받고 살려줬을 경우를 설명했다. 그게 과연 가신의 도리를 다한 것일까? 안티야스는 명쾌하게 결론을 내렸다.

"주군의 명령은 무조건 이뤄져야만 한다. 주군의 명령은 확대 해석하거나 축소되어서는 안 된다. 왜? 그분은 우리 목숨보다 소중한 주군이시기 때문이지."

"무슨 말인지 알겠어. 그런데 이런 사정을 알면서도 여기서 수련만 하고 있어야 하는 거야? 정말 그렇게 생각해?"

그러나 사람이 모인 곳은 언제나 다른 생각을 품은 자가 있게 마련인 듯싶었다.

"크크, 넌 정말 못 말리겠구나. 마치 반대하면 너 혼자라도 담을 넘을 기세로군."

"맞다. 아카데미 저 높은 담도 주군을 향한 뜨거운 마음을 막진 못할 거야. 내가 마스터가 되던 날 잠을 이루지 못했지. 상상도 하지 못했던 일이 일어난 거야. 난 남들보다 똑똑하지 못했다. 아버지는 용병으로 살다가 몬스터에게 돌아가셨다. 동료가 1골드와 유품을 전해주더군. 너희는 평생을 바쳐 남긴

1골드의 삶이 어떤 것인지 짐작인들 할 수 있겠나?"

그의 의지는 강력했고, 입에서 나온 말에는 피가 묻은 듯했다.

"그런 나를 마스터로 바꿔주셨어. 세상 모든 사람이 부러워하고 두려워하는 마스터로 말이야. 한데, 그런 분이 위기 상황이란 말을 들었어. 내가 주군께 어떤 질책을 받는 한이 있어도 지금 내가 있어야 할 자리는 주군 곁이야. 난 가야겠어."

그의 결심은 추호의 타협마저 없이 단호했다. 수련생들이 서로 쳐다보며 고개를 끄덕였다.

"난 아직 마스터가 아니지만 그래도 가겠어. 주군을 위한 마음에 자격이란 없는 거야."

"맞아. 가자. 가서 우리가 할 일을 찾으면 될 거야."

"조용해라! 주군께서 교수님이 되시며 내게 넘겨주신 회장의 권한으로 내 말을 듣지 않는 자는 마스터 그룹 수련생 자격을 박탈하겠다."

안티야스의 결심 또한 단호했다. 그는 수련생들을 돌아보며 한 치의 타협도 용납하지 않는 명령을 했다.

"그리고 잘 들어라! 너희는 지금 마스터를 눈앞에 두고 있다! 그런데도 부족한 실력으로 달려가서 어떡하겠다는 거냐? 너희가 지금 할 일은 주군께서 만들어주신 최상의 환경에 몰두하여 하루속히 마스터가 되는 길뿐이다! 아직 마스터가 아닌 자는 속히 수련하러 가라! 회장의 명이다! 실시!"

그들은 투덜거리면서도 수련하러 운동장으로 달려갔다. 그들이 나가자 안티야스는 회장 책상 서랍에서 종이를 꺼내 남은 학생들에게 한 장씩 나눠 줬다.

"이게 뭐지? 체험 수업 신청서?"

"크크, 이런 게 있었군. 이게 바로 주군께 가는 허락서가 아니겠나."

"회장, 이런 게 있으면서도 전혀 내색하지 않았던 거야? 정말 대단하군. 나 같으면 입이 근질거려서 참지 못했을 텐데."

마스터들이 체험학습 신청서를 들고 낄낄댔다. 안티야스의 복안이 맘에 든 것이다.

안티야스도 마음 놓고 웃으려 하다가 표정을 바꿨다. 사무실로 들어오는 인기척을 확인한 것이다.

"모두 동작 그만! 차려! 충!"

바로 마르티네스 공주였다.

"그러지 말고 쉬세요. 아리안님 소식이 있다고 해서 왔어요. 그리고 가는 사람들이 있지요? 저도 걱정이 되어 도저히 견딜 수가 없어요. 같이 갔으면 해요."

"고, 공주 마마!"

뒤에 있던 시녀가 공주가 학생들과 함께 가겠다는 소리를 듣고 놀라서 소리쳤다. 공주는 시녀의 말을 들은 척도 하지 않았다.

안티야스는 자뭇 심각한 표정을 지어 보였다.

"공주 마마, 그 말씀은 불가능합니다. 물론 가는 학생들이 있긴 하지만, 공주 마마와 함께 움직이면 일이 끝난 후에야 도착할 것입니다. 그리고 황궁에서는 우리가 공주 마마를 납치한 줄로 알 것이며, 이 일은 교수님께 상당한 불편을 초래할 것입니다. 저희에게는 감당할 수 없는 일입니다. 참으로 아리안 교수님을 위하신다면 이런 점들을 헤아려 주시기 바랍니다."

"아, 그렇군요. 죄송해요, 여러분."

아리안을 만나러 갈 수 있다는 희망에 부풀었던 마르티네스 공주는 갑자기 희망이 사라지자 머리를 잡고 비틀거리다가 쓰러졌다.

"앗! 공주 마마!"

마르티네스 공주는 급히 달려온 황궁 마차를 타고 기사들의 호위를 받으며 아카데미 정문을 나섰다.

그 모습을 혀를 차며 바라보던 마스터들은 어쩔 수 없다는 듯 고개를 내저었다.

"자, 우리는 체험학습을 허락받으러 가자"

안티야스가 인비에르노 교수를 만난 후 역시 세 명의 마스터는 남고, 다른 23명은 체험학습을 떠나기로 결정됐다.

*   *   *

"주군, 저희에게도 기회를 주시기 바랍니다."

레슬리가 마치 죽을 목숨을 구해달라는 듯이 부르짖었고, 헤르메스가 아리안을 바라보는 눈길에는 열망이 넘쳐 불길이 이는 듯했다. 발보아와 콘셉시온은 머리를 바닥에 쿵쿵 찧었다. 하시드와 칼리파는 무릎을 꿇은 채 금방이라도 울 듯한 표정을 지었다.

아리안이 그들을 보며 어이없다는 표정으로 말했다.

"아예, 단체로 작당을 하는구나, 작당을 해. 그렇게 맞는 게 소원이라면 들어주지. 일어나라!"

"감사합니다, 주군!"

아리안은 사람들을 불러 학생들을 먼저 숙소로 옮겼다.

"이왕 작정했으면 목숨을 도외시하고 덤벼야 할 게다. 죽음을 두려워하는 자는 다시는 검을 들지 못하게 팔을 베어버릴 테고, 힘이 조금이라도 남아 있는 한 게으름을 피우는 자는 가신의 이름을 지우리라. 자, 모두 함께 덤벼라!"

아리안이 말을 마치고 수련장 중앙에 서자 여섯 명이 각기 여섯 방향에 서서 검을 겨눴다. 아리안의 옷깃이 다시 펄럭거렸다.

레슬리는 검을 중단으로 겨눈 채 주군의 빈틈을 찾았다.

아리안의 몸이 하늘거리며 조금씩 변해갔다. 레슬리는 공격할 곳을 찾지 못하고 눈만 동그랗게 떴다. 주군은 그 시작한 곳과 끝난 곳을 알 수 없는 바람이었다. 공격할 곳은 없고 전신이 노출되어 방어조차 어려웠다. 같이 공격하는 다른 사람은 눈에 보이지도 않았다. 땀이 비 오듯이 쏟아졌다.

"아!"

순간적으로 주군의 실체가 눈에 들어왔다. 레슬리는 베고 말겠다는 일념으로 공격했다.

"얏!"

레슬리의 검은 잔상이 남을 정도의 쾌검이었으며 중검의 묘리까지 실었다. 그는 그 일념에 목숨을 걸었다.

"좋군."

쾅!

레슬리는 주군의 말을 듣는 순간, 중검 묘리의 터전이 되는 중추 대혈 전체에 강한 자극을 받았다. 쾌검의 기본이 되는 팔의 근육이 가닥가닥 끊어졌다가 다시 이어지는 듯한 신기한 체험을 했다.

"아~!"

벌떡!

레슬리는 땅바닥에 처박히자 더욱 빠르게 일어나서 다시 검을 겨눴다. 척추와 팔에 기이한 마나가 활성화되어 힘이 넘쳐나는 듯했다.

'오, 주군! 이처럼 확실한 방법으로 지도해 주시다니……!'

하시드 역시 검을 중단으로 겨눈 채 아리안을 바라봤다. 한순간 주군의 모습이 허허로운 바람처럼 여겨졌다. 어디를 어떻게 공격해도 바람을 가른 듯이 스쳐 지나는 순간 자신은 몸 전체를 고스란히 드러낼 듯싶었다.

'이럴 때는 흔들기가 최고지. 일단 흔든 후에 순간적으로 생기는 빈틈을 공격하는 거야.'

하시드는 자신이 가장 자신있게 구사하는 찌르기에 이은 '3단 공격 유격세'로 공격하리라 마음먹는 순간 깜짝 놀라고 말았다. 갑자기 아리안의 몸이 변했다. 허허로운 바람이 빙글 빙글 돌다가 거대한 철벽을 이뤘다. 어떤 공격도 '오거, 드래곤 앞에서 재롱부리기'가 될 게 틀림없었다.

'젠장, 내가 언제부터 죽은 오크만 공격했단 말인가. 내가 관념에 사로잡혔던 게 틀림없군. 한 번으로 안 되면 열 번 공격하고, 그래도 안 되면 열한 번째 검을 고쳐 잡는 초심으로 돌아가자.'

"이야!"

하시드는 자신이 마스터란 생각을 벗어버렸다. 성을 소지한 고귀한 귀족이라는 생각도 떨쳐 버렸다. 그는 고함을 지르며 가장 단순한 내려치기를 시도했다.

그는 검을 처음 잡으면서부터 지금까지 쌓인 고정관념을 내려치기로 베어버렸다. 초심자의 순수한 열정이 그를 사로잡았다. 그의 고함은 자신의 몸에 묻은 '아집'이란 먼지를 털어버렸다.

"아주 좋아. 그에 해당하는 대가를 받겠지."

꽝!

그는 순간 360개 혈 자리가 동시에 공격받았다. 타성에 젖어 굳어졌던 혈은 유연해지고 노폐물은 그가 땅에 부딪치는 순간 떨어져 나갔다. 그는 벌떡 일어섰다. 그리고 그는 자신의 몸이 변했음을 알았다.

'아, 이것이 주군께서 가신을 가르치고 키우시는 방법이었어. 아는 만큼 보이고 본 만큼 느낀다고 하더니, 주군께선 가신

이 주군 앞에 자신을 드러내는 만큼 쓰다듬고 어루만져 주시는구나. 세상에, 이런 주군이 계시다니……'

하시드는 감격에 겨워 눈시울이 붉어졌고, 콧잔등이 시큰거렸다. 그는 속으로 마음껏 외쳤다.

'이런 주군에 대해 이야기를 들은 적 있는 사람은 한번 나와 보라고 해!'

하시드는 마음껏 외치고 싶었다. 그는 뜨거운 가슴을 안고 거대한 철벽에 부딪치고 튕기면 벌떡 일어나서 다시 부딪쳤다.

하시드는 시간이 지남에 따라 땀과 먼지, 그리고 눈물로 범벅이 됐지만 그런 것은 아무래도 좋았다. 무작정 모든 게 좋았다.

아비도 후작에게 찍혀서 변두리 성의 성주가 된 것도 좋았고, 프롱삭 성주가 일개 상단과 맞서다가 포로가 되어 이마를 찌푸리게 한 것까지 자신을 위한 일임을 깨달았다. 지금까지 겪었던 모든 고통과 안타까움은 오직 이 순간을 위한 시련일 뿐이었다.

그와 같은 감격은 다른 사람도 마찬가지였다. 발보아도 검을 상단으로 치켜든 채 아리안을 바라봤다.

갑자기 주군은 사라지고 거친 폭풍우 속의 위태로운 일엽편주가 보이자 깜짝 놀랐다. 그 돛단배는 마치 지금까지 힘들게 살아온 자신의 삶인 듯했다. 폭풍에 여지없이 유린되고 파도에 휩쓸리는 안타까운 그 모습에 애환과 분노를 동시에 느졌다.

"야!"

그는 지금까지 반항할 엄두도 내지 못했던 파도에 강한 분노를 드러냈다. 일 검으로 지금까지 자신의 앞을 가로막았던 운명이란 이름의 폭풍우를 양단했다. 아리안이 고개를 끄덕이며 손을 흔들었다.

"그랬었군."

꽝!

발보아는 땅에 떨어지면서 지난날 심장에 입었던 검상을 털어냈다. 자신의 모든 마나를 검에 실을 때마다 느꼈던 아릿한 통증이 사라졌다. 자신의 모든 능력을 일 검에 담을 때마다 급격히 마나가 소실되던 증상도 사라졌다.

강검 일변도이던 그의 검세에 유가 섞이기 시작했다. 심장의 검상이 좋아지면서 갖기 시작한 여유가 검세에 반영된 듯싶었다. 그의 검에 점차 웅장한 기운이 실렸다. 그렇다고 그가 나가떨어지는 횟수가 잦아든 것은 결코 아니었다.

그들 여섯 명은 차츰 땅과 친교하는 순간이 빨라졌지만, 그들의 검세는 더욱 빠른 속도로 변해갔다. 하늘을 울리고 땅을 아우르는 그들의 검세가 한계에 도달했을 때, 아리안이 호신 강기를 일으켰고, 강기막은 다시 터지면서 강기탄이 되어 그들의 360개 혈 자리를 쳤다.

꽝!

그들도 훨훨 날려갔다가 바람에 안겨서 자신의 숙소로 돌아갔다. 그리고 그날 밤, 그들은 껍질을 벗고 비상하는 감격시대를 맞이했다.

어디, 이런 주군 없을까?

*   *   *

"대공 전하, 하심 카타트 백작이옵니다."

"들라 하라!"

아비도 대공은 옥좌에 앉아서 왕도 수비대장인 하심 카타트 백작이 들어오는 모습을 지켜봤다. 백작은 옥좌 삼 보 앞까지 와서 한쪽 무릎을 꿇고 기사의 예를 취했다.

"하심 카타트, 전하의 부르심을 받고 왔사옵니다."

"음, 일어나라, 하심 카타트 백작!"

"감읍하옵니다, 대공 전하!"

하심 백작이 허리를 펴고 일어서자, 대공은 은근한 음성으로 말했다.

"하심 경이 3만을 이끄는 선봉대장을 맡아줬으면 하는데, 경의 생각은 어떠한가?"

하심 백작은 대공이 의심이 많고 반역이 두려워 의중을 떠보는 것이라고 여겼다.

"대공 전하, 아뢰옵기 황송하오나 소신은 지금까지 황도 수성만 염두에 두었을 뿐 공성은 신보다 뛰어난 장수들이 많은 줄로 아뢰옵나이다."

아비도 대공은 하심 백작의 말을 듣고 의심이 풀렸는지 크게 웃었다.

"하하하하! 하심 백작이 이토록 왕국을 걱정하는 충신인 줄 내 미처 몰랐구려. 백작은 염려하지 말라. 공성은 짐이 도착하여 직접 지휘봉을 잡을 터인즉, 경은 한발 앞서 가서 경계를 철저히 하고 짐이 도착하기를 기다리면 될 것이야. 하하하하!"

하심 카타트 백작은 오른손 주먹을 왼쪽 가슴에 대며 군례를 올렸다.

"충성! 소신은 그저 전하의 명을 따를 뿐이옵니다, 대공 전하! 만약 적의 약세를 틈타 공을 탐하는 귀족이 있을 시 어떻게 하면 되겠사옵니까?"

"전장에서 지휘관의 명령을 받지 않는 자는 지위 고하를 떠나서 명의 지엄함을 보여야겠지."

아비도 대공은 자신의 검을 풀어 하심 백작에게 넘겨줬다.

"충성! 하심 카타트 선봉대장은 대공 전하의 명만을 이행하겠사옵니다."

하심 백작은 왕궁을 나와 집으로 가서 물끄러미 부인과 두 자식을 바라봤다.

'음, 내 운도 이제 다한 모양이구나. 아비도 대공은 한 번 의심이 일어나면 결코 그 의혹에서 벗어나지 못하는 사람이야. 계속 이어지는 의혹의 고리 중에서 의심스러운 부분만 더욱 부각되겠지. 더군다나 그와 내가 나눈 대화는 아무도 아는 중

신이 없어.'

그의 고뇌는 점점 깊어만 갔다. 누구도 믿지 못하는 사람은 부하의 충성심도 믿지 못할 게 틀림없었다.

상단과 마주쳐서 공격하지 않으면 않는 대로 동행한 귀족들의 입방아에 오를 것이고, 공격을 하면 대공의 명을 어기고 공을 탐한 게 되고 말 터였다.

잔머리 대공은 결코 입이 무거운 자를 중시하지 못하고 두려워하는 법이다. 참으로 처신하기 어려운 시대였다.

'못난 나를 만나 고생만 한 저 사람과 부모 잘못 만난 저 애들의 고통은 누가 보상해 준단 말인가. 분명 지금쯤은 이 집을 지키는 자들이 한두 명이 아닐 거야.'

하심 백작은 마법 등불을 끄고 어둠 속을 묵묵히 바라보다가 결심이 섰는지 입을 열었다.

"나와라!"

"예, 주군!"

어둠 속에서 갑자기 대답하는 음성이 들렸다.

"쥐새끼들이 몇 마리나 되느냐?"

"오늘 저녁에는 열두 마리로 늘었습니다."

"나흘 후에 지시한 일을 시행해라!"

"주군, 지키는 자들의 태도로 봐서 아직 위험하지는 않은 듯합니다."

그림자의 말에도 불구하고 추호도 타협할 생각이 없는 하심 백작의 결심은 단호했다.

"그렇다. 하지만 사흘이 고비일 테지. 나도 그런 자에게 어처구니없이 죽고 싶지 않고, 가족을 희생물로 삼아서도 안 된다. 시행하도록 해라!"

"알겠습니다, 주군!"

어둠의 자식은 다시 암흑 속으로 사라지고 백작은 선 채로 생각에 잠겼다.

'대공은 자신의 치부를 아는 자에게 결코 관대하지 않아. 음, 이제 마지막 카드는 모두 꺼낸 셈이군. 상단주가 기대 이상의 인물이기를 바랄 수밖에.'

다음날, 하심 카타트 백작은 대공 전하에게 출정 보고를 하고 3만 병사를 거느린 채 왕도를 떠났다. 왕도 수비병사 3만의 위용은 아비도 대공이 보기에도 보무당당했다.

그러나 그 모습을 전적으로 믿고 있는 것은 아니었다.

'저놈들은 모두 하심 백작의 부하들이잖아. 뒤가 찜찜해. 가능한 한 본대를 빨리 출발시켜야겠군.'

하심 백작은 왕도를 벗어났지만 행군 속도를 완보로 해서 천천히 앞으로 나아갔다. 다음날 아침, 식사가 끝나자마자 지휘봉을 흔들었다.

"부대, 속보!"

"전 부대, 행군 속도 속보로 바꾼다."

둥둥! 둥둥!

모든 단위 부대가 신속히 앞으로 나갔다.

"척후부대를 내보내라! 경계는 주위 성까지다!"

"척후부대 출동! 경계 지역은 주위 성까지 확대한다!"

"척후부대 1소대 동쪽! 2소대 남쪽! 3소대 서쪽! 출발!"

평원에는 척후부대원들의 말발굽 소리가 요란하게 울렸다.

"사령관 각하, 논에 이삭이 자라는데 어떻게 할지 명령을 기다리고 있습니다."

전방 부대 전령이 급히 다가와서 선두 부대장의 전언을 보고했다.

"도로 상태는 어떤가?"

"현재의 행군 대열로는 논을 가로지르는 수밖에 없습니다."

"행군 대열을 반으로 나누라고 전해라! 그렇지 않아도 가뭄이 심한 터에 그나마 자라는 벼이삭마저 우리가 밟아버린다면 그래도 하늘을 원망할 수 있겠는가."

"충!"

전령의 목소리가 힘차게 들렸다. 그는 재빨리 앞으로 달려갔다. 부대의 행렬은 좀 더 길어졌고, 시간도 많이 소모됐다.

아리안이 산 위에서 그 광경을 지켜봤다. 그 옆에는 헤르메스 경호대장과 레슬리 특무대장, 단주의 그림자 레모, 그리고 포르피리오의 모습이 보였다.

"부대 운영이 탁월하고 진정으로 백성을 걱정하는 사령관이로군. 레모!"

"예, 주인님!"

"사령관에 대해서 알아봐라!"

아리안은 레모가 사라진 뒤에도 한동안 부대 운영을 지켜보다가 사라졌다.

번쩍!

*   *   *

"와, 크다! 여기가 노블리아 상단 본부야?"

"그래, 일단 들어가자. 회장이 여기 가서 도움을 청하라고 했어."

20여 명의 학생이 상단 앞에서 떠들자, 상단 정문 무사가 한 걸음 앞으로 나섰다.

"학생들! 상단에 볼일 있나?"

"예, 이곳 부총관님을 만나려고요."

임원인 마데라가 앞으로 나서며 대답했다. 그들 나이는 비록 어려 보였지만, 모두 체격이 상당한데다 뭔지 모를 무게감이 느껴졌다. 무사가 고개를 갸웃했다.

"학생들은 아리안님과 어떤 사이지?"

"어? 우리 교수님을 알고 계시네?"

"교수님? 그렇군. 들어와라. 부총관님께 말씀드리지."

잠시 후 나타난 부총관은 이미 이들이 올지 모른다는 말을 카르네프 단주에게 들었기에 친절히 맞았다.

"어서 와라! 아리안님에게 가려는 거겠지?"

"예!"

"오늘은 이미 늦었다. 벌써 해가 졌으니 내일 출발해야 할 거야."

부총관은 그들을 반갑게 맞이해서 안내를 했다.

"알았어요. 그럼 내일 새벽에 떠날 수 있게 해주세요."

"그렇게 하지. 오늘 밤은 여관에서 자든지 비어 있는 이곳 무사 숙소에서 자는 게 좋겠구나. 여관에서 자려면 그곳 식당에서 저녁 식사를 하고, 무사 숙소에서 자려면 준비하라고 이르마."

"어떻게 할까?"

마데라가 동료를 돌아보며 물었다.

"여관으로 가자. 모처럼 목욕도 좀 하게."

"그냥 이곳 무사 숙소에서 자는 게 편해. 아무래도 밤엔 수련할 테니 여관비가 아깝지 않아?"

"그래, 맞아. 여기가 좋아. 더구나 교수님이 평소에 계시는 곳도 여기라고 그랬어."

어느덧 의견이 통일된 듯하자 마데라가 부총관에게 말했다.

"여기 있을게요. 식사는 간단히 부탁합니다."

그들은 무사 숙소로 들어갔다. 제법 많은 무사들이 상단과 함께 떠나서 빈 곳이 많았다.

그들의 식사가 끝나자 부총관이 들어왔다. 따라온 하인이 꽤 많은 부피의 물건을 내려놨다.

"여기서 프롱삭 성까지 가려면 말을 타고 가는 게 좋을 거다. 모두 말은 탈 줄 알겠지?"

"처음 타보는 학생도 있겠지만 걱정 마세요. 몸으로 때우는 것은 빨리 배우니까요."

"그래야 할 거야. 걸어서 가려면 언제 도착할지 모를 테니까. 가는 동안에 먹을 건량만 준비했다. 아차, 이게 필요하겠구나."

부총관은 그렇게 말하면서 마데라에게 지도 한 장을 건네줬다.

"와, 이게 그렇게 귀한 지역화잖아? 감사합니다, 부총관님."

"지금은 지역화라고 하지 않고 지도라고 불러."

"그렇다 치고, 프롱삭이 어디야? 지금 우리는 여긴가?"

그들의 호기심은 잠시 소란스러움으로 이어졌지만, 곧 지도를 보고 연구하기 시작했다.

"음, 아빌라 왕국으로 가려면 가장 빠른 길이 디베르소 산맥을 넘는 길이야."

"그렇구나. 상단이 다니는 길로 가면 많이 돌아가겠어. 하지만 길을 모르면 더 늦어지는 것 아닐까?"

"맞아, 우리는 지금 모험을 떠나는 게 아니야. 한시라도 빨리 주군께 가야 해."

"가만, 가만. 그 말도 맞는데, 우리는 공기를 차고 공중으로 오를 수 있잖아. 험한 길은 크게 문제가 되지 않을 것 같아."

"그래, 그러자. 빨리 아빌라 왕국에 가서 성을 하나 점령하는 거야. 그리고 그 성의 병사들을 끌고 적의 후미를 치는 거지. 이몸의 탁월한 생각이 어때?"

"와, 그것도 괜찮겠는걸!"

그들은 꿈에 부풀어 연방 새로운 계획을 세우면서 신이 난 듯했다. 그들은 다음날 새벽 말도 타지 않고 식수와 건량, 그리고 검을 지닌 채 디베르소 산맥 횡단을 시도했다.

＊　　　＊　　　＊

하심 카타트 선봉군 사령관은 지휘사령부 막사에서 지도를 보며 고심 중이었다.

"사령관 각하, 디베르소 산맥을 끼고 있는 우리 아빌라 왕국은 평야보다는 산악지대가 많습니다. 노블리아 상단군 2만에 비해서 월등히 많은 왕국 병사 11만이 포진하려면 아무래도 왕국에 하나뿐인 알라메다 평원에 진을 치는 수밖에 없을 듯합니다."

하심 백작은 작전참모의 말을 듣고 고개를 저었다.

"그렇기는 한데, 그 알라메다 평원이 상단군 수중에 들어간 세 개의 성 초입에 있다. 그들이 우리 부대가 평원에 진영을 설치하도록 기다려 줄까? 만약 그렇게만 된다면 우리에겐 쉬운 싸움이 되겠지만, 지금까지 연방 우리 의표를 찌르는 행보를 하던 그들이 절대 그럴 리가 없다. 지금의 행군 속도라면 내일 저녁에는 평원에 도착할 테니 그것을 저지하는 상단군과의 전투는 아침부터 벌어지겠지."

바로 그때였다. 막사 밖에서 시끄러운 소리가 들렸다.

"앗! 적이 침공했다!'

왕국군 진영 앞쪽에 상단군으로 보이는 이들이 나타난 것이다. 그들을 발견한 왕국 병사들이 경계태세를 유지하려 할 때, 한 병사가 사뭇 희한한 광경을 발견했다.

"아냐. 백기를 들었으니 항복하려나 봐."

상단군은 백기를 들고 있었다. 전장에서 백기를 드는 것은 항복을 의미한다. 갑자기 백기를 들고 나타난 그들의 의도를 알 수 없어 왕국군 병사들이 수군거리고 있을 때, 그들의 지휘관이 나타나 호통을 쳤다.

"모두 조용! 이곳은 진영인데 겁없이 나타난 너희는 누구냐?"

백인장은 병사들 앞으로 나서며 백기를 든 자들에게 물었다. 그의 앞으로 나선 자는 분명 헤르메스였다.

"우리는 상단군 대표다. 사령관을 만나러 왔다. 안내해라."

"사령관 각하는 아무나 만날 수 있는 분이 아니다. 여봐라, 우선 체포해라!"

하심 사령관은 상단군 대표라는 말을 듣고 안에만 있을 수가 없어 막사 문을 젖히고 밖으로 나왔다.

하심 사령관의 얼굴이 단숨에 기묘해졌다. 상단군이긴 하지만, 헤르메스는 물론이고 그들은 전혀 병사 복장을 하지 않고 있었다.

거기다 어느새 꽤 진영 깊숙이 들어와 있었다.

'진영에 빈틈이… 아, 함께 온 귀족들이 들락거린 모양이군.

그들의 행동을 통제해야겠어.'

멋대로 구는 귀족들 탓에 진영의 방비가 약한 것을 알게 된 하심 사령관이 재차 병사들에게 그들의 포위를 명했다.

바로 그때, 상단군 네 명 중 검을 뽑아 든 두 명의 검에서 선명한 오라블레이드가 형성됐다.

백인장이 소리쳤다.

"앗! 소드 마스터다! 겁먹지 말고 포위하되 좀 더 뒤로 물러나라!"

"사령관 각하께 보고해라!"

레슬리와 헤르메스였다. 그들이 검에 오라블레이드를 일으키자, 그들을 포위한 병사들은 좀 더 물러나고 더욱 많은 병사가 주위를 둘러쌌다. 하심 카타트 사령관은 검을 뽑지 않은 두 명의 표정이 매우 편안한 모습을 보고 속으로 감탄했다.

'마스터 두 명이 놀랍기는 하지만, 적 진지 안에서 안심할 수 있는 것은 아닌데 저들의 표정이 너무 태연자약하군. 분명 평범한 인물은 아니야. 그리고 둘 중 한 사람의 얼굴은… 맞아, 왕궁기사단 단장이던 헤르메스 경이로구나. 그가 아비도 후작에게 죽게 됐을 때 기사단 부하들이 그를 구해 도망쳤다고 하더니 상단에 들어간 모양이군.'

"부관, 가서 저들을 데려와라! 평범한 인물들이 아니니 예를 잃지 마라!"

"예, 사령관 각하!"

하심은 막사 안으로 들어가고, 사령관의 명령을 들은 부관은 신속히 뛰어가서 병사들 포위망 안의 그들을 막사로 데려왔다. 하지만 레슬리와 헤르메스의 앞을 막아섰다.

"잠깐, 너희는 들어갈 수 없다. 이곳에서 기다려라."

레슬리와 헤르메스는 아리안을 쳐다봤다. 아리안은 묵묵히 하늘을 향해 손가락을 퉁겼다.

부관은 무슨 일인가 싶어서 허공을 쳐다봤다. 공중에서 뭔가가 반짝였다 사라졌다. 의아한 표정으로 부관이 아리안을 쳐다봤다가 그만 깜짝 놀라고 말았다. 자신의 주위에 파도가 넘실거렸으며, 자신은 겨우 작은 바위 위에 위태롭게 서 있었다.

"세상에, 이럴 수가! 이건 분명 환상일 거야, 환상!"

부관은 눈을 질끈 감고 한 발을 옮겼다.

풍덩!

"앗!"

바다는 환상이 아니라 현실이었다.

"어푸푸!"

부관은 연거푸 물을 몇 모금 마시고 흠뻑 젖은 채 겨우 바위 위로 올라갈 수 있었다.

"세상에, 이럴 수가! 아차! 사령관님이 위험하잖아."

그러나 부관이 할 수 있는 일은 팔로 가슴을 안고 부들부들 떠는 일뿐이었다.

사령관은 이상하게 여겼다. 부관은 들어오지 않고 상단 대표라는 네 명만 들어왔다. 마스터 두 명은 소드 익스퍼트 상급인 작전참모와 자신만으로서는 감당하기 어려운 상대였다. 하지만 그는 태연한 표정으로 그들을 쳐다봤다.

"지장으로 소문난 하심 카타트 백작님을 뵙게 되어 반갑습니다. 저는 상단 두 분 단주님 중에서 한 분을 모시고 온 포르피리오라고 합니다. 이분이 바로 저희 단주님이십니다."

"반갑습니다, 하심 카타트 사령관님. 저는 상단주 아리안이라고 합니다."

"어서 오시오, 아리안 단주. 우선 자리에 앉으시오."

하심 백작은 단주가 무척 어려 보이는 데 놀랐으며, 그가 상단 대표로 사령관과 이야기하는 것임을 분명히 하자 쉬운 상대가 아님을 느꼈다.

"이렇게 단도직입적으로 찾아온 것을 보니 할 말이 있는 듯한데, 전장에서 만나 검으로 하는 이야기 외에 또 어떤 말이 필요한지 모르겠구려."

"제가 듣기로 하심 백작님은 지장에다 덕장이란 소문이 자자하더군요. 이미 아빌라 왕조는 무너졌고 왕손조차 남지 않은 것으로 압니다. 아비도 왕조가 새로 탄생하여 백성을 도탄에 몰아넣는 것보다, 새로운 질서를 확립하여 기아에 허덕이는 백성을 돌보는 일에 일조해 달라는 청을 하려고 왔습니다."

아리안의 조용한 음성을 들으면서 하심 사령관은 마스터 두 사람이 자리에 앉지도 않은 채 아리안 뒤에 서서 경호 자세에 임하는 것을 보고 이채를 띠었다.

"뜻은 좋으나 3만 병사를 힘도 보이지 않고 달라고 하면, '예, 그러지요' 하리라고 여기지는 않았을 터, 우리 한번 '알

라메다' 평원에서 겨뤄보는 게 어떻겠소?'

"하하하! 사령관님, 저희가 어찌 스스로 불리한 곳으로 들어가겠습니까? 설마 우리가 사령관님이 알라메다에 진영을 갖추도록 기다릴 거라고 예상하지는 않으셨겠지요? 힘을 보고 싶다면 보일 수는 있습니다. 역사는 피를 요구한다는 사실 또한 잘 알고 있습니다. 하지만 뜨거운 피는 흘려야 할 때가 따로 있는 게 아닐까요, 사령관님? 부관이 들어오지 않는 이유가 궁금하지 않습니까? 게다가 사령관님이 직접 훈련시킨 강병의 처지는 어떻습니까?'

하심 사령관은 아리안의 말을 듣고 이상한 느낌이 들어 그를 한번 쳐다보고 일어나서 막사 문을 향했다.

"조심하는 게 좋습니다."

하심 사령관은 아리안의 주의에 전혀 상관하지 않고 막사 문을 젖혔다.

하심 백작이 막사 문을 젖히자마자 강풍이 들이닥쳤다.

쌩~!

"앗!"

백작은 주춤 놀랐다가 다시 조심스럽게 막사 문을 젖히고 밖을 내다봤다. 3만 병사의 진영은 간 곳이 없고 사령관 막사만 절벽 꼭대기에 세워진 채 고고함을 자랑했다.

"흠, 환상 마법이로군."

사령관은 돌아서며 가소롭다는 듯이 아리안을 쳐다봤다.

"환상 마법으로 날 어떻게 해보겠다는 생각을 했다면 너무

쉽게 본 것은 아닐까?'

"그렇습니까? 환상 마법이라…… 그럴 수도 있겠군요. 하심 사령관님, 이것은 이 안에서 나누는 대화의 비밀을 지키려고 했던 것이랍니다. 이것은 마법과 유사하지만 전혀 다른 진법이라는 것이죠."

딱!

아리안은 손가락을 퉁긴 후 다시 말했다.

"마법사를 불러서 물어보시죠, 하심 사령관님."

사령관은 아리안이 시동어를 외치지 않는 것을 보고 놀란 표정을 지으며 막사 문을 다시 젖혔다. 막사 바로 앞에는 부관이 쪼그리고 앉아서 오들오들 떨고 있었다. 고개를 들어 진영을 바라보자, 눈에 보이는 병사마다 모두 비슷한 상태였다. 자신의 바로 옆에 있는 동료도 보이지 않는 모양이다.

'젠장, 이렇게 해놓고 정말 병사들을 보낸다면 전투가 아니라 저들 마음대로 해도 되겠어. 이거 상대의 능력을 재보지도 못하고 손을 들어야 하는 건가?

그가 속으로 혀를 차고 있을 때 왕국군 소속 마법사가 나타났다.

"사령관 각하, 사령관 각하! 위대한 존재가 나타났습니다, 위대한 존재가요!"

5서클 마법사가 달려오며 소리치자, 무슨 소린가 싶어서 사령관은 마법사를 보고 반문했다.

"위대한 존재?"

"예, 사령관 각하! 이처럼 대단위 환영 마법을 걸 수 있는 존재는 위대한 존재밖에 없습니다. 저도 꼼짝없이 마법에 걸렸다가 조금 전에 이상하게 저 혼자만 풀렸습니다. 빨리 위대한 존재를 찾아서 빌어야만 합니다. 더 시간을 끌면 병사들이 모두 동사하고 말 것입니다."

하심 사령관은 마법에 걸린 병사들을 쭉 둘러봤다. 그들의 얼굴은 이미 창백하게 변해 있었다.

그는 하늘을 한 번 물끄러미 쳐다본 후 말없이 막사 안으로 들어갔다. 마법사가 허겁지겁 그 뒤를 따랐다. 사령관은 자신의 자리에 앉아 아리안을 쳐다봤다.

"항복합니다, 아리안 단주! 병사들을 구해주시오!"

사령관의 음성에는 힘이 조금도 없었다. 순간 10년은 늙은 듯이 보였다.

"사령관님, 이들이 위대한 존재가 보낸 분들입니까?"

사령관은 마법사의 말을 들은 척도 하지 않고 아리안의 얼굴만 쳐다봤다. 이때, 아리안 곁에 앉았던 포르피리오가 종이 한 장을 꺼내 사령관에게 건넸다.

"하심 카타트 사령관님, 이것을 한번 읽어보십시오."

사령관은 항복 문서인 듯한 종이를 받아 읽었다. 종이에는 '항복'이라는 단어 대신 '대평원멸절지계'라고 적혀 있었다. 사령관의 얼굴이 조금씩 변해갔다. 갑자기 종이를 읽는 그의 얼굴에 땀방울이 송골송골 맺혔다.

포르피리오가 조용히 말했다.

"원래 사령관님의 3만 병사를 상대할 전술입니다. 한데 아리안 단주님께서는 사령관님이 군을 이끄는 광경을 보시고 그 인품에 크게 감동하셨습니다. 우리 단주님께서 말씀하시기를, 저런 분이야말로 백성이 잘사는 왕국을 건설하는 데 없어서는 안 될 동량이라고 하셨습니다. 어떤 길이 백성에게 유익할지는 사령관님이 판단하시길 바랍니다."

종이를 모두 읽지 않아도 알 수 있었다. 하심 사령관은 마음 깊숙한 곳에서부터, 싸우지도 않고 패배했음을 뼈저리게 느꼈다.

"아리안 단주님, 몸과 마음이 함께 굴복합니다."

하심 카타트 사령관은 아리안 앞에 무릎을 꿇고 고개를 숙였다. 마법사도 얼떨결에 무릎을 꿇었다. 아리안이 일어나서 그의 어깨를 잡아 일으켰다.

"일어나세요, 하심 백작님. 여기 있는 헤르메스 경과 하시드 경, 칼리파 경 등이 이구동성으로 백작님의 뛰어남을 말하더군요. 우리 함께 백성을 위하고 고생하여 보람을 찾읍시다."

"아리안 단주님, 저를 가신으로 받아주십시오. 성심을 다해 주군으로 모시고 싶습니다."

"좋아요. 하심 카타트 백작을 가신으로 받아들입니다. 가문의 법도에서 벗어나거나 기사의 예를 잃지 않기 바랍니다."

아리안의 음성은 부드러웠지만, 그 안에는 단호한 의지가 담겨 있었다.

"감사합니다, 주군!"

"아리안 단주님, 저도 가신으로 받아주시기 바랍니다."

아리안은 마법사를 물끄러미 바라보다가 고개를 흔들었다.

"그대는 나에게 청할 게 아니라 하심 백작님께 말씀드리는 게 좋을 듯합니다."

"예, 알겠습니다."

마법사는 당연히 받아들여질 것으로 여겼다가 실망한 듯이 고개를 숙이고 말았다. 그는 아리안이 서클을 파악할 수 없는 위대한 존재이거나 그분의 대리자가 틀림없다고 생각했다. 하니 아리안의 말을 거절할 수도 없었다.

마법사는 하심 백작을 한번 바라보고 일어나서 조용히 그의 뒤에 섰다.

헤르메스 경호대장과 하심 백작은 밤늦도록 아리안, 포르피리오와 함께 뭔가를 의논한 후 다음날 새벽 동이 트자 각기 5천의 병사를 이끌고 성을 떠났다. 아리안은 성벽 망루에서 두 사람이 병력을 이끌고 떠나는 모습을 보면서 말했다.

"이제 우리도 아비도 대공을 맞을 준비를 해야겠지?"

"예, 주군. 내일 오후에는 선발부대 모습을 보게 될 것입니다."

다음날 아침 병사들이 2천, 3천, 5천 명씩 장수들을 따라서 성을 나갔다.

Chapter 07
노블리아 왕국

"저 계곡만 지나면 알라메다 평원인가?"

"그렇습니다, 장군님."

1만 명의 대군을 이끌고 말 위에 앉은 지휘관은 계곡을 바라보다가 등성 위의 움직임이 어쩐지 수상하다고 여겼다.

"그거 참으로 이상하군. 분명 하심 사령관이 이미 지나갔을텐데 이해가 되지 않는군. 척후병을 보내서 언덕 위를 살펴라!"

"예, 장군님! 척후부대를 보내서 계곡 절벽 위를 확인해라!"

"충!"

척후부대 100명이 동시에 말을 타고 앞으로 달려가다가 양쪽 언덕으로 오르는 모습이 보였다. 잠시 후 그들은 말에서 내려 말을 나무에 묶은 뒤 무기를 들고 올라갔다.

휘익! 휘익!

"헉! 컥!"

갑자기 화살이 날아들었다. 그들은 재빨리 엎드리거나 나무 뒤에 숨었지만 상당수 병사가 죽고 말았다.

"모두 조심해서 물러나라! 상대는 우리보다 많다! 무리하게 앞으로 나갈 필요가 없다!"

그들은 척후병이라 언덕을 빼앗으려고 하지 않고 재빨리 뒤로 물러났다. 위에 있는 자들도 쫓아가지 않았다.

"보고합니다. 양쪽 계곡 위에는 500명씩의 적병이 돌과 나무를 쌓아놓고 기습할 준비를 하고 있었습니다."

척후병의 보고를 들은 지휘관은 깜짝 놀랐다.

"뭐야? 적이 기습할 준비를 하고 있다고? 그럼 하심 사령관의 부대는 어떻게 됐단 말인가? 척후부대는 속히 하심 사령관님의 부대를 확인해라!"

"예, 장군님!"

척후부대장이 급히 떠나자 지휘관은 부대 천인장 두 명을 불렀다.

"너희는 양쪽으로 나뉘어 계곡 위의 적군을 물리치고 그곳을 사수해라!"

"예, 대장님!"

천인장들은 급히 병사들을 이끌고 앞으로 나갔다. 언덕 중턱까지는 나무가 별로 없지만, 그 위로는 나무가 우거져 적이 제대로 보이지 않았다.

"돌격 앞으로!"

병사들이 창을 들고 언덕을 오르기 시작했다.

"궁수 1열 직사 준비! 발사! 1열 자리에 앉고 2열 준비! 발사!
3열 준비! 발사!"

1열이 백 명씩이라 한 번에 100개의 화살이 쏟아졌다.

"창을 내리고 방패를 들어라! 방패를 들어!"

천인장은 악을 썼지만, 벌써 백여 명의 병사가 화살에 맞아
죽거나 다쳤다.

"1, 2, 3열! 곡사 준비! 발사!"

이번에는 화살이 공중으로 날아갔다가 아래로 쏟아졌다.

"젠장, 화살이 하늘에서 떨어지잖아."

"으악! 등에 맞았다."

"아이고, 나 죽는다! 꼬리뼈에 맞았어!"

"전열은 방패 전방, 2열부터는 방패로 위를 가려라!"

여기저기서 비명이 들리고 다시 죽은 자와 다친 자가 생겼
다. 하지만 방패로 화살을 막으려다 보니 앞으로 나가지를 못
했다.

"방패로 막고 돌격해라! 돌격!"

지휘관이 악을 쓰자 병사들은 방패 사이를 약간 벌리고 앞
으로 조금씩 나갔고, 뒤에서는 방패로 위를 가린 채 앞사람만
따라서 올라갔다.

"궁수대 화살 장진! 1열 직사! 2, 3열 곡사, 발사! 4, 5열 준비

한 선물을 보내라! 실시!"

"자, 선물 받아라!"

다시 정면과 공중에서 화살이 쏟아지자 병사들이 움직이지 못하고 방패로 가렸는데, 갑자기 언덕 위에서 통나무와 바위가 굴러 떨어졌다. 통나무와 바위는 계곡으로 떨어뜨릴 게 아니라 언덕을 오르는 병사들에 대비한 모양이었다. 방패로 시야까지 막았던 병사들은 굴러오는 바위와 통나무에 그대로 노출됐다.

"으악! 허걱!"

"피해라! 어서 피해! 바위가 굴러 떨어진다! 후퇴! 후퇴!"

"가긴 어딜 가! 같이 놀지! 공격!"

"와!"

언덕 위에서 상단군이 재빨리 뛰어내려오며 등을 보인 채 후퇴하는 병사들을 덮쳤다. 500여 명의 병사가 일제히 공격했다. 왕국군은 구르고 넘어졌다가 동료에게 밟혀서 죽거나 다친 자가 더 많았다.

그러한 상황은 양쪽 언덕이 비슷한 광경을 보였다. 왕국군은 경쟁하듯이 뒤로 물러났다.

"정지! 다시 돌아간다!"

상단군은 언덕 아래까지만 공격하고 다시 올라갔다.

"대장님, 제1천인대 보고합니다. 300여 명이 죽고 400여 명이 다쳐서 전투 불능입니다. 성한 병사는 한 명도 없습니다."

"제2천인대도 비슷한 실정입니다, 대장님!"

"크! 물러가라!"

보고를 받은 대장의 얼굴은 손에 움켜잡은 휴지처럼 일그러졌다.

'젠장, 대공 전하가 이 일을 아시면 난 끝장이다. 머지않아 도착하실 테니 그전에 계곡의 안전을 확보해야 돼!'

"3, 4천인대는 화살 쏠 준비를 갖추고, 5, 6천인대는 좌측, 7, 8천인대, 우측으로 공격 준비!"

단지 1,000명의 적에게 앞을 가로막히고 부하들의 피해가 크자, 선봉 장군은 화가 불같이 솟아 전군을 몰아 공격 준비를 했다.

"3, 4천인대는 각 250명을 한 대로 하여 네 개 대가 차례로 공격한다. 1대 발사! 2대 발사! 3대 발사! 4대 발사! 돌격부대 방패를 앞세우고 공격한다! 돌격!"

"와~!"

휘익! 휘익!

"윽! 억!"

계곡 위에서 먼저 화살이 날아오기 시작하면서 무수한 화살이 난무하는 가운데, 병사들이 산 위로 치달렸다.

팅팅!

화살이 방패에 부딪치는 소리가 섬뜩했다. 방패로 앞을 가리고 악착같이 올라갔다.

우르릉! 쿵쾅!

"앗! 피해라, 피해! 또다시 통나무와 돌덩이가 굴러온다!"

"으악! 허걱!"

"젠장, 한 가지만 공격하지."

"으악! 누가 화살만 빼줘!"

"아이고! 다리가 부러졌다!"

방패로 앞을 가리고 올라가는 병사들에게 통나무와 돌덩이가 달려들었고, 방패를 치우고 위를 올려다보면 화살이 날아들었다.

"마법사! 공격해라! 전 천인대 돌격! 한 놈도 남기지 말고 발기발기 찢어 죽여라!"

"파이어 볼!"

어느 순간, 언덕에서 굴러 떨어지던 돌과 통나무, 그리고 화살까지 멈췄다. 언덕으로는 병사들이 개미떼처럼 몰려 올라갔다. 한데 무기 부딪치는 소리가 들리지 않았다.

"세상에, 이럴 수가!"

장군이 언덕에 올라섰다. 천인장들도 입을 꾹 다물었다. 양쪽 언덕에 1천 명의 적이 있다는 보고를 받고 두 개 천인대가 공격했다. 600여 명이 죽고 700여 명이 상처를 입었다.

두 개 천인대가 대패했다는 말에 나머지 여덟 개 천인대가 모두 공격에 가담했다. 무수한 사상자를 감수하면서 전면 공격을 가했다.

한데 허탈했다. 언덕 위에는 아무것도 남아 있지 않았다. 시체 한 구도 없었다. 여기저기 핏자국이 남은 것으로 봐서 분명

사상자가 있었을 텐데, 그들은 시체마저 남기지 않고 깨끗이
사라졌다.

"으악!"

장군이 허공을 바라보며 울부짖었다. 천인장, 백인장들이
고개를 숙이고 이를 악물었다.

"하산하여 부대를 재정비해라! 이 한을 씻고야 말겠다!"

장군이 이를 악문 채 명령했기에 알아듣기 어려웠으나, 천
인장들은 급히 눈치껏 명령에 따랐다.

"경비병을 남기고 하산! 부대 정렬! 백인장은 인원 파악해서
보고해라!"

세 개 천인대가 죽거나 다쳐서 전투 불능이 됐다. 양쪽 언덕
을 사수하기 위해 한 개 천인대가 언덕에 남았다. 상처 입은
자와 보급부대는 뒤에 남았다. 여섯 개 천인대가 계곡으로 들
어가기 위해 명령을 기다렸다.

"마법사! 계곡에 마나 스캔을 해봐라!"

"예, 장군님! 이상 없습니다!"

"제4천인대! 먼저 계곡을 통과하여 출구를 사수해라!"

"예, 장군님!"

병사들이 천인장의 인솔에 따라 계곡으로 들어갔다. 계곡은
좁고 길었다. 폭이 20m 정도고 길이는 500m나 되는 듯했다.

"제4천인대! 계곡을 통과하여 출구 사수에 돌입했습니다."

"알았다. 출발! 계곡을 속보로 통과하라!"

5,000여 명의 병사는 빠른 걸음으로 계곡으로 들어갔다. 계

곡은 높고 을씨년스러웠다. 병사들의 발걸음 소리와 기마병의 말발굽 소리가 증폭되어 울리고 메아리가 됐다.

"영 기분이 아닌데. 마치 토할 것 같아. 이거 화공하려는 기름 냄새 같은데?"

"다른 병사도 같아. 입 닥치고 어서 가자."

마지막 천인대가 계곡 입구에 들어섰을 때, 계곡 위에 상단군이 나타나서 공격했다.

"한 놈도 남기지 말고 죽여라!"

"앗! 저놈들이 도망간 게 아니라 숨었구나."

"천인장님! 저놈들, 1천 명도 넘는데요."

"뒤로 물러나지 말고 공격해라! 밀려나면 그대로 떨어진다!"

천인장이 용전분투했지만 중과부적이었다. 왕국군 한 개 천인대가 나뉘어 양쪽 언덕을 사수했으나 적은 한쪽만 3천 명도 넘는 듯했다.

"항복!"

병사들이 무기를 땅에 놓고 그 자리에 앉았다. 천인장도 그들을 탓할 수가 없었다.

출구를 지키는 제4천인대에 갑자기 화살이 날아왔고, 이어서 말발굽 소리가 요란하더니 기마병이 달려들었다.

"천인장님, 기마부대의 습격입니다."

"젠장, 5천 명이 넘는 기마병사라니, 모두 계곡으로 후퇴해라!"

우르릉! 꽝꽝!

그들이 계곡 안으로 들어가자마자 갑자기 요란한 폭음과 함께 절벽 위에서 바위와 통나무가 떨어져 출구를 막았다. 계곡 입구도 상황은 같았다.

"모두 항복해라! 거역하면 전부 불에 태워 죽이겠다! 너희 주위를 살펴보면 모두 기름이라는 것을 알 수 있을 것이다!"

상단군으로 보이는 지휘관 하나가 절벽 위에서 검을 휘두르며 호령했다.

"장군님, 절벽 위를 한번 보십시오."

"젠장, 언제 저렇게 몰려왔지?"

장군이 부관의 말을 듣고 고개를 들어 쳐다보자 절벽 양쪽 위엔 어느 틈에 무수한 적의 병사가 나타나 불이 붙은 화살을 겨눴다. 사방을 포위한 병사가 족히 2만 명이 넘는 듯했다.

"세상에, 들어보지도 못했던 상단군이라 조족지혈이라 했더니, 우리가 각개격파 당하는군. 이것이 대센가? 무모한 저항할 필요 없다! 항복이다!"

언덕에 올랐을 때는 허탈하고 분노에 찬 장군이었지만, 지금은 오히려 담담한 어조로 항복했다.

알라메다 평원. 광활한 평원에 10만 대군이 마주했다. 2만 상단군을 상대하려고 11만을 동원했던 아비도 대공은 자신의 병사보다 더 많은 상단군과 8만 병사가 싸우기도 전에 절반으로 줄어든 진영을 보면서 기가 막혔다.

꽝!

"도대체 어떻게 된 놈들이 먼저 가서 자리를 잡으라고 보냈더니 모조리 상단군에 넘어가 버린단 말인가?"

아비도 대공이 책상을 치면서 호통을 쳤다. 2만의 병사를 치려고 11만이 동원되자 무조건 이기는 전쟁이란 생각에 주위에 떨어지는 공적을 놓치지 않으려고 동행했던 귀족들은 죽을 지경이었다. 자작에서 백작이 된 오르무즈가 강인한 목소리로 아뢰었다.

"대공 전하, 적에게 항복한 귀족들은 모두 반역죄에 해당하옵니다. 그들의 가족을 잡아서 끌고 오면 결코 대공 전하께 검을 들 수 없을 것입니다. 통촉하시옵소서!"

"항복한 귀족들의 가족을 인질로 삼는다?"

"그렇사옵니다, 대공 전하! 강경하게 대응하지 않으면 제2, 제3의 하심 백작이 나올 수 있사옵니다."

오르무즈 백작의 말에 아비도 대공은 솔깃한 생각이 들었지만, 짐짓 생각하는 듯한 모습을 보였다.

"강경하게 대응해라?"

"그렇사옵니다, 대공 전하. 그리고 항복한 귀족의 가족들을 잡아서 올 때 지금쯤 지방 병사 3만이 다 모였을 테니 그들을 속히 데려오면 병사 수에서의 우세 역시 점할 수 있사옵니다. 그때 한꺼번에 몰아쳐서 적을 물리치시고 지금은 탐색전만 하시는 게 옳을 것으로 사료되옵니다, 대공 전하!"

"그리하라! 오르무즈 백작이 그 일을 모두 책임지고 신속히 실행하여 병사들을 이끌고 오라!"

"황공하옵니다, 대공 전하. 신속히 다녀오겠사옵니다."

고개를 숙이고 물러나는 오르무즈 백작의 눈이 탐욕으로 번들거렸다.

'크크, 이번 일만 무사히 끝나면 당연히 후작으로 승차하겠지. 그리고 반역자를 체포하는 과정에서 상당한 재물까지 얻을 수 있을 거야. 크크!'

오르무즈 백작은 자신의 부하들을 이끌고 재빨리 왕도를 향해 말을 달렸다. 기사 열두 명과 병사 200명이 그 뒤를 따랐다. 그들이 계곡에서 막 벗어났을 때, 앞에서 먼지구름이 일었다.

"주군, 앞쪽에 300명 정도의 병사가 오는데 어떡할까요?"

"주변에 있는 성의 병사들이겠지. 그대로 달린다."

"예, 백작님! 속도 유지하고 그대로 달려라!"

오르무즈 백작이 점차 가까워지는 일행의 복장을 보자 풀 체인 메일을 입은 기사 복장도 아니고 단지 검은 수련복으로 통일한 자들이었다. 하지만 그들의 달리는 기세가 엄청났고, 만약 멈추지 않는다면 그대로 충돌할 것만 같았다.

"저 미친놈들을 세워라!"

"예, 주군! 정지! 정지! 멈추란 말이다!"

기사는 검을 빼 들고 백작 일행보다 앞으로 나섰다. 기사 복장을 한 채 검까지 들면 당연히 멈추리라 생각했다. 그런데 그들은 멈추지를 않았다. 제일 앞에 달려오는 자가 검을 뽑았다. 앞으로 나간 기사가 가소로운 표정으로 상대를 베어버리려고 검을 위로 치켜들었다. 바라보던 백작의 기사들은 앞에서 달려오던 자의 목이 달아날 것을 조금도 의심하지 않았다. 더구나 상대는 어린 듯했다.

그런데 상대의 검에서 갑자기 선명한 오라블레이드가 형성됐다.

"앗! 소드 마스터다!"

"모두 조심해라!"

서걱!

앞으로 나갔던 기사가 검과 함께 목이 잘렸다. 다른 기사들이 놀란 표정으로 백작의 앞을 막으면서 검을 빼려고 했다.

"검을 빼는 자는 누구나 똑같이 된다."

검을 빼려던 자는 흠칫 놀라며 말한 자를 돌아봤다. 그의 검에서 나온 오라블레이드에 눈이 부셨다.

"세상에, 소드 마스터가 또 있다니……."

기사들은 놀라서 검에서 손을 뗐다. 한 명도 감당할 수 없는데 두 명은 처음부터 상대가 되지 않았다. 병사들은 아예 대항할 생각을 버렸다.

"모두 말에서 내려!"

그들은 모두 재빨리 말에서 내렸다. 백작은 말에서 내리지 않고 그대로 있었다.

"넌 뭐야? 말에서 내리란 말이 안 들리나?"

"난 백작이다."

오르무즈 백작은 말을 하면서 어깨에 힘을 줬다.

"저 자식, 백작이래. 하루에 백 대씩 매타작을 해야 정신 차리는 백작! 누가 수고 좀 해라!"

"예, 친위대원님!"

'햄요'가 앞으로 나섰다. 오르무즈의 멱살을 잡고 가볍게 끌어내려서 두들겨 패기 시작했다.

"으악! 허걱! 난 귀족이야! 몸값을 지불하겠다!"

"놀고 있네. 이 새끼가 날 창녀로 보나? 몸값을 내겠다고?"

퍽퍽!

"허걱! 아닙니다! 내 몸값을 내겠다는 말입니다!"

"그만해라! 끌고 가서 백 대를 채우도록 해라!"

"예, 친위대원님!"

마하비라 등은 그들을 끌고 숲으로 들어갔다. 그곳에는 많은 포로와 보급 마차들, 그리고 앞서 떠난 전령들의 모습도 보였다. 백작은 그곳 상황을 보고 그제야 돌아가는 정세와 그들이 노리는 것을 짐작할 수 있었다. 백작은 포기하고 그만 눈을 감아버렸다.

'젠장, 전령들까지 잡혔으니 이곳 소식을 아무도 모르겠군. 철두철미한 자들 같으니…….'

*   *   *

둥둥! 둥둥!

알라메다 평원에 출정을 알리는 북소리가 울려 퍼졌다. 상단의 수많은 병사가 질서정연하게 북소리에 맞춰 진각(발 구르기)을 밟으며 나서는 광경은 실로 장관이었다. 손에 높이 든 창은 오와 열을 맞춰서 햇빛을 받아 반짝였으며, 왼손에 든 방패역시 얼마나 닦았는지 거울처럼 번쩍였다.

둥! 두둥! 둥! 두둥!

백 명씩 백 줄을 이뤘던 네 개의 만인대가 앞으로 나섰다. 북소리가 바뀌자 절반으로 나뉘어 5천인대 여덟 개로 변했다가 다시 열여섯 개의 부대로 변했다.

"크! 병사들의 힘을 흩어놓는군. 힘의 집중에서 일어나는 엄청난 거력을 몰라! 보기는 좋아도 허장성세라는 것이지. 병사들을 돌기형으로 만들고 철갑갑주 기마대를 정면에 세워라! 적진을 그대로 돌파하여 적의 사령부를 괴멸시킨다!"

"예, 대공 전하!"

뿌우~! 뿌우~!

왕국군의 뿔나팔 소리가 울리고 4만 병사의 대형이 삼각 대형으로 변했다. 대형의 가장 선두에는 철갑갑주 기마대가 자리했다. 기마대는 물론이고 말의 머리와 목, 그리고 엉덩이까지 철갑으로 씌어졌다. 보기만 해도 위풍당당했으며 무적의 기마대인 듯했다. 기사를 유지하는 것보다 비용이 더 든다는 왕국 최고 무력의 철갑갑주 기마대였다.

후륵! 후르륵!

말들이 기세를 느꼈는지 투레질하는 소리가 요란했다.

뿌뿌우~! 뿌뿌우~!

뿔나팔 소리가 변했다. 왕국군의 돌기형 대형이 천천히 속도를 높였다. 알라메다 평원의 긴장은 서서히 고조됐다.

두두! 둥둥! 두두! 둥둥!

북소리도 급박하게 변했다. 상단군 대형 중앙이 서서히 뒤로 물러나면서 가운데를 비우기 시작했다. 상단군의 밀집 대형은 돌기형 대형을 그대로 안을 듯이 역삼각형 대형으로 변했다. 철갑기마대는 빈 중앙을 무인지경으로 달리며 상단군 지휘부를 향하여 빠른 속도로 질주했다. 보병들은 옆에 늘어선 상단군은 쳐다보지도 않고 기마대 뒤를 쫓기 바빴다.

둥둥! 둥둥!

북소리가 다시 한 번 바뀌었다. 비었던 상단군 지휘부 앞에 갑자기 말 한 필이 끄는 전차 다섯 대가 나타났다. 전차에는 각종 무기가 꽂혔고, 한 사람이 타고 있었다. 전차가 기마대를 향해 달렸다.

"크크, 저게 저들이 준비한 비밀병긴가? 가소롭군."

아비도 대공이 비웃었다. 그랬다. 누가 봐도 철갑갑주 기마대와 격돌하면 그대로 박살 날 듯싶었다. 전차 차수들은 갑옷마저 입지 않았다. 그런 그들이 창을 높이 들었다.

쾅!

드디어 선두가 격돌했다. 철갑기마대장이 탔던 철갑을 씌운 말의 머리와 대장의 머리가 한꺼번에 공중으로 날아갔다.

"헉! 아니, 저, 저럴 수가……!"

아비도 대공이 놀라 자리에서 벌떡 일어났다.

"대공 전하! 상단군의 선두는 마스터였습니다!"

"마스터?"

"그렇사옵니다, 대공 전하!"

상단군의 선두는 단지 오라의 기운을 이기지 못하고 부러진 창을 버리고 전차에 꽂힌 다른 창을 꺼냈을 뿐이다. 철갑기마 대장 뒤에서 쫓아오던 부장은 대장이 죽는 모습을 보고 말의 방향을 틀어서 전차를 향했다. 전차가 피할 방향이 없었다. 전차와 철갑마가 부딪쳤다.

꽈꽝!

전차는 박살이 났지만 철갑갑주 말 기수의 머리는 잘리고 말았다. 전차를 탔던 자는 어느새 죽은 자 대신 철갑마에 올라 탔다. 그리고 말의 방향을 틀면서 허리에 찬 검을 뽑아 들었다. 검에서 선명한 오라블레이드가 일었다.

"와와! 마스터다!"

"우와! 소드 마스터야!"

오라블레이드는 상단군 병사들에게 자신감과 용기를 부여했고 왕국군에게는 두려움과 공포를 심어줬다. 뒤에 오는 전차도 마찬가지였다. 단지 다른 게 있다면 기수만을 죽이고 전차를 버린 채 철갑마에 올라섰다는 점뿐이다. 그의 검에서도 오라블레이드가 일었났다.

다섯 명의 소드 마스터! 대륙 역사상 전무후무한 소드 마스터 전차군단이 등장했다. 상단군 병사들의 환호는 하늘을 찌를 듯했다.

"우와! 모두 소드 마스터였어!"

"세상에, 우리 상단의 소드 마스터가 대륙 여느 왕국이나 제국보다 떨어지지 않잖아."

왕국군 진영은 그야말로 기절초풍할 지경이었다.

"젠장, 소드 마스터 군단하고 어떻게 싸우란 거야?"

"상단이 저러니까 왕국 병사를 두려워하지 않는 거지."

"맞아. 믿는 구석이 없으면서 대항했겠어? 그놈의 잘난 프롱삭 성주 때문에 애꿎은 우리만 죽게 생겼군."

하지만 가장 놀란 사람은 그 누구보다도 아비도 대공이었다. 대공은 갑자기 가슴이 답답해졌다.

둥둥둥! 둥둥둥!

그때, 옆으로 비켰던 상단군이 공격을 시작했다. 양군이 격돌했다. 사기가 오를 대로 오른 상단군의 기세는 하늘을 찌를 듯했으나, 일단 몸과 몸이 부딪치자 양측 사상자는 급격히 늘어났다.

철갑기마대는 역시 강했다. 그들은 병사들이 칼로 베거나 창으로 찔러도 상관하지 않고 주위의 상단군을 처리했다. 마스터 전차군단도 단지 열 명 정도의 기마대를 처리했을 뿐이었고, 양군이 격돌하자 공격할 틈을 잃고 주춤거렸다.

"위에서 공격하자!"

"맞아! 올라가자!"

그들은 앞에서 병사들에게 검을 휘두르는 기마대를 공격한 후 그대로 공중으로 올라가서 기마대의 목을 자르기 시작했다.

"으악! 이럴 수는 없어!"

"젠장! 피할 곳도 없이 그대로 당하겠어."

공중에서 오라블레이드를 휘두르는 마스터에게 철갑기마대는 공황을 일으켰다. 그들의 수많은 땀과 피를 흘린 훈련조차 아무런 도움을 주지 못했다. 병사들 틈에 끼어 그들의 오라블레이드가 다가오는 것을 기다리는 것뿐이었다.

그들은 두려움이 공포로 변해 주위로 마구 검을 휘둘렀다. 오직 마스터 군단의 눈만 피하고 싶었다. 아군과 적을 가리지 않았다. 피가 튀고 살점이 난무하는 전장에 남은 것은 충성과 정의, 그리고 영광이 아니라 가족의 절규와 평생 잊을 수 없는 공포뿐이었다.

아비도 대공이 놀라서 부르짖었다.

"후퇴! 빨리 후퇴해라!"

뿌뿌뿌우! 뿌뿌뿌우!

갑자기 뿔나팔 소리가 다급하게 울리고 왕국군은 뒤로 돌아서서 달리기 시작했다. 밀집 대형은 어느새 학익진으로 변해서 그들을 품 안에 넣으려고 했으나 너무나 빨랐다.

둥! 두두! 둥둥! 둥! 두두! 둥둥!

상단군도 후퇴하라는 북소리가 울렸다.

"와, 살았어! 이겼다!"

"상단군 만세!"

"마스터 군단 만세!"

병사들의 환호는 알라메다 평원을 오랫동안 울렸고, 왕국군 진영의 문은 열릴 줄 몰랐다.

"음, 이대로 후속부대가 올 때까지 기다려야 하나? 세상에, 일개 상단에 마스터가 다섯 명이나 될 줄 누가 알았겠나."

후퇴하여 다시 진영을 구축한 왕국군 막사에는 침침한 분위기만이 깊이 깔렸다.

꽝!

아비도 대공은 주먹으로 책상을 내려쳤다. 귀족들은 안절부절못했다.

"도대체 너희는 뭐하는 놈들이야? 그런 정보도 모르고 그저 아무거나 밟을 생각만 하다니! 그렇게 많은 마스터가 하늘에서 뚝 떨어졌거나 땅에서 솟았다고 여기는 건 아니겠지?"

대공이 화가 나서 소리치는데 갑작스럽게 바깥이 소란스러워졌다.

"누구냐? 아니, 왕궁 수석마법사님이 아닙니까?"

"대공 전하께 말씀드려라!"

"예, 왕궁 수석마법사님! 대공 전하, 왕궁 수석마법사님께서 오셨사옵니다."

마법사는 수석기사의 어투에서 모든 것을 짐작했다.

'흠, 아비도가 명칭만 대공이라 할 뿐 아니라 완전히 국왕 행세를 하는 모양이군.'

대공도 그의 이름을 듣고 생각하는 바가 있었다.

'홀카빌리 왕궁 수석마법사? 아라카이브 제국 마르티네스 공주를 납치하고자 떠났던 대륙 최고의 고 서클 흑마법사가 아닌가. 제국의 수석마법사도 6, 7서클인데, 그가 나를 인정한다면 마스터 열두 명도 크게 문제는 아니야. 어떻게 해서라도 내편으로 만들어야만 해.'

생각을 마친 아비도 대공은 지휘부 막사 문을 열고 영접을 나갔다.

"하하, 홀카빌리 대마법사가 아닙니까? 어려운 일을 책임지고 떠났다는 말을 들었는데, 왕국을 위해서 수고가 참으로 큽니다. 어서 오시오."

"하하, 아비도 대공 전하, 이렇게 반겨주시니 감사합니다."

아비도 대공은 그가 '대공 전하'라고 불러주자 한없이 기뻐서 그가 고개를 숙이지 않았지만 개의치 않았다. 마법사에게는 일행이 많았다.

"아비도 대공 전하, 문안 여쭈옵니다."

"오, 정보대장 아퀼라 남작, 어서 오시게. 그대가 없으니 적의 정보가 전혀 없어서 답답한 참이었네."

대공은 마법사와 함께 막사 안으로 들어갔고, 아퀼라 남작이 그 뒤를 따랐다.

"그대들은 좀 나가 있게."

대공은 막사 안의 귀족들을 내보내고 마법사와 남작에게 자리를 권했다.

"자, 자리에 앉아서 우선 차 한 잔 드시지요."

"감사합니다, 대공 전하."

"한데 아퀼라 남작, 왜 왕궁으로 가지 않고 전장으로 직접 온 것이오? 보아 하니 지금 막 돌아온 듯한데……."

아비도 대공은 마법사와 남작에게 먼저 자신의 의문을 물었다.

"대공 전하, 실로 황당한 일을 겪었사옵니다."

"황당한 일?"

"그렇사옵니다, 대공 전하. 다름이 아니오라 왕궁은 이미 배신자 하심 백작이 장악했사옵니다. 저는 그것도 모르고 왕성으로 들어가려 했으나, 대마법사님께서 이상한 기운을 느끼시고 알아본 결과, 왕성 수비대장인 하심 카타트 백작이 반역한 사실을 알아냈사옵니다. 만약 그대로 왕성으로 들어갔다면 크게 낭패 당하는 것은 물론이고, 대사마저 그르칠 뻔했사옵니다."

아비도 대공은 하심 카타트 백작이 왕성을 차지했다는 말에 놀랐지만, 전혀 내색하지 않은 채 그르칠 뻔했다는 대사를 물었다.

"대사를 그르친다? 오, 그렇다면 마르티네스 공주를 데려왔구려."

"그렇사옵니다, 대공 전하. 한데 이곳 전투는 어떻게 되었사옵니까?"

"크으! 한 번 붙기는 붙었으나 참패하고 말았네. 노블리아 상단은 보통 상단이 아니었어. 그렇기에 왕국 토벌군이 오는 데도 굳세게 반항하는 이유이기도 하겠지. 아차, 아퀼라 남작, 노블리아 상단에 마스터가 다섯 명이나 있던데, 혹 아는 점이라도 있나?"

아비도 대공은 자신이 낭패했던 상단의 마스터에 관하여 혹시라도 아는 게 있는지 물었다.

"일개 상단에 마스터가 다섯 명씩이나요? 세상에, 그럴 수가 있사옵니까? 아하, 그렇구나."

아퀼라 남작이 뭔가 짚이는 점이 있다는 듯한 표정을 짓자 대공의 눈이 반짝였다.

"흠, 뭔가 있긴 있군."

"그렇사옵니다, 대공 전하. 노블리아 상단이 아니라 아라카이브 제국 국립 아카데미에 소년 마스터가 탄생했다는 실로 황당한 소문이 있었사옵니다. 더욱 기가 막힌 것은 그가 지도한 동료 학생까지 마스터가 됐다는 도저히 믿을 수 없는 이야기가 은근히 떠돌았지만 확인할 수가 없었사옵니다."

"아니, 그렇게 중대한 정보를 확인하지 않았단 말인가?"

아비도 대공은 도저히 이해가 안 된다는 표정으로 남작에게 물었다.

"그렇지 않사옵니다, 대공 전하. 그는 이번에 아카데미를 졸업하기도 전에 교수가 됐사옵니다. 그런 사실로 미루어볼 때, 그가 마스터인 것은 분명한 사실인 듯하옵니다. 문제는 그가 학생들 몇 명을 데리고 체험학습을 떠났기에 도저히 확인할 수가 없었던 것이옵니다."

"크크, 그렇다면 공주를 인질로 해서 교수와 그 제자들의 목숨을 요구할 수도 있겠어. 아, 하늘이 도왔어. 하늘이 도운 거야. 크크크!"

대공의 비릿한 웃음이 알라메다 평원에 먹구름을 몰고 왔다. 상단군은 이미 왕성을 함락했기에 아비도 대공을 잡거나 죽이고 평원 전투를 끝낸다면 역사에 유래가 없는 상국이 탄생하겠지만, 마르티네스 공주 납치 사건은 알라메다 평원 전투에 새로운 전기를 가져왔다.

*   *   *

"공주는 어떻게 했나, 정보대장?"

"마법사님이 슬립 마법을 걸어서 제 부하들이 지키고 있사옵니다, 대공 전하."

"흠, 잘됐군. 아주 잘됐어. 그럼, 슬슬 고기 낚을 미끼를 던져 볼까? 우선 모두 항복하라고 해야겠군."

대공은 흐뭇한 표정을 지으면서 마법사를 쳐다봤다. 마법사는 무표정한 얼굴이었다.

"대공 전하, 그가 마스터를 키웠다면 진정한 마스터 오브 마스터인데, 공주를 살리겠다고 자신의 목숨을 내놓을까요?"

정보를 담당하는 아킬라 백작이 이해가 안 된다는 표정으로 물었다.

"그는 교수가 아닌가? 교수란 국왕이나 황제에게 충성을 맹세한 귀족과 같은 대우와 의무를 갖는 존재가 아니던가. 당연히 공주를 구하려고 최선을 다해야겠지."

"대공 전하, 이런 문제를 공개적으로 할 수는 없는지라 협상 대표를 보내야 할 것이옵니다. 그들이 우리 요구 조건을 수락한다면 더없이 좋겠지만, 만약 그가 다 이긴 전쟁이라 생각하고 협상을 결렬한 후 곧장 공격해 들어온다면 어떡해야 하겠사옵니까?"

대공은 아퀼라 남작의 말을 듣자 자신의 뜻대로 안 될 수도 있다는 생각이 들어 갑자기 짜증이 났다.

"그래서 어떻게 하자는 건가, 남작?"

"대공 전하, 공주가 납치된 것은 분명 그의 잘못이 아니옵니다. 그가 거절하고 마스터 다섯 명을 앞세워 공격한다면 오히려 우리가 어려워질 터이니 상황을 봐서 요구 조건에 탄력을 부여하심이 마땅할 것으로 사료되옵니다, 대공 전하."

"필요없다. 그대가 가서 나의 명을 전해라. 만약 항복하지 않는다면 공주를 죽이겠다고 전하고, 그 책임은 전적으로 그에게 있다는 것도 전하게."

"대공 전하!"

아퀼라 남작은 대공의 말에 답답한 마음으로 다시 입을 열려고 했다. 하지만 대공의 뜻은 단호했다. 어쩔 수 없이 그는 부하에게 백기를 들고 가서 협상을 요구하도록 명령했다.

협상은 곧 성사됐다. 급히 양 진영 중앙에 천막이 쳐지고 세 사람씩 회담 대표가 모였다.

상단군 측은 아리안 단주, 포르피리오 군사, 헤르메스 경호 대장이 참석했고, 왕국군 측에서는 아퀼라 남작, 훌카빌리 마법사와 장수 한 사람이 대표로 왔다. 천막은 옆을 막지 않아서 사방이 트였다.

"안녕하시오!"

"자리에 앉아서 이야기를 시작합시다."

서로 가볍게 인사하고 아리안이 가운데 자리를 차지하자 아퀼라는 의미있는 눈길로 그를 쳐다봤다.

'음, 이 사람이 마스터 오브 마스터로군. 청년이라기보다는 오히려 어려 보이지만 눈만은 그 깊이를 모를 만큼 깊어. 똑똑한 자는 힘으로 누르면 의외로 쉽지만, 이자는 마스터라 그것도 통하지 않을 테니 골치 아프군. 어쨌든 간에 운을 띄워놓고 상황을 봐가며 대처해야겠다.'

아리안은 아퀼라 남작보다 마법사를 힐끗 쳐다봤다.

'음, 이자는 인간이 아니로구나. 마계 흑마법의 총감독관이라던 레오나드보다 더 강한 마기야. 그렇다면 대공이나 마왕급이겠군. 이거 사태가 이상한 방향으로 흐르는걸.'

서로간의 본심을 숨긴 채 협상이 시작됐다.

"하하, 왕국 협상 대표를 맡은 난 아퀼라 남작이오. 젊은 사람이 협상 대표라니 놀랍구려."

"아퀼라 남작, 당신은 말을 조심하는 게 좋겠소. 우리 대표님은 제국에서 백작 대우를 받으신 교수님이오. 감히 남작이 우리 대표님 앞에서 귀족 작위와 나이 자랑하는 모습은 참으로 보기 역겹소. 만약 남작이 우리 교수님께 무례를 범했다는 사실이 알려지면 그대는 대륙 어느 곳에도 숨을 곳이 없을 게요."

헤르메스의 음성은 고요했지만 내용만은 준엄했다. 아킬라 남작은 헤르메스의 말이 사실임을 느꼈다. 상인의 손과 눈길이 닿지 않는 곳은 대륙 어디에도 없었고, 연락을 받는 즉시 마스터들이 달려올 것이다. 그는 마스터의 스승 마스터 오브 마스터였다. 아킬라는 그 순간 등에 땀이 난 것도 모르고 급히 말을 정정했다.

"제가 경솔했음을 인정합니다. 그럼 이번 회담을 요구한 안건에 대해 말씀드리겠습니다. 우리는 마르티네스 공주가 우리와 함께 있음을 알립니다."

'아니, 이게 무슨 날벼락인가?'

헤르메스는 경호만을 담당했지만 포르피리오는 사정이 달랐다. 더구나 아리안과 그녀 사이를 잘 아는 그로서는 일이 난감하게 변했음을 깨달았다.

'세상에, 항복 조건을 논하는 자리인 줄 알았는데 일이 이렇게 꼬이다니… 내가 할 수 있는 일이 전혀 없구나.'

그는 아리안의 얼굴을 돌아봤다. 아리안의 속은 알 길이 없었지만 얼굴만은 담담했다. 아리안은 무심한 표정으로 말했다.

"그래서요?"

"예?"

이번에는 오히려 아귈라 남작이 아리안의 말을 이해하지 못해 반문했다.

'아니, 교수라면서 공주가 우리와 함께 있다는 말의 뜻을 모른단 말인가? 그렇지 않다면 이걸 어떻게 해석해야 되는 거야?'

포르피리오는 담담한 어조로 말하는 아리안을 보고 자신이 그를 잘못 판단하고 있음을 그제야 깨달았다.

"그대들이 공주를 납치해서 제국의 분노를 샀으니 우리에게 무마해 달라는 말이오?"

"교수, 우리가 공주를 죽여도 괜찮다는 뜻이오?"

"그래요? 그렇다면 우리는 그대들 모두를 죽여서 공주님의 원수를 갚아드려야지요."

"아니, 공주를 살릴 수 있는 방법은 물어보지 않을 거요?"

아리안은 결코 상대의 의중에 휩쓸리지 않고 의연함을 견지했다. 포르피리오는 그제야 아리안의 심계가 자신을 뛰어넘었다는 것을 깨달았다.

"하하, 그 방법이라는 것을 말하고 싶어서 몸부림을 하는 듯하니 그 소원을 들어주겠소. 얘기나 한번 해보시오."

"그대들의 무조건 항복을 요구합니다."

"하하하! 참으로 어이없는 말을 다 들어보겠군. 나에게 항복을 요구하려면 그대들이 그만한 힘을 보여 우리가 최선을 다했어도 역부족일 때 항복할 것인지 자진할 것인지를 결정해도 늦지 않다오."

아리안은 참으로 어이없다는 듯이 통쾌하게 웃은 후 담담한 표정으로 말했다. 그는 이어서 남작을 엄중한 낯빛으로 바라보며 단호한 태도로 말했다.

"아퀼라 남작, 옆에서 방관하는 자들 때문에 거리의 폭력이 사라지지 않는 것처럼 인질범과의 협상은 또 다른 선례를 남길 뿐이라오. 그들은 가정 파괴범, 유괴범, 살인범과 함께 사회에서 지워야 할 존재지 타협하거나 협상의 대상이 아니오."

21세기를 살았던 아리안의 음성에는 고요한 분노와 단호한 의지가 담겨 있었다. 옆에 있던 마스터들은 아리안의 단호한 의지를 읽고 가슴을 활짝 폈다.

'우리 주군은 이런 분이야.'

"공주님은 제국민이 경애하는 대상이지만, 내 옆의 두 사람 역시 모두 공주와 같은 무게로 내게 소중한 사람들이오. 그런 사람들이 저 뒤에 10만이 넘는데 그들과 한 사람을 바꾸자고 하니 아퀼라 남작이 상인이 되지 못하고 왜 음모와 모략의 온상지인 정보책임자가 됐는지를 짐작하게 하는 대목이오. 세상에, 자신의 피와 땀을 흘리고 목숨을 내놓으면서까지 나를 따르거늘, 그런 사람들에게 공주를 구해야겠으니 모두 죽거나 돼먹지도 않은 자들의 처분을 기다리라고 명령하란 말이오?"

아리안의 음성에는 점차 분노가 깃들기 시작했다.

"당신은 그런 자를 위해서 목숨을 내놓겠소? 자, 가서 오늘을 감사하고 즐기시오. 내일 아침엔 진정한 무서움이 뭔지를 가르쳐 줄 테니까. 오늘 전투는 그대들이 항복하기를 바라는 마음에서 힘만 보여주고 말았지만, 내일은 준비할 수 있는 모든 카드를 보여야 할 것이오."

단호한 태도의 아리안에게서 엄청난 카리스마가 뿜어졌다. 음모와 계략은 그의 앞에서 꼬리를 말고 말았다.

"아차, 그리고 미련을 가질까 봐 한 가지 알려주겠소. 왕궁과 기타 모든 성의 장악이 끝났다는 연락을 조금 전에 받았소. 물론 그대들이 준비하던 3만 후방부대에게도 항복을 받았다 하오. 이제 아빌라 왕국은 대륙에서 지워졌소."

아리안은 자리에서 일어났다. 포르피리오와 헤르메스는 일어서서 고개를 숙였다. 주군의 말이 뇌리에서 떠나지를 않았다.

내 옆의 한 사람은 누구나 공주와 같은 무게로 내게 소중한 사람이다.

과연 그 어떤 주군이 그와 같은 믿음으로 가신을 대할 것인가. 터질 듯한 감격에 심장은 멈출 것만 같았고, 더할 나위 없는 감동에 눈에는 물기가 가득했다.

포르피리오는 가슴이 아팠다. 그는 마르티네스 공주가 주군의 첫사랑이며 지금 주군의 마음은 천 갈래 만 갈래로 찢어지고 있음을 너무나 잘 알고 있었다. 그는 주군을 대신할 수 없는 안타까움에 어찌할 바를 몰랐다.

아퀼라 남작은 멍한 눈으로 아리안을 쳐다봤다.

'아! 저런 분이 나의 주군이었다면……. 이제 모든 게 끝났구나. 내일 그가 하는 총공격은 누구라도 감당하기 어려울 거야. 병사들은 공포에 싸여 죽어갈 것이며, 왕국마저 무너졌으니 귀족 누구도 살아나길 기대할 수 없겠지. 에고, 건드릴 사람을 건드려야지. 그놈의 프롱삭 성주, 생각만 해도 이가 갈리는군.'

Chapter **08**

아리안의 전쟁

"잠깐, 내 말을 듣고 가거라!"

홀카빌리 수석마법사가 담담한 음성으로 말했다. 헤르메스와 포르피리오는 들은 척도 안 했지만, 아리안은 그에 대해 정신을 집중하고 있었기에 조용히 뒤로 돌아섰다.

"내가 인간이 아닌 그대의 말을 들을 것 같소?"

"분명 너는 내 말을 듣게 될 것이다. 그렇지 않으면 네가 공주처럼 아낀다는 인간들이 아무도 살아서 이 알라메다 평원을 떠나지 못할 것이기 때문이다. 너는 내가 그렇게 못 할 것이라 생각하느냐?"

아리안은 수석마법사의 얼굴을 유심히 쳐다봤다. 그의 눈에서 혼돈의 암흑 기운이 넘실거리며 흘러나왔다.

포르피리오와 아퀼라 남작이 비틀거렸고, 헤르메스와 왕국 장수도 땀을 흘리다가 무릎을 꿇었다. 아리안이 기운을 일으켰다. 포르피리오와 헤르메스가 아리안의 절대 공간에 들어서면서 기운을 되찾았다.

홀카빌리가 흠칫하는 표정을 지었다가 기세를 풀었다. 아퀼라 남작과 왕국 장수도 정신을 되찾았다.

"난 이제 왕국의 일에는 흥미가 없다. 넌 이미 나의 정체를 짐작한 듯싶구나. 놀라운 일이야. 참으로 놀라운 일이야. 내가 정체를 감췄는데도 그것을 알아내는 인간이 있으니 심히 놀랍다. 한 가지 제안을 하마. 네가 나의 시험을 받는다면 더는 중간계 일에 관여하지 않고 마계로 돌아가서 천 년 동안 간섭하지 않겠다. 어떠냐?"

"시험이 한 가지가 아닌 듯하오."

"그렇다. 나와 싸우기 전에 세 가지 시험으로 먼저 나와 싸울 자격이 있는지를 보겠다."

마법사는 이야기를 하면서 자신의 기운을 퍼뜨렸다. 모두 비틀거렸지만 아리안만은 의연했다. 그가 눈을 빛내며 바라봤다.

"당신과 싸우는 데도 자격이 필요하단 말이오?"

"당연하다. 이몸은 자격이 없는 자는 단지 손가락 하나를 까딱이는 수고만으로도 영혼마저 소멸할 능력을 지닌 전쟁의 지배자 '할파스' 마왕이니까."

아리안은 크게 고민하는 티도 내지 않고 즉답했다.

"좋소. 수락하지요."

하늘도 놀라고 땅마저 뒤집힐 전투가 될 아리안과 전장의 신 마왕 할파스의 결투가 벌어질 알라메다 평원에는 한 가닥 회오리바람이 스쳐 지나갔다.

휘잉!

아리안은 목욕한 후 옷을 갈아입고 거실로 나왔다. 거실에는 카르네프 단주와 포르피리오, 레모, 헤르메스, 발보아, 콘셉시온, 후에고 성주 하시드, 베스시오 성주 칼리파와 열일곱 명의 수련생이 기다리고 있었다. 레슬리와 하심 사령관의 얼굴은 보이지 않았다.

"아리안 단주, 꼭 혼자 가야만 하나?"

"그렇습니다, 카르네프님! 그와의 싸움에는 누구도 도움이 되지 않습니다."

아리안은 말을 하면서 영웅건으로 이마를 묶었다. 그는 흰색 수련복을 입었으며 가슴에는 태극 마크가 선명했다.

"레모!"

"예, 주인님!"

"모렐로스 왕국과의 전장을 살피고 와라. 이번 결투가 끝나면 우리의 전장이 될 것이다."

"예, 주인님."

레모가 거실 바닥에 무릎을 꿇고 절을 한 순간 그의 모습은 그대로 사라졌다. 마하비라가 무릎을 꿇은 채 검을 두 손으로 받쳐 들었다. 아리안이 검을 받아 허리에 찼다.

"주군!"

거실에 있던 자들이 일제히 무릎을 꿇으면서 침통한 음성으로 외쳤다.

"다녀오겠다."

아리안은 담담한 음성으로 말했지만 듣는 사람마저 담담할 수는 도저히 없었다.

오늘 그들의 주군이 싸우는 상대는 인간이 아니라 공포의 대명사 마수마물과 능력의 끝을 모르는 마물들의 마왕, 흑마법의 종주이자 불사의 마물로 전해진 마왕과의 격돌은 그 어떤 것도 장담할 수 없었다.

포르피리오는 스승도 칭찬했던 자신이 주군께 어떤 도움도 줄 수 없어 한없이 초라해지는 것을 느끼고 가슴이 찢어지는 듯했다.

"주군!"

수련생이 일제히 다시 한 번 외쳤다. 대신할 수 없는 안타까움과 부모와 같은 스승인 주군을 사지로 보내는 듯한 고통스러움이 절규가 되어 토해졌다.

"말로 가르칠 수 없는 것들이니 잘 보도록 해라!"

아리안이 의연한 태도로 말을 남겼기에 더욱 가슴이 찢어지는 가신들이었다.

스승이시여, 피를 뿌리며 가르치려 하십니까?

"주군!"

그들은 못다 한 말을 '주군' 이라는 말 속에 함축시키며 다시 한 번 외쳤다. 눈에 물기가 어려 아리안의 뒷모습이 잘 보이지 않았다.

아리안이 거실을 나와 천천히 성주관을 벗어났다.

"단주님!"

"흑흑, 단주님!"

상인들과 인부들이 일제히 땅바닥에 부복했다. 오열하는 자도 있었다. 그들은 이곳의 모든 인간을 죽이겠다는 마왕의 말 때문에 아리안이 그와 싸울 수밖에 없다는 것을 잘 알고 있었다.

불사의 존재인 그가 공격한다면 모든 무사와 병사가 마왕과 싸운다고 해도 그 여파에 대부분의 사람은 죽을 것이다.

성문을 향해 거리에 들어서자 그들을 본 백성이 무릎을 꿇었다. 누구도 '예를 갖춰라', '무릎을 꿇어라' 하면서 외치는 사람은 없었지만, 아무래도 그래야 할 듯싶었다.

알라메다 평원을 가득 메웠던 진영은 보이지 않고 황량한 바람만 불었다. 아리안은 천천히 걸어서 평원 중앙으로 나갔다.

마스터 오브 마스터의 신위를 보고자 하는 병사들이 평원가에 늘어서서 눈을 빛냈다.

그때, 평원 반대편에서 천여 명의 병사가 나타났다. 사방에서 웅성거리는 소리가 시끄러웠다.

"아니, 단지 천 명의 병사로 마스터 오브 마스터의 실력을 보려 한단 말이야?"

"말도 안 돼. 마스터 오브 마스터를 우습게 봐도 분수가 있지."

"그러게 말이야. 시험이 쉬워서 좋다고 해야 하나?"

병사들이 아리안을 향해서 달리기 시작했다. 그들은 갈수록 점점 빨라졌다. 그들이 달리는 도중에 옷이 찢겨져 나갔으며 체격이 두 배나 커지면서 눈에선 붉은 광망이 쏟아져 나왔다.

"앗! 저들은 병사가 아니라 광전사야, 광전사!"

"광전사?"

광전사.

마법에 걸려서 평소보다 능력이 몇 배나 증폭됐고, 칼이 피부를 뚫고 들어가지도 못하는 자들. 더군다나 자신의 생사는 도외시한 채 죽을 때까지 검을 휘두른다는, 바로 악명의 대명사.

마스터도 상대하길 꺼린다는 전장의 난폭자 광전사가 무려 천여 명이 서서히 그 위용을 드러냈다.

"광전사가 천여 명? 완전히 인간 한계의 도전이 아니라 마스터 한계의 도전이로군. 과연 가능할까?"

아리안이 검을 빼 들었다. 그 행동 하나에 평원에 일던 소음은 단번에 사라지고 긴장감이 고조됐다. 땀이 찬 주먹을 불끈

쥔 병사들은 눈을 부릅뜨고 평원을 주시했다.

"태양이 온 누리를 비추니!"

아리안이 검을 휘두르자 빗살 같은 검기가 사방으로 퍼졌다. 제일 앞에서 달리던 십여 명의 광전사가 절단됐다. 하지만 그들은 전혀 두려워하지 않았고 추호의 멈칫거림도 없이 달려들었다.

"뇌신이 노하여 기침을 하는구나!"

아리안의 검에서 번개가 번쩍거리면서 쏘아져 나갔다. 열세 명의 광전사가 번개에 맞아 불에 탄 채 쓰러졌다. 그러는 동안에 광전사들은 아리안의 주위를 포위했다. 그들에게 가려서 아리안을 잘 볼 수가 없었다.

"하늘이 푸름은 보는 자의 마음이어라!"

아리안의 외침이 평원을 뒤흔들었다. 검 하나가 하늘을 찌를 듯이 솟구치더니 천지를 박살 내는 듯한 굉음과 함께 주위를 초토화시켰다. 오라블레이드가 아니라면 상처도 나지 않는다는 광전사 30여 명이 박살 나고 말았다.

꽝!

그의 손에서 펼쳐진 것은 대륙에서 지금까지 볼 수조차 없었던 절학이요, 비학이었다.

"광풍폭우 요란해도 홀로 선 소나무는 의연한데!"

오라블레이드가 폭사하면서 광전사에게 파고들었다. 그래도 광전사의 수는 줄어드는 것 같지가 않았다. 천 명이란 수가 많기는 많았다.

"청룡의 긴 잠을 누가 깨우려 하는가!"

아리안이 일갈과 함께 검을 창공에 뿌리자, 허공에 난데없이 드래곤이 아닌 용이 출현했다.

드래곤도 그렇거니와 일생 들어본 적도 없는 용의 모습에 모두가 입을 쩌억 벌렸다.

"아니, 저게 뭐지?"

"글쎄, 도마뱀이 만 년쯤 계속 자라면 저렇게 될까? 대단하군, 대단해!"

"와! 뿔도 있고 전신은 갑주로 무장된 듯해!"

병사들이 놀라는 사이에 청룡은 광전사를 향해 달려들었다. 청룡은 입으로 불길을 내뿜어 광전사를 살랐으며, 네 갈래로 갈라진 발은 검도 들어가지 않는 광전사를 두부 베듯이 잘랐다. 더구나 꼬리는 해변 모래성을 덮치는 파도처럼 쓸어버렸다.

"세상에, 광전사를 저렇게 간단하게 처리하다니, 정말 처음 보는 광경이군."

"이게 꿈인지 생신지 모르겠어. 완전히 천외천의 검술이구만."

그러나 광전사들도 그대로 당하고 있지만은 않았다. 그들은 소멸되어 가면서도 청룡의 몸에 올라타서 검으로 무자비하게 비늘을 내려쳤다. 여러 차례 같은 비늘을 공격했고, 결국 비늘이 벗겨지자 검을 꽂을 수 있었다.

끄엉~!

청룡이 외마디 비명을 지르더니 빛으로 화해 소멸했다. 그 순간 아리안이 비틀거렸다. 청룡을 만든 후에는 지속해서 마나를 주입했는데, 청룡이 소멸하면서 일시에 많은 마나가 빠져나갔기 때문인 듯했다. 광전사들이 미친 듯이 몰려들었다.

아리안의 호신강기를 무자비한 광전사들의 검이 마치 도끼로 나무 패듯이 연방 내려쳤다. 비록 공기를 사이에 두기는 했지만 가볍지 않은 충격이 고스란히 아리안을 두들겼고, 그는 울컥 피를 쏟았다. 그의 백색 수련복은 선홍색 피로 물들었다.

"파천멸마광천검법!"

분노한 듯한 아리안의 일갈이 평원에 쩌렁쩌렁 울리면서 그의 몸이 공중으로 솟구쳤다.

팍~!

태양빛보다 강한 빛살이 용암보다 훨씬 뜨거운 열기를 동반한 채 광전사들에게 일제히 내리비쳤다. 광전사들은 한 명도 피하지 못하고 녹아버렸다.

조상이 남긴 '광천검법'을 펼진 아리안은 천천히 공중에서 평원으로 내려왔다. 그의 전신에서 엄청난 후광이 이글거리며 사방으로 퍼졌다.

비록 그의 백의가 붉게 물들기는 했지만, 그것마저 진한 감동을 불러일으켰다. 평원의 10만 병사들은 적아를 가리지 않고 자신의 무기를 두들겨 최고의 경의를 나타냈다.

딱딱딱! 챙챙챙! 틱틱틱!

'저분을 향해 검을 드는 일은 결단코 없을 거야. 저분을 위

해 이 한목숨 바치는 일은 자손 만대의 영광이야.'

모든 병사의 한결같은 마음이고 바람이었다. 바로 그때였다. 어디선가 천공이 울리는 듯한 음성이 들렸다.

"크크크! 그대의 무위에 경의를 표한다. 소드 마스터도 광전사 두셋이면 충분했는데, 천 명을 보낸 것은 그대에 대한 존경이었다. 본좌를 실망시키지 않은 그대에게 선물을 보내겠다."

평원 한쪽에서 마차 한 대가 나타났다. 마차는 마부도 없이 달려와 아리안 앞에서 멈췄다. 마차에서 마르티네스 공주가 내렸다.

"아리안님!"

공주는 아리안의 품에 뛰어들어 한없이 눈물을 흘렸다. 한 번도 경험한 적이 없는 생명의 위험을 느끼며 불안에 떨어야 했던 그녀.

몸에 병이 있어서 시한부 삶을 살아야 했지만 이런 종류의 두려움은 아니었다.

화장실 가고 싶다는 말을 못해서 먹지도 마시지도 않았다.

부황이나 모후보다 아리안이 보고 싶었다. 이제 다시는 아리안의 곁으로 갈 수 없다는 생각이 들자 서러움이 북받쳤었는데…….

그런 아리안을 만나자 마르티네스는 진정으로 서럽게 울었다. 그토록 그리워했던 그가 자신을 구해주자 더욱 서럽게 울었다. 눈물은 그칠 것 같지가 않았다.

"마르티네스!"

아리안은 공주의 어깨를 다독거렸다.

아리안은 공주와 함께 평원을 걸었다. 공주는 아리안 옆에서 걷는 게 너무나 좋았다. 그의 팔을 꼭 잡아 손으로, 가슴으로, 아니, 온몸으로 안았다.

'다시는 놓지 않을 거야. 사랑은 계산이 아니라 온몸으로 껴안는 거라고 현자가 말씀했지.'

가신들이 무릎을 꿇고 두 사람을 맞이했다.

"주군!"

마르티네스는 한 걸음 뒤로 물러서야 했다. 이곳은 아리안의 세계였다.

그때, 다시 음성이 울렸다. 그 음성은 마치 천둥의 옷을 입고 번개의 창으로 무장한 듯 듣는 사람의 마음을 공포의 도가니에 빠져들게 했다.

"내일 시험은 마수마물을 보내려고 했는데 그만두기로 했네. 내 새끼들이 아깝다는 생각이 들기도 하더군. 하하하! 내일은 암흑마기로 혼돈을 시험하겠다."

태초의 기운, 혼돈! 시험은 아직 끝나지 않았다. 아니, 이제 시작일 뿐이었다.

아리안과 일행이 떠나간 알라메다 평원에 회오리가 치더니 평원을 덮을 듯한 거대한 마왕의 형상으로 변했다.

크크크!

괴이한 그의 웃음이 알라메다 평원에 퍼지자, 근처 산짐승들이 마치 지진이라도 난 듯이 사방팔방으로 달아났다.

"아, 주군께서 검을 잡는 순간 난 숨이 멈추는 줄만 알았어."

수련생들은 방에 모여 '평원의 결투'를 본 소감을 나눴다.

"역시 그랬구나. 검이 주군과 하나가 됐다고 느끼는 순간, 나도 그만 숨이 멈추고 말았지. 검은 사람과 하나가 됐고, 주위의 힘은 온통 검에 빨려드는 거야."

"주군은 검의 새로운 이정표를 우리에게 보이고자 하시는 듯해."

"당연하지. 그러니까 나가시기 전에 잘 보라고 하셨던 거야."

그들은 고개를 끄덕이며 서로 이야기를 나눴다. 그때 파라미가 이상한 듯이 말했다.

"그런데 말이야, 오늘 왕국군 병사들에게서 적의가 전혀 보이지 않더라?"

"킥킥! 생각 좀 해봐라. 광전사 천 명을 무찌른 주군 한 분도 감당하지 못할 텐데 어느 정도는 돼야 싸워볼 마음이라도 생길 것 아닌가?"

"그럼 도망도 안 가고 뭘 하자는 거야?"

파라미의 말에 동료들이 웃음을 터뜨렸다. 너무나 순진한 그의 말에 주군의 내일 결투마저 잊을 만큼 마음이 편안해졌다.

"뭐라고? 도망? 어디로? 지금 왕궁과 다른 모든 성을 함락했어. 이게 마지막 전투가 되는 셈이야. 도망하고 싶어도 도망칠 곳이 없다는 이야기지."

"병사들이야 우리가 받아들인다고 해도 귀족들은 어떻게 할까?"

"귀족들? 너, 그 이야기 못 들었구나?"

마하비라의 말에 모두 눈을 동그랗게 뜨고 귀를 기울였다.

"그래? 무슨 이야기?"

"아비도 대공이란 자와 귀족들이 병사들 몰래 모두 도망갔어. 병사들이 그들을 사로잡아서 항복하려고 했거든."

"그래? 그렇다면 주군께서 마왕과의 결투만 끝나면 일은 모두 끝난 거잖아?"

파라미가 다시 화제를 바꿨다. 그의 끝없는 호기심은 다른 동료를 즐겁게 하기에 충분했다.

"아, 그러고 보니 아카데미에 있는 녀석들이 우리 얘기를 들으면 배 아프다고 난리겠다."

"지금쯤 새로운 마스터가 많이 탄생했겠지?"

"그럼. 갑자기 그 녀석들이 보고 싶구나."

그들은 갑자기 보고 싶은 동료들 때문에 생각에 잠겼다.

*   *   *

갑자기 보고 싶은 녀석들은 한시라도 빨리 가겠다고 디베르소 산맥으로 들어섰다가 무척 난감한 일에 봉착했다.

산맥으로 들어서자 일단 길이라곤 보이지 않았으며, 해는 늦게 뜨고 일찍 넘어갔다.

"젠장, 길도 보이지 않고 춥기는 왜 이렇게 추운 거야?"

"얘들아, 곧 해가 지겠다. 어디 쉴 만한 곳을 찾아보자."

"알았어."

수련생들은 나무 위로 올라가서 사방을 살폈다. 스물세 명이 나무 위를 날아가는 모습을 누군가 봤다면 부러워할 일이겠지만 이들은 죽을 지경이었다. 멀리 보면 구름이 산등성이에 걸린 모습이고, 가까운 곳을 보면 수령이 천 년은 넘을 것 같은 나무뿐이었다. 나무 위에는 바람이 불어서 더욱 추웠다.

"저쪽에 골짜기가 있다."

"그래? 어디?"

수련생들은 모두 동료가 가리키는 곳을 향했다. 골짜기는 깊었다.

"내려가 보자!"

"조심해라!"

골짜기는 내려갈수록 넓어졌다. 바람이 불지 않아서인지 훈훈했다.

"에고, 이제야 좀 살겠다."

"그러게. 얼굴이 어는 줄 알았네."

"야! 마른 나무 좀 모으자. 모닥불이라도 피워야지."

수련생들은 모닥불을 피우고 둘러앉았다. 몸이 좀 따뜻해지자 배가 고팠다.

"건량 남은 것 없냐?"

"없어. 어제 떨어졌잖아."

"알아. 그냥 물어봤어."

그는 다시 고개를 무릎 사이로 집어넣었다. 그때, 마데라가 말했다.

"너희들, 생존 훈련한 것 기억 안 나? 내일은 우선 이곳을 중심으로 해서 먹을 열매도 찾고 짐승도 잡아야겠다. 주군께 빨리 가는 것도 중요하지만 우리가 먼저 살아야만 한다."

마데라는 임원이기에 같은 마스터라고 해도 가장 선임이고 은연중 이들의 리더였다. 그가 말을 시작하자 모두 그를 쳐다보다가 고개를 끄덕였다.

"우리는 산맥을 횡단하겠다고 나섰지만 횡단인지 종단인지조차 알 길이 없고 방향마저 잃어버렸다. 이럴 때일수록 차분하고 침착하게 움직이자. 일단 내일은 이곳을 벗어나지 않는다. 먹을 물과 식량을 준비한 뒤에 모래 아침에 출발한다. 내일 움직일 때도 혼자서는 안 된다. 항상 세 사람이 한 조가 되어 움직여라."

"알았어. 그렇게."

그들은 모닥불 옆에 앉아 호흡을 시작했다. 상당히 순수한 마나가 그들의 전신을 휘돌았다. 그리고 그들은 정말 맛있게 잠들었다.

새벽이 되자 그들은 일제히 움직였다. 마데라와 네 명이 골짜기를 지키면서 물과 땔감을 준비했다.

"한 사람은 골짜기 위에 올라가서 동료들에게 이곳 위치를 알려줘라. 숲에서는 모두 거기가 거기 같아서 구분이 잘 안 된다."

"알았어. 내가 먼저 올라갈게. 누가 뒤에 교대해 줘."

그들은 마데라가 앞에 나서서 일을 분담하자 자신감을 갖고 각자 자신이 맡은 일에 열중했다.

"야, 입구는 여기야. 어딜 그렇게 두리번거리는 거야?"

"아이고, 살았다. 세상에, 아침에 나올 때는 입구를 쉽게 찾을 것 같았는데 전혀 못 찾겠다. 기다려줘서 고맙다."

"마데라가 나가서 기다리라고 하더라."

"역시 마데라군. 주군께 일찍 배운 사람은 뭐가 달라도 달라."

잠시 후에 수련생들은 여러 가지 열매와 날짐승, 그리고 토끼와 다람쥐까지 잡아왔다. 그때, 골짜기 위에서 고함이 들렸다.

"야, 여기 와서 도와줘! 산돼지를 잡았는데 셋이서는 도저히 무리야!"

"세 명이 산돼지를 들고 공중으로 오르기는 어렵겠지. 두 조가 가서 도와라."

"알았어. 가자!"

아홉 명이 겨우 들고 온 산돼지는 800kg이 넘는 돼지가 아니라 그야말로 괴물 수준이었다.

"야, 정말 굉장하다. 이놈 하나만 있어도 우리 한 달은 먹겠다."

"두상이 정말 오크와 닮았어. 혹시 오크 조상은 아닐까?"

"그래? 너도 만만치가 않은데?"

"당연하지. 그런 나를 아는 걸 보니 너도 나와 같은 종족이구나. 반갑다, 반가워."

"으악!"

그가 놀린 친구에게 다가가서 껴안으려고 하자, 놀린 친구는 오히려 비명을 지르며 놀라서 도망갔다.

"크크! 후후! 하하!"

"메르시에, 저 자식 능청은 완전히 고수급이야. 우리야 어차피 한 주군을 모시고 생사를 같이할 동료지만, 아카데미에서 저 녀석을 아는 학생치고 쟤를 싫어하는 놈은 없을 거야."

"그렇더군. 항상 긍정적인 표현을 사용하고 적극적이며 솔선수범하는 데다 인내력은 엄청 강하니까."

"언젠가 그의 결실이 대륙을 놀라게 할 거야."

산돼지의 배를 갈라 내장을 꺼내고 진흙으로 채웠다. 그리고 산돼지를 어렵게 모닥불 위에 올려놓은 후 굽기 시작했다. 털이 타고 기름이 흘러나오면서 굽는 냄새가 구수하게 사방으로 퍼졌다.

"크으, 좋다. 냄새가 죽이는군."

"앗! 모두 조심해라. 뭔가가 다가온다."

"아니, 이게 무슨 냄새지?"

"앗! 독이다! 모두 숨을 멈춰라!"

마데라가 놀라서 소리쳤지만, 이미 모두 중독됐는지 머리를 잡고 비틀거렸다. 거대한 지네가 멧돼지 냄새를 맡고 나타났다. 길이만 15m가 넘었고 등껍질이 사방 2m는 되는 듯했다.

"으악! 왕지네다!"

"젠장, 만년오공이다. 저놈의 등껍질은 오라블레이드도 먹히지 않는다. 등껍질 사이와 다리 매듭을 공격해라!"

마데라가 외치자 수련생들은 숨을 멈추고 검에 오라블레이드를 형성했다. 마데라는 지네의 정면에 서서 바라봤다. 거대한 집게가 크게 벌려졌다가 순식간에 달려들어 집게로 마데라를 물었다.

꽉!

마데라가 보법을 밟으며 피하자 집게가 부딪치는 소리도 대단했다. 마데라가 공중으로 뛰어올라 지네의 더듬이를 오라블레이드로 쳤지만 잘리지가 않았다. 지네가 화가 나서 입을 벌리자 독이 물줄기처럼 쏘아졌다.

"앗!"

마데라는 직접 맞지 않았지만 독 줄기는 다른 수련생을 향했다. 그는 엉겁결에 당한 일이라 놀라서 피하지도 못했다. 마데라는 급히 그를 안고 독 줄기를 피했다. 옆으로 퍼진 미세한 독 방울이 마데라의 몸에 묻었다. 마데라의 옷이 타들어갔다.

"아, 마데라가 나 때문에……."

"앗! 마데라! 빨리 옷을 벗어!"

마데라는 뒤로 물러나서 겉옷을 벗었다. 겉옷은 지글지글

끓다가 녹아서 사라졌다.

비틀!

마데라는 자신도 모르게 비틀거리다가 쓰러졌다.

"마데라를 안전한 곳으로 옮기자."

수련생들은 마데라를 옮기고 세 명이 그를 지켰다. 다른 수련생들은 일제히 지네를 공격했다. 가장 약한 다리 매듭을 공격해서 잘랐다. 지네가 거세게 몸을 뒤틀며 독으로 공격했다. 다시 두 명이 중독되어 쓰러졌다.

"빨리 쓰러진 친구를 옮기고 등껍질을 제거하고 검을 박아야겠다."

"알았어."

그들은 집중적으로 등껍질 사이를 잘랐다. 그리고 벌려진 속살 사이를 오라블레이드로 갈랐다.

끄륵!

지네가 괴성을 지르며 독을 마구 뿌렸다. 다시 여러 명이 비틀거리다가 쓰러졌다.

"에이, 이놈의 괴물이!"

메르시에가 세 번째 등껍질을 공격해서 벗겨내고 속살을 아예 동강내듯이 잘랐다. 그곳이 지네의 심장인 듯했다. 지네가 마지막 발광을 한 후에 쓰러졌다.

"지네를 뒤집어서 쓸개를 빼야 돼."

"지네 쓸개는 뭐하게?"

"친구들이 중독됐잖아. 쓸개가 해독제야. 그리고 우리 모두 조금씩은 지네 독에 노출됐어. 그러니 모두 조금씩 먹어야 돼. 그런 후에 운기조식하면 해독되겠지."

그들은 지네를 뒤집어 배를 가르고 이것저것 떼어내서 한쪽으로 모았다.

"쓸개가 이렇게 여러 개야?"

"아니야. 책에 적혀 있길 지네는 버릴 게 없다고 했어. 살도 먹고 심장, 쓸개도 먹는대. 단지 독낭만은 귀한 보물이래.

"지네가 천 년을 살면 내단이 생긴다는데 이놈은 만 년은 됐겠다."

"천 년인지 만 년인지 어떻게 알지?"

"보통 지네는 8~15cm고 천 년이면 2~3m 정도라는데 이놈은 15m가 넘잖아. 그리고 클수록 잘 자라지 않는 법이거든."

"그렇구나. 그러니까 이것들 중의 하나는 내단이겠구나."

"어차피 모두 조금씩은 중독됐으니까 함께 나눠 먹도록 하자."

"좋았어."

그들은 지네에게서 꺼낸 모든 장기를 똑같이 나눠 먹었다. 물론 쓰러진 동료도 먹여주었다. 그리고 운기조식에 들어갔다. 배가 뒤틀리는 통증에 정신이 오락가락했다. 예리한 칼로 전신 신경을 자르는 듯한 고통이 밀려왔다.

'음~!'

절로 일어나는 신음을 이를 악물고 참아냈다. 그리고 한동안 시간이 흐른 후에야 통증이 사라지고 지네 독이 땀으로 변해 몸 밖으로 빠져나왔다. 악취가 대단했다. 하지만 그들의 운기조식은 거의 무아지경에 접어들었다.

우드득!

여기저기서 뼈가 빠졌다가 다시 붙는 소리가 들리고 피부가 벗겨진 후 새살이 차올라왔다.

어느덧 시간은 흘러 어둠이 찾아왔지만 누구도 눈을 뜬 사람은 없었다. 그들의 몸에서 빛이 나고 있었건만 누구도 알지 못했다.

한데, 그들의 놀라운 광경을 골짜기 중턱에서 지켜보는 눈이 있었다. 키는 작았지만 이상하게 수염은 무성했다.

"허걱! 저럴 수가!"

그는 믿을 수가 없었다. 사람의 몸에서 빛이 나고 향내가 풍길 수 있단 말인가? 저들은 말로만 듣던 신의 아들들이란 말인가?

그의 종족은 만년오공에게 시달리며 상당한 수의 목숨을 잃었다. 그래도 놈을 죽일 방법이 없었는데, 저들이 단숨에 종족의 숙원을 풀어준 것이다.

그 와중에 본 저들의 신위는 인간임을 의심케 했지만 그렇다고 확실히 알 길도 없었다.

'에고, 모르겠다. 돌아가서 장로님께 말씀드리자.'

그는 이해할 수 없다고 여기고 자리를 뜨려 했다.

그런 그의 앞을 한 명의 그림자가 막아섰다.

"꼼짝하지 마라. 만약 한 걸음이라도 움직인다면 목숨을 끊어버릴 게다."

그는 깜짝 놀라고 말았다. 분명 골짜기 아래에 있던 사람이 어느새 자신이 은신한 나무 위에서 내려다보고 있었다.

"아니, 드워프잖아. 맞지, 드워프?"

"글쎄, 그런 것 같지만 본 적이 없어서 잘 모르겠다."

드워프는 뒤에서 들려오는 소리에 놀라 돌아봤다. 그의 앞에 나타난 인간은 하나가 아니었다.

"허걱!"

많은 인간이 검을 들고 의지하기도 힘든 작은 가지에 앉았거나 서 있을 뿐만 아니라 허공에 떠 있기까지 했다.

"너는 왜 우리를 감시하는 거지?"

"나는 너희를 감시하는 게 아니라 너희가 죽인 만년오공을 감시하는 중이었다. 우리 종족은 그 괴물에게 많이 죽었다. 그가 골짜기 밖으로 나오면 마을에 연락해서 도망가야만 한다."

망치를 든 드워프는 몹시 두려운지 몸을 가늘게 떨었다.

"너희 마을은 어디 있나?"

"모른다. 나를 죽여도 가르쳐 줄 수 없다."

마을을 알려달라는 말에 드워프는 두려움도 사라졌는지 단호한 음성으로 말했다.

"참으로 어이가 없군. 종족의 가장 큰 위험을 제거해 준 은인에게 죽어도 마을을 가르쳐 줄 수 없다? 마데라, 이런 이기적인 종족은 찾아내서 죽여 버리는 게 어때?"

그 말을 들은 드워프는 아예 눈을 감아버렸고, 마데라는 한동안 드워프를 쳐다보다가 입을 열었다.

"주군께서 전날 유사인종에 대해 말씀하시는 것을 들은 적이 있다. 유사인종은 인간을 신뢰하지 않는다. 그 이유는 인간의 교만과 일부 몰지각한 상인과 어리석은 귀족 때문이라고 하셨다. 우리가 그들을 해친다고 해서 무슨 이득이 되겠나. 그냥 보내주도록 해라."

드워프는 자신을 살려주라는 말에 눈을 떴다가 대부분 수련생이 고개를 끄덕이자 이상하다는 듯이 그들을 둘러봤다.

"괴물도 죽었으니 그대는 이제 돌아가라. 우리는 곧 여길 떠날 것이다. 다시는 몰래 우리를 엿보지 마라."

"마데라, 길을 물어보는 것은 괜찮지 않을까?"

"물어보지 않아도 된다. 그들이 우리를 안내하지 않는 한 우리는 내일 아침에 해가 뜨는 반대쪽으로 가면 된다. 더구나 우리는 길을 따라 걸어갈 수도 없으니 안내해 주나 마나다. 내려가자!"

그들은 드워프를 상관하지 않고 나무에서 내려갔다. 드워프는 그들이 플라이 마법을 사용하지도 않은 채 훨훨 날아서 내려가는 것을 보고 기겁했다.

드워프는 뒤도 돌아보지 않고 그 자리를 떴고, 마데라는 그의 기척이 완전히 사라지는 것을 기다렸다가 골짜기로 내려갔다.

"모두 모여라!"

수련생들이 모두 모이자 마데라가 이상하다는 듯이 물었다.

"난 독에 중독되어 기절한 기억밖에 없는데 지금 내 속에는 기운이 넘치고 있으니 도대체 어떻게 된 일이지?"

"응, 대부분 기절했었지. 하지만 지네 고기가 독에 좋다고 해서 모두 나눠 먹었어. 그랬더니 중독된 것도 해독되고 기운도 넘쳐나더라."

지네 쓸개를 먹었다고 하면 토할까 싶어서 고기를 먹었다는 말만 했다. 마데라는 뭔가 미심쩍어 하면서도 몸 상태를 보고 수긍했다.

그들은 곧장 떠날 준비를 하기 시작했다. 이미 제법 지체가 되었으니 한시라도 빨리 움직여야 했다.

준비를 하던 중 지네의 시체를 정리를 하던 수련생들 사이에서 환호성이 일었다.

"야, 이거 대단한데? 무척 가볍고 단단해. 이거 가지고 가서 방패 만들자. 오라블레이드를 견디는 방패라……. 활은 물론이고 '파이어 볼'도 견딜 수 있을 거야."

"하지만 껍질 하나하나가 너무 크잖아."

"좋아, 일단 가져가 보자. 주군이시라면 어떤 방법이 있을 거야."

왕지네는 버릴 게 거의 없었다. 껍질이 강할수록 속살은 연하다는 말처럼 고기는 고기대로 좋은 식량이 됐고, 지네 발은 좋은 무기가 될 듯싶었다.

그들은 지네의 각 부위를 하나씩 짊어지고 산을 타 넘기 시작했다. 지네의 내단을 섭취하여 모두가 한 차례 탈태환골을 이뤘지만, 그것을 모르는 그들은 단지 그동안 자신의 능력이 향상되었나 보다 하고 즐거워하기만 했다.

*　　　*　　　*

　피에 물든 수련복을 갈아입은 아리안이 저녁 식사 후에 수련장에 나타나자, 수련생들과 가신들이 모여들었다. 그들은 말없이 바닥에 앉았다.
　"검을 잡은 자는 언제나 육체를 단련해야만 한다."
　아리안이 벽에 걸린 연습용 검을 향해서 오른손을 뻗자, 검이 날아와서 손에 잡혔다. 가신들은 아리안의 말을 한마디도 놓치지 않으려고 눈을 반짝거렸다.
　"우리가 마스터든 검강을 이룬 그랜드 마스터든 간에 끊임없이 수련하지 않으면 육체는 녹이 슬고 천천히 후퇴한다. 그러다 잠시 후에는 엄청난 속도로 퇴화하는 것을 느끼게 된다. 그때는 이미 검도에서 더는 상승할 길을 찾을 수가 없다. 여자와 처음 교제하여 서로 신뢰를 형성하고 사랑을 쌓아간다면 좋겠지만, 어쩌다가 한번 마음이 틀어져서 헤어졌다면 다시 예전으로 돌아가기는 다른 여자와 새로 교제하는 것보다 훨씬 더 어려워지는 것과 같다."
　가신 중에서 수련생들은 아리안이 검과 여자를 비유해서 설명하자 눈을 빛낼 뿐이었지만, 결혼했거나 나이든 가신은 고개를 끄덕이며 뭔가 생각하는 눈치였다.

아리안이 왼손으로 다시 벽에 걸린 검을 끌어당겨서 잡은 후 오른손의 검으로 내려쳤다. 검끝이 깨끗이 잘렸다. 잘리는 소리도 나지 않았고 단지 칼 조각이 바닥에 떨어지는 소리만 났다.

툭!

이번에는 오른손의 검을 바닥에 꽂고 오른손을 수도로 만들어 왼손에 잡은 검끝을 다시 내려쳤다. 역시 소리없이 잘렸다.

"꿀꺽!"

누군가의 침을 삼키는 소리가 가신들의 긴장한 마음을 잠시 흔들었다.

"인간의 능력은 무한하여 스스로 한계를 두지 않는 한 그 끝이 어디일지는 신도 모른다. 수련을 계속하면 인간의 몸은 전신에 마나가 모이고 하단전을 중심으로 한 마나는 대륙에 퍼진 검의 세계를 한 단계 끌어올리겠지만, 전신으로 퍼진 마나는 온몸이 무기인 전사가 탄생하게 만든다. 너희는 그랜드 마스터가 검에 형성된 오라블레이드를 검강으로 만들어 쏴 보내는 탄강의 경지인 줄 알고 있을 것이다."

아리안은 바닥에 꽂았던 검을 다시 들어 오라블레이드를 형성하고 그것을 다시 검끝에서 뭉친 후 떼어냈다. 아리안이 만든 검강은 검을 벗어나서 수련장을 빙글빙글 돌았다.

"아, 강을 만드는 것만도 꿈인데 그걸 마나로 인도하는구나."

"세상에, 마나로 검을 움직이는 것도 엄청난 일인데, 강을 이뤄서 그걸 유도하시잖아. 완전히 새로운 경지야."

"오! 전설의 실현이야. 전설은 말했지. 대륙에 강을 이루어 사용하는 자가 나타나면 대륙에 가장 큰 위기가 닥칠 징조고, 그가 대륙의 용기있는 자를 모아서 인간과 유사인종, 아니, 대륙 자체를 구원할 것이라고."

바닥에 앉았던 가신들은 감격에 겨워 무릎을 꿇었다. 아리안은 공간을 회전하는 강을 유도해서 왼손을 향했다.

쫭!

검과 부딪친 검강은 큰 소리와 함께 검을 박살 냈다. 그러나 파편은 튕기지 않고 일정한 공간 안에 갇혔다. 아리안이 왼손으로 손잡이만 남은 검을 던지고 공간에 갇힌 검 조각을 향하자 그 조각들은 녹아서 하나의 쇠공으로 뭉쳐졌다.

"그러나 그런 것들도 검도의 과정일 뿐이며, 결코 궁극이 될 수는 없다."

아리안이 쇠공을 공중으로 살짝 던지자 수련장에 가벼운 바람이 이는 듯하더니 쇠공 절반이 갈라졌다.

"다음 단계의 경지, 심검에 이르면 상승검을 닦을 준비가 됐다고 할 수 있다. 하지만……."

아리안이 잠시 말을 멈췄다. 듣는 사람은 숨이 멈추는 듯했다.

"그 모든 것의 기초는 매일 쉬지 않고 이어지는 기본 검술의 연습과 숨쉬기에 있음을 결코 잊어서는 안 된다. 기본을 망각한 자는 이미 인간이기를 포기한 자임을 잊지 마라."

기본 검술과 호흡 수련만이 심검에 이르는 첩경이다.

아리안의 말은 천둥처럼 가신들 마음에 울렸다. 철학과 비학을 수련하는 게 아니라 기본에 충실해야 한다.

기본을 망각한 자는 인간이기를 포기한 자다.

만사에 기본을 중시하라는 말은 더욱 생각할 게 많은 듯했다. 가신들은 오랜만에 기본 검술을 휘두르며 땀을 흘렸다. 파라미는 주군에게 마왕이 시험하겠다는 암흑 마기와 혼돈에 대해 물어보고 싶었지만 참을 수밖에 없었다.

*　　*　　*

알라메다 평원 사방에는 이른 아침부터 병사가 아닌 일반 평민들이 모였다. 양측 병사들은 아침 식사를 마친 후 평원에 나타나서 모인 사람들을 보내려고 했지만 어쩔 수가 없었다. 그들은 어떻게 알았는지 모르겠으나, 아예 먹을 것을 준비해서 자리를 잡았다. 양측 병사들은 서로 왔다 갔다 했지만 누구도 적대시하는 병사가 없었고 검을 뽑는 자도 보이지 않았다.
"아, 지금 나오시나 보다."

"어디, 어디? 난 안 보이는데? 보여?"

"성문 앞이 갑자기 분주해졌잖아."

"그렇구나. 앗, 나온다. 모두 무릎을 꿇기 시작했어."

아리안이 성문을 나서자 그 뒤에는 카르네프와 가신들이 따랐다.

천막이 쳐진 곳에서 카르네프는 아리안의 어깨를 안았다.

"조심하게, 아리안."

"예, 카르네프님!"

아리안은 카르네프에게 정중히 인사하고 돌아섰다. 가신들이 일제히 절을 하며 주군을 배웅했다.

"안녕히 다녀오십시오, 주군!"

"다녀오지."

가볍게 대답하며 고개를 끄덕인 아리안은 천천히 걸어서 평원 중앙으로 나갔다. 아리안은 가볍게 대답했지만 별일 없이 다녀올지는 의문이었다.

아리안은 알라메다 평원 중앙에서 발을 멈췄다. 동쪽에서 검은 먹구름이 서서히 몰려왔다. 평원은 점점 어두워졌다.

휘잉~!

불길한 회오리바람이 을씨년스럽게 불었다. 주위는 점점 어두워지고 아리안의 흰색 수련복이 희미하게 보였다. 하지만 누구도 평원을 떠날 생각은 하지 않았다. 아리안의 모습이 점차 가려졌다.

수련생들은 홀로 선 주군에게 도움이 되지 못하는 게 자못

안타까웠다. 어금니를 악물어봤지만 이것은 아리안의 전쟁이
었다.

'아! 주군!'

검은 구름이 평원을 가득 덮었고, 먹구름은 무섭게 꿈틀거
렸다. 먹구름은 마치 살아 있는 생명체처럼 요동하며 여러 가
지 마수 형태를 띠었다.

휘잉!

회오리바람이 아리안을 중심으로 거세게 불었다. 기온까지
점점 내려갔다. 초여름이 다가오건만 전신이 부들부들 떨렸
다. 관전하는 병사들과 일반인들은 팔로 팔을 안은 채 이를 부
딪치면서도 평원에서 눈을 떼지 못했다.

먹구름 사이로 먹구름보다 더욱 검은 기운이 회오리치면서
아리안을 향해 천천히 몰려들었다. 암흑 기운이었다.

암흑 기운은 빛이 가려진 그림자가 아니었다. 그 스스로 빛
과 상응하는 어둠의 기운이었다. 혼돈에서 창조된 빛과 어둠
의 각기 다른 창조물이었다.

빛이 어둠을 가르고 자신의 길을 밝히듯이 어둠 역시 빛 속
에서 스스로 존재를 드러냈다.

암흑 기운은 아리안을 완전히 삼켜 버렸다. 그 기운은 아리
안을 중심으로 직경 30m 정도의 기둥을 이루며 마치 사막의
용권풍인 양 거세게 맴돌면서 끊임없이 하늘로 치솟았다.

그 무시무시한 광경은 대륙 어디에서나 볼 수 있을 정도로

높이 솟구쳤다. 평원에서 그 광경을 지켜보는 사람들은 아리안이 어둠을 뚫고 나오기만을 기다릴 뿐이었다. 시간은 점점 흘러갔지만 상황은 변하지 않았다.

아리안은 검은 구름이 다가오자 기감을 열고 그 뒤에 밀려오는 기운을 살폈다. 그 기운이 바로 마왕이 시험하려는 암흑 기운임을 알았다.

암흑 기운은 빛의 그림자가 아니라 순수한 어둠의 본질이었다. 모든 것을 삼켜 버리고 무(無)로 돌리는 블랙홀과 같은 성질이었고, 끌어당기는 인력(引力) 또한 무척 강했다.

자신이 지금까지 수련한 태허심법으로 응축된 기운과는 상반된 성질임을 알았다.

아리안의 기운과 암흑 기운은 서로 반발하고 밀어내려고 쟁투를 벌였다. 아리안을 둘러싼 어둠의 장막 속에서 빛이 어둠을 몰아내려고 번쩍거리는 모습이 평원에 사이키 조명을 만들어냈다.

번쩍! 버번쩍! 번쩍! 쩍! 번쩍! 번쩍!

"와! 빛과 어둠이 서로 싸우잖아!"

"정말 굉장하군. 마왕의 능력도 정말 무시무시하지만, 그에 대항하는 아리안님도 인간의 한계를 벗어난 게 틀림없어."

"당연하지. 그분이 누구냐? 우리 단주님 아니신가?"

"하하! 이야기가 그렇게 귀결되나? 와! 빛이 좀 더 강세를 드러내고 있어."

평원에서 구경하는 사람들은 이야기를 하면서도 이 놀라운 광경에서 시선을 떼지 못했다. 빛이 영역을 조금씩 넓혀가는 듯했다. 관전자들은 추위도 잊어버리고 손에 땀을 쥔 채 몰두했다.

그렇게 시간은 계속 흘러갔다. 저녁이 되고 밤이 됐지만, 빛과 어둠의 공방전은 여전했다.

마왕과 인간의 결투 소식은 삽시간에 대륙을 강타했다.

아빌라 백성이 조금씩 평원으로 이동했다. 상단과 왕국이 싸운다는 이야기를 들었을 때는, 모두 상단을 비웃었다.

'죽으려면 뭔 짓은 못할까?'

'완전히 날 잡았군.'

'미친 자식들, 가족 생각도 해야지.'

하지만 정작 뚜껑을 열어본 후에는 돈 많은 상인들이 성주가 되면 조금은 낫지 않을까 하는 기대심리에 젖기도 했다.

상단 지도자 중의 한 사람과 마왕이 싸운다는 이야기는 백성의 불안감을 증폭시켰다.

"너, 그 소문 들었어?"

"무슨 얘기? 일개 상단이 왕국과 싸운다는 이야기?"

"그것은 이미 상단이 승리했어. 국왕을 독살했던 아비도 대공이 패배해서 도망가 버렸거든. 각 성은 이미 상단에서 파견한 사람들이 장악했지."

백성들의 관심은 끝이 없었다. 누군가가 이야길 하면 그 주위에는 많은 사람이 몰려들곤 했다.

"그럼 무슨 이야기?"

"왕궁 대마법사가 사실은 마왕의 변신이었다나 봐. 그 마왕과 상단 단주가 알라메다 평원에서 싸운대."

"뭐라고? 마왕과 인간이 싸워? 아하, 그 정도는 되니까 왕국과의 싸움도 주저하지 않은 것이었구나."

"넌 이야기의 핵심에서 벗어나는 탁월한 능력이 있구나. 지금 그 얘기가 아니잖아."

"상단 단주가 마왕과 싸운다며?"

"제발 김밥 옆구리 터지는 소리 좀 하지 마라. 마왕이 이기면 대륙의 인간을 몰살시키겠다고 공언했대. 그 이야기를 들은 후로는 일이 손에 잡히질 않아."

그는 이야길 하면서도 몸을 떨었다. 주위에서 듣는 사람도 두렵기는 마찬가지였다.

"우리가 마왕을 상대로 싸우거나 도움을 줄 수도 없는데 편하게 생각해. 몇 년 더 살다가 병마에 고통 받으면서 죽거나 마왕에게 순식간에 죽거나 뭐가 그리 차이가 난다고 사서 고생이야?"

"참으로 딱하다. '현자님이 병든 창녀 보고 침 흘린다'는 말보다 더 황당한 말을 하는 네가 어이가 없는 게 아니고 오히려 부럽다, 부러워. 난 당장 알라메다 평원으로 가서 결과를 봐야겠어."

"그래? 그럼 가자."

처음 말을 꺼냈던 자는 친구가 당장 가자는 말에 오히려 눈을 동그랗게 떴다.

"뭐, 뭐라고?"

"가자고. 네가 마치 날 설득하려는 것처럼 들려서 나도 새끼를 꼰 것이었지. 아랫사람은 설득하되 친구에게는 그냥 요구하는 거야. 같이 가자 이 한마디면 되는 거라고."

"그래, 친구야. 같이 가자."

"당연하지. 가자."

그들은 서로 바라보며 빙그레 웃으면서 알라메다 평원을 향했다.

사람들은 점점 평원으로 모여들었다. 평원이 보이는 곳이면 어디나 사람들의 눈이 반짝였다. 그렇게 하루가 지나고 이틀, 사흘이 지났다. 평원에는 매순간 경천동지할 싸움이 여전히 이어졌고, 평원 사방과 주위 산에는 모여드는 사람들로 점차 채워졌다.

"아리안님은 괜찮겠지요?"

마르티네스 공주가 카르네프에게 걱정스러운 음성으로 물었다.

"공주 마마, 염려하지 마십시오. 그는 진정 강한 자이니 잘 해낼 것입니다."

"알아요. 하지만 몇 날 며칠 물 한 모금 마시지도 못하셔서⋯⋯."

공주의 말을 들은 수련생들도 그 점이 염려스러워 침중한 표정이 됐다. 그러나 카르네프의 음성은 평온했다.

"공주 마마, 만약 그가 잘못된다면 우리는 마지막 한 사람 남을 때까지 모든 역량을 다해 복수를 할 것입니다."

"그래도 인간이 마왕에게 이길 수 있겠어요?"

"공주 마마, 그런 말씀은 스스로 나약해지는 말이랍니다. 인간은 의지를 가지고 목표를 향해 갈 뿐이고, 결과를 미리 생각하는 자는 이룰 것이 없다는 현자의 말도 있지 않습니까? 이기면 복수를 해서 좋고 지면 아리안이 있는 곳으로 갈 텐데 그 또한 좋은 일이 아니겠습니까?"

마르티네스 공주는 카르네프의 말을 듣고 부끄러움을 느꼈다.

'아, 아리안님에 대한 이분의 신뢰는 말 그대로 신앙이로구나. 내가 아리안님을 사랑하는 것은 아리안님을 위한 게 아니라 나를 위한 것이었어. 사랑도 이렇게 편협한 면이 있었구나. 아, 이분의 무조건적인 사랑에 비춰볼 때 얼마나 부끄러운 일인가.'

수련생들도 카르네프의 말을 듣고서야 마음이 편안해짐을 느꼈다. 언제인가 현자의 말을 인용하여 들려줬던 아리안의 말이 떠올랐다.

'일은 인간이 하고 성사는 하늘에 달렸다.'

우르릉! 꽝꽝!

빛과 어둠의 싸움은 벌써 엿새가 지났다. 서로 한 치의 양보도 없이 격렬하게 부딪쳤다. 하늘에는 광란의 몸부림이 연방

이어졌다. 구경하는 사람들은 한시도 마음을 편히 놓지 못하고 조마조마한 심정으로 숨마저 죽인 채 바라봤다.

인간의 운명이 이 한판 싸움에서 결판날 듯했다. 아리안은 조금도 방심하지 않고 싸움에 임했다. 싸움의 승패는 자신 한 사람의 생명만이 아니라 대륙에서 삶을 영위하는 모든 인간의 운명마저 결정지을 터였다. 한 올의 힘마저 아끼지 말고 최선을 다해야 했다.

이 이야기는 급속히 대륙으로 퍼져 나갔다.

'대륙의 운명을 걸고 인간이 마왕과 일주일째 싸우고 있다.'

아리안은 태허심법을 운기하며 태허의 무한한 힘을 이끌어 어둠의 공능을 깨뜨리려고 온갖 힘을 다 썼다.

시간이 얼마나 흘렀는지조차 인식하지 못하다가, 어느 순간 문득 새로운 깨달음이 다가왔다.

'아, 빛과 어둠은 서로 우위에 서기 위해 다툴 존재가 아니었어. 부부가 서로 잘났다고 싸우는 것과 무엇이 다른가. 빛은 성장을 주도하고 어둠은 이를 성숙시키는 게 아닌가. 어둠은 빛의 그림자가 아니거늘. 하하하!'

아리안은 순간 운기를 멈춰 버렸다.

그는 두 팔을 벌려 어둠을 받아들였다. 어둠은 그를 삼켜서 태초의 모습으로 바꿔 버리려고 백회에서 용천혈까지 꿰뚫었다.

아리안은 저항하지 않고 이를 관조했다. 극심한 통증이 전신에 엄습했다. 어둠은 그의 육체에 존재하는 모든 혈과 세포마저 파괴했다. 그의 머리카락이 타오르고 모든 솜털이 사라졌다. 뼈가 부서지고 가루가 되고 먼지로 화했다.

그러나 파괴는 파멸이 아니라 창조의 위대한 작업이었다. 더욱 강건한 뼈가 창조되고 살이 붙었으며, 새로운 심장이 강한 박동을 다시 시작했다. 피안을 바라보는 아리안의 얼굴은 달관한 미소를 머금었으나, 그의 눈에서는 눈물이 하염없이 흘러내렸다.

평원에서 바라보는 사람들은 놀라움을 금치 못했다. 갑자기 빛이 사라지고 어둠이 승리하여 아리안을 감싸고 평원을 장악했다.

"오, 신이시여!"

"아, 아리안님!"

안타까움에 어쩔 줄 모르는 사람들의 통한이 기묘한 떨림으로 평원에 퍼져 나갔다.

바로 그때였다. 거대한 기둥 모양의 빛줄기가 하늘로 치솟았다. 비슷한 크기의 기둥 모양을 한 어둠이 다시 하늘로 솟구쳤다. 빛과 어둠의 기둥은 꽈배기처럼 서로 엉겼다. 그렇다고 빛과 어둠이 섞여 회색 기둥이 되지는 않았다. 빛은 빛이고 어둠은 어둠일 뿐이었다.

쾅!

갑자기 상상하기 어려운 폭음이 울리면서 빛과 어둠이 폭발했다. 하늘에는 수없이 많은 빛과 어둠의 조각들이 기경을 연출했다. 거대한 오로라가 펼쳐졌다. 오로라는 서서히 색과 모양을 바꿨다. 아름다운 비단결이 하늘에 펼쳐지고 빛과 어둠은 오로라의 사방팔방에서 반짝였다.

인간은 처음으로 어둠 역시 반짝인다는 사실을 깨달았다. 시시각각으로 변화하는 극광과 극음 조각들이 펼치는 기경에 사람들은 넋을 잃었다.

아리안의 몸에서 빛과 어둠이 부챗살처럼 펼쳐졌다. 그때, 마왕의 음성이 평원에 울려 퍼졌다. 그의 음성에도 놀라움이 가득했다.

"아, 어둠과 빛을 함께 아우르다니… 천계의 신과 마계의 마왕도 이룩하지 못했던 일이로다! 그대의 행사가 구천계를 놀라게 하여 난 마황의 부르심을 받았으니 그대와의 대결은 훗날을 기약해야겠군. 잠시 기다려 주게. 오래 기다리게 하지는 않을 걸세."

알라메다 평원에서의 '빛과 어둠의 쟁투'는 유랑시인의 단골 메뉴가 됐고, 듣는 사람들은 위대한 인간의 이야기를 싫증내지 않고 듣고 또 들었으며, 어린아이들에게는 무한한 꿈을 심어줬다.

Chapter **09**

분노

대류은 인간의 위대한 승리를 환호하며 자축했다. 아빌라
왕국이 노블리아 왕국으로 이름을 바꾸자 백성들은 무척이나
좋아했으며, 대류인들은 노블리아 상국이라고 불렀다. 노블리
아 상단의 상인은 타 왕국에서 신분이 보장됐으며, 상단의 기
가 꽂힌 마차를 습격한 산적들은 경호무사가 휘두르는 오라블
레이드에 혼이 빠져버렸다.

"젠장, 무슨 상단 경호무사에 마스터가 세 명씩이나 따라다
니지?"

"두목, 소문에는 노블리아 상국에서 마스터가 되면 상단 상
행을 경호하는 체험 수련을 3년씩 의무화했답니다."

두목은 체포되어 무릎을 꿇고 있으면서도 화를 참지 못해

부하의 머리를 때렸다.

딱!

"이 새끼야, 그런 얘기를 왜 진작 안 했어?"

"저번에 두목에게 했는데요. 그때도 쓸데없는 소리 한다고 제 뒤통수를 때렸으면서……."

산적들은 모두 노블리아 왕국으로 보내져서 재활 훈련을 받았다. 그리고 그들의 모습은 어디론가 사라졌다. 노블리아 상단의 상행은 몬스터마저 기피하는 대상으로 변해갔다.

"국왕 전하, 부르셨사옵니까?"

국왕이 집무하는 정전으로 들어온 아리안은 허리를 굽혀 국왕에게 예를 올렸다.

"오, 태대공, 어서 오시게."

아리안은 태자가 될 수 없어서 공작위의 직책인 대공과 다음 왕위를 약속하는 태자라는 의미의 태대공이 됐다. 그가 대공이든 아니든 간에 왕국의 최고 실력자임은 누구도 부정하지 않았다. 왕국 무력의 책임자는 모두 그의 가신이었다.

국왕이 용좌에서 일어나니 귀족회의에 참석한 모든 고위 귀족이 일제히 일어나서 예를 올렸다.

"태대공 저하를 뵙습니다."

"국왕 전하께서 계신 자리입니다. 과례는 비례라 하지 않습니까? 국왕 전하, 어서 좌정하시옵소서!"

"태대공, 이리 앉으시게. 내정 문제는 대체로 결정이 됐으나 모렐로스 왕국과의 전장이 문제라네."

아리안이 어좌 바로 아랫자리에 앉자 이야기를 건네는 국왕의 어음에는 침통한 기운마저 감돌았다. 아리안은 병권을 잡은 포르피리오 후작을 쳐다봤다.

"태대공 저하, 우리 왕국은 지금 모렐로스 왕국과의 전장이 된 대평야를 제외하면 농지가 적어 자급자족이 어렵습니다. 모렐로스 왕국 역시 대평원의 식량이 왕국 재정의 1/3을 담당하는 만큼 쉽게 양보할 입장이 되지 못하기에 서로 한 치의 양보도 어려운 실정입니다. 금번 모렐로스 왕국군의 진영에서 강병 중의 강병이라는 주비스 제국 철갑기마대의 모습을 발견했습니다."

"흠, 주비스 제국을 끌어들였다는 말인가?"

"아직 도발은 하지 않고 있으나 아빌라 왕국을 무너뜨린 무력을 겁내어 취한 극단적인 조치로 보입니다."

"흠, 주비스 제국이라……."

"하지만 태대공 저하, 그들도 저하께서 아라카이브 제국 공주를 구한 사실을 알기에 자제하는 듯싶었습니다. 만약 우리 왕국과 모렐로스 왕국이 싸울 때 아라카이브 제국과 주비스 제국 병사의 싸움이라도 벌어진다면 대륙 전쟁으로 변할 가능성이 농후해지기 때문입니다."

아리안은 그제야 카르네프 국왕의 안색이 침통해진 이유를 알게 됐다. 대륙 전쟁이 벌어지면 모렐로스 왕국은 이름이 지워질 것이고 대륙 가장 중심에 위치한 노블리아 왕국도 초토

화될 것이다.

"국왕 전하, 그 문제는 사신을 보내서 협의하는 게 어떻겠사옵니까?"

"사신을 보내서 협상을 한다?"

"그렇사옵니다, 국왕 전하. 이왕 왕국을 일으켰으니 백성이 먹을 수 있는 발판은 만들어 줘야 하지 않겠사옵니까? 서로 얼굴을 맞대고 앉아서 함께 살 수 있는 방법을 강구해 보는 것입니다. 전쟁은 최후의 방법이 돼야겠지요."

이때, 후에고 성의 하시드 성주가 걱정스러운 낯으로 말했다.

"태대공 저하, 원래 하나였던 제국은 두 왕국으로 갈린 후 내전과 같았던 전쟁을 100년이나 이어왔으며, 지금은 두 왕국으로 고착됐습니다. 그동안 수많은 인물이 대화를 시도하고 다시 하나의 제국으로 통일하거나 함께 살아가는 방법을 논의하고자 노력했으나 워낙 불신의 골이 깊어 어떤 방법도 해결책이 되지 못했습니다. 만약 사신이 간다면 살아온다는 어떤 보장도 없는 상태입니다. 태대공 저하의 뜻이 그러하시다면 사절단을 보낼 게 아니라 국경에서 만나 안전을 도모하심이 최선이라 여겨집니다, 태대공 저하."

"하시드 백작님의 말씀이 가한 줄 압니다."

많은 중신들이 이구동성으로 방문만은 위험하다고 말했다. 하지만 아리안은 시도하지 않고 포기할 수는 없었다.

"드래곤을 잡으려면 드래곤 레어로 들어가야 하지 않겠습니까? 일단 시도해 봤으면 합니다."

그 말을 들은 하시드 백작은 속으로 생각하며 고개를 끄덕였다.

'흠, 태대공 저하는 만약 그들이 엉뚱한 생각을 한다면 그것을 빌미로 그들을 징치할 생각이로구나. 그러면 원래 하나였던 제국의 모습을 되찾을 수도 있겠다.'

아리안이 호전적인 성격은 아니나 내 것을 핍박하는 자를 가만히 두는 성정도 아니다. 하시드 백작은 아리안의 노림수를 그렇게 이해했다.

"백 년이나 끌어온 전쟁이라는 것은 누구도 양보하기 어려운 사항일 텐데, 사신으로 누굴 보내는 게 적당하겠는가?"

"국왕 전하, 소신이 마르티네스 공주를 제국에 보낸 후 직접 다녀오겠사옵니다."

"오오, 그래 주겠소, 태대공?"

"국왕 전하, 심려치 마옵소서. 양국 백성이 모두 살길을 찾아보겠나이다."

국왕은 아리안의 말을 듣고 만면에 미소를 띠었다. 천신에 버금가는 무력에 호소하지 않고 모두 잘사는 방법을 찾겠다는 그의 말에 온갖 시름이 사라지는 국왕이었다.

아리안은 말을 타고 왕궁에서 나왔다.

"충성!"

왕궁 병사들의 군례가 아리안이 궁에서 나갔음을 알렸다. 그는 경호도 없이 천천히 말을 몰아 저택으로 향했다.

그러나 그의 걸음은 쉽게 이어지지 못했다. 그는 갑자기 한쪽에서 소란이 일며 상당한 기운이 밀접한 것을 느끼고 급히 말을 성문으로 향했다. 20여 명의 젊은이가 성문 앞에서 소란을 피우고 있었다. 초라한 행색으로, 각기 등에는 이상한 짐을 메고 무기를 든 모습은 몹시 수상했다.

　왕도 성문 수비병은 긴장한 채 일제히 창을 앞으로 겨눴다.

　"뭐하는 자들이냐? 신분패를 보여라!"

　"신분패? 그런 거 없다. 성안에 들어가는 데도 그런 게 필요한가?"

　"수상한 자들이다. 비상을 걸어라! 모두 무기를 땅에 내려놔라."

　병사들은 수상한 사람들을 대하며 한번 흐트러짐 없이 수비 태세에 돌입했다.

　"젠장, 사람 사는 데 좀 들어가겠다는데 왜 이렇게 귀찮게 굴어?"

　"조용해라. 이곳은 우리 교수님이 계신 곳이다. 말썽을 부려서는 안 된다."

　마데라가 불평하는 동료를 막고 한 걸음 앞으로 나섰다.

　"검을 떼어놓을 수는 없다. 우리는 아리안 교수님을 만나러 제국 아카데미에서 왔다. 우리는 그분의 가신들이다. 연락해 주기 바란다."

　"아리안 교수의 제자?"

　그때 아리안이 성문에 도착했다. 그는 한눈에 그들이 자신의 제자들임을 알았다.

"앗! 태대공 저하! 소대 차렷! 충성!"

수문병사들은 하늘같은 태대공 저하가 나타나자 놀라서 예를 갖췄다.

"수고들 한다. 저들은 내 가신들인데 고생을 좀 한 모양이군. 내가 데려가겠다."

"알겠습니다, 태대공 저하! 충성!"

"주군!"

20여 명의 수련생이 아리안을 보자 땅바닥에 엎드렸다. 그들의 음성에는 물기가 잔뜩 스며 있었다. 아리안은 그들의 몰골을 보고 얼마나 고생했는지 짐작했다. 가슴이 뭉클해졌다. 아리안은 그들의 어깨를 잡아서 한 명씩 일으켰다.

"고생들 많았구나. 자, 따라오너라."

"예, 주군!"

그들이 모두 성문으로 들어선 후 병사들은 검문을 재개했다. 그때였다.

"나도 데려가라!"

한 난장이가 아리안을 향해서 외쳤다. 병사들이 창을 들고 그자의 앞을 막아섰다.

"꼼짝 마라. 신분패가 없는 자는 들어가지 못한다!"

아리안이 소리친 자를 돌아보고 놀랐다. 그자의 키는 작았지만 체격이 옆으로 벌어졌으며 얼굴이 크고 수염이 무성했다.

"아니, 드워프?"

"나, 드워프 맞다. 신분패 없다. 나 데려가라. 할 말 있다."

드워프의 태도는 당당했다. 아리안은 고민할 것도 없이 명했다.

"들여보내라. 나와 같이 가겠다."

"예, 태대공 저하! 들어가라!"

"태대공 저하?"

드워프는 수문병사의 말에 고개를 갸웃거리며 아리안을 쳐다봤다. 그리고 수련생들의 뒤를 부지런히 따라왔다.

"충성!"

아리안이 저택에 도착하자 경비병사들의 구호가 연이어 들렸다. 아리안의 저택은 예전 아비도 대공 사택으로, 왕도에서 가장 컸다.

"오빠!"

"오, 아디아!"

저택에 들어서자 가장 먼저 반긴 것은 누이동생 아디아였다. 아디아는 두 살 어렸지만 아직 철모르는 소녀였다. 아리안은 아디아의 손을 잡고 안으로 들어갔다.

상단군이 왕성에 들어서자 포르피리오가 가장 먼저 한 일은 카르네프 국왕의 손녀 라신느와 아리안의 가족을 데려온 일이었다.

"오빠, 뒤에 따라오는 거지들은 뭐야?"

콩!

아리안은 아디아의 머리에 가볍게 군밤을 먹이며 웃었다.

"하하하! 거지? 저들은 네가 가장 존경한다는 마스터 그룹 선배들이란다."

"어? 정말?"

아카데미 1년차에 다니다가 온 아디아는 놀라서 눈을 동그 랗게 뜨고 수련생들을 쳐다봤다.

"반갑다, 아디아. 그룹 사무실에 한 번 찾아온 적 있지?"

임원인 마데라가 앞으로 나서며 아는 척하자 아디아는 그제 야 그들을 알아봤다.

"어? 정말 임원 오빠네? 어떻게 된 거예요, 마데라 오빠?"

"크크, 산속에서 생존 수련을 좀 했지."

그때 안에서 총관이 나오며 아리안을 반겼다.

"어서 오게, 아리안."

"다녀왔습니다, 스승님."

헤레스는 상단 서기가 아니라 대공 저택 총관을 맡았다. 저 택에는 많은 하인과 하녀, 그리고 경호무사들이 있었지만 보 이지 않는 곳에서 저택을 경호하는 자들도 많았다.

총관 헤레스는 노블리아 왕국 모든 기사와 병사, 그리고 무 사들의 정신적 지도자고 태대공인 아리안이 스승이라 칭했기 에 어느 귀족도 겸손할 수밖에 없었다.

"스승님, 이들은 제 가신들입니다. 우선 목욕하고 갈아입을 옷이 필요합니다."

"알았네. 저 사람은 드워프인 듯한데, 어떻게 된 일인가?"

"저를 만나고자 온 모양입니다. 우선 씻고 식사라도 하게 한후에 이야기를 듣도록 하겠습니다."

"알았네. 그렇게 조치하지."

아리안은 수련생들을 돌아봤다.

"인사드려라. 내 스승님이시다. 이곳의 총관 일까지 수고해주시니 필요한 게 있으면 말씀드려라."

"예, 주군. 처음 뵙겠습니다, 총관님. 마데라입니다. 많이 지도해 주십시오."

"반갑다. 네가 선임인 듯하구나. 벌써 마스터 중급이라니기연이 있었나 보군."

마데라는 헤레스의 말에 놀랐다.

'아니, 우리가 벌써 마스터 중급이라니⋯⋯. 아하, 만년오공에 중독됐던 것이 전화위복이 됐지. 히히, 어쩐지 몸이 가볍더라. 위기는 위대한 기회라더니 정말 그 말이 맞았어.'

*   *   *

아리안은 마르티네스 공주를 마차에 모시고 아라카이브 제국으로 돌아갔다. 병사 100명과 기사 30명, 그리고 수련생 세명이 경호를 맡았지만, 길에서 노숙을 해야 하는 관계로 짐마차가 여러 대라 행렬은 길어졌다.

아직 왕국을 벗어나기도 전에 어느덧 날이 저물었다. 헤르메스 경호장이 다가와서 아뢰었다.

"태대공 저하, 이곳에서 천막을 치고자 합니다."

"그렇게 해라."

아리안은 공주와 함께 식사를 했다. 공주의 안색이 밝지 않았다. 두 사람은 식사 후에 모닥불을 피우고 차를 마셨다.

"아리안님, 얼마 되지 않은 시간 동안 참으로 많은 일이 있은 듯해요."

"공주님이 겪기 힘든 어려운 일을 경험해서 그럴 것입니다. 그런 일을 잘 참고 이겨냈으니 앞으로는 좋은 일만 생길 것입니다."

"아리안님, 저는 정말 돌아가야 하나요?"

"그렇습니다, 공주님. 황제 폐하와 황후 마마께서 걱정하실 것입니다."

초로로롱!

그때, 이슬방울이 나뭇잎을 굴러가는 듯한 산새 울음소리가 청아하게 울렸다.

"아, 참으로 아름다운 소리요. 어디에도 전혀 걸림이 없군요. 마치 지아비에게 돌아오라고 부르는 지어미 같죠?"

"아리안님은 그렇게 들으셨어요? 소녀는 짝 잃은 어미 새가 임 그리워 우는 듯이 슬프게 여겨져요."

아리안에게 보이지 않으려고 고개를 돌려 어두운 밤하늘을 바라보는 마르티네스의 눈에는 눈물이 그렁그렁했다. 참을 수 없어 고개를 숙이고 마는 그녀의 눈물이 손등에 떨어졌다. 왼손을 오른 손등에 올려놓으며 금방이라도 터질 것 같은 흐느

낌을 힘겹게 참는 그녀의 아픔이 아리안의 가슴을 아프게 했다.

'아리안님, 소녀의 마음은 이렇게 아파서 저며지는데, 따뜻한 말 한마디 해주시면 안 되나요? 전에는 그렇게 다정했던 분이 지금은 처음 보는 사람처럼 대하시는군요. 아리안님, 바닷물이 왜 푸른지 그 이유를 아시나요? 제 마음처럼 부딪치고 찢겨 멍이 들어 그렇답니다.'

마르티네스는 아리안을 곁눈으로 힐끗 쳐다보니 안타까운 하소연이 절로 나왔다.

'아리안님, 밤하늘이 왜 어두운지 아시나요? 임 그리워 상한 얼굴 보일까 봐 두려워서 그렇답니다. 아리안님, 소녀는 모르겠어요. 눈으로 님을 보고 있으면서도 한없이 그리운 이유를요. 바로 곁에 있으면서도 먼 별나라에 계신 듯이 허전하고 공허한 이유를 정녕 모르겠어요. 흑!'

아리안은 공주의 진정과 구구절절 안타까운 심정이 그대로 가슴에 와 닿았으나 해줄 말이 없었다.

아리안은 너무나 잘 알고 있었다. 공주는 정략결혼을 해야 한다는 점과 자신이 아라카이브 제국의 기둥이 될 수 있었지만 지금은 대륙에서 가장 약한 왕국의 태대공이라는 점, 그리고 제국 황제의 뜨거운 야망과 대륙 통일에의 열망은 식을 줄 모른다는 점을.

공주에게 남기는 다정한 말은 오히려 그녀에게 독이 되어 더욱 견디기 어려울 거라고 여기는 그였다.

공주의 전혀 티 묻지 않은 순정과 오직 한결같은 바람, 그리고 그 순수한 사랑과 열망이 스며들수록 냉담한 척, 담담한 척해야 하는 그의 가슴은 갈가리 찢어지고 멍이 들었다.

"공주, 밤바람이 찹니다. 그만 들어갑시다."

자리에서 일어나 자신의 천막으로 향하는 아리안의 눈에서 기어이 눈물 한 방울이 떨어졌다.

다음날 아침, 경호 책임자 헤르메스는 주군의 가슴에 '드래곤의 눈물'이라는 물방울 모양의 루비가 앞섶에 새겨진 것을 보고 이상하게 여겼다. 아리안은 그날부터 마차 밖으로 모습을 보이지 않았다.

"황제 폐하, 노블리아 왕국 태대공께서 공주 마마를 모시고 입궁했사옵니다."

"오, 어서 들라 하라!"

아리안은 공주와 함께 황궁 정전으로 들어갔다. 기둥을 세 개 지났지만 어떤 기운도 느끼지 못했다.

"노블리아 왕국 태대공 아리안, 위대하신 황제 폐하의 강녕하심을 바라옵니다."

"부황!"

"어서들 와라! 아리안, 경은 진정으로 짐이 강녕하기를 바라는가?"

황제는 슬그머니 아리안의 말을 받아서 슬쩍 물었다.

"그렇사옵니다, 황제 폐하."

"그렇다면 짐의 걱정을 들어주겠는가?"

"말씀하소서, 황제 폐하. 폐하의 강녕하심이 노블리아 백성의 평안함이온데 어찌 작은 수고를 마다하겠사옵니까?"

황제는 아리안의 말을 듣고 눈을 반짝였다.

'허, 이 녀석 보게. 작아도 노블리아 태대공이라는 뜻인가? 노블리아에 해가 가는 것이 아니라면 듣겠다는 뜻이군. 동생인 아브라잔 대공 말이 맞았어. 이 녀석은 자신의 욕망보다 본인과 연계된 사람은 무조건 보호하려는 성향이 매우 짙어. 짐과는 다른 종족이군. 그렇다면 더욱 좋지.'

아브라잔 대공의 말을 떠올리며 황제는 슬쩍 입을 열었다.

"좋아. 아주 좋아. 아리안, 그렇다면 마르티네스 공주를 경이 데려가도록 하게."

황제의 갑작스런 말에 공주는 얼굴을 붉히며 고개를 숙였지만, 아리안을 곁눈으로 쳐다보는 것을 결코 잊지 않았다. 하나 아리안은 진정 놀라서 급히 반문했다.

"예? 황제 폐하! 어인 말씀이오신지 이해를 못했사옵니다."

"아카데미 교수가 그 정도의 말을 이해하지 못하다니 오히려 이상하군. 마르티네스가 왕국과 제국의 표적이 되니 그 우환을 대륙 유일의 그랜드 소드 마스터인 경에게 넘기려는 게 아닌가."

"광영이옵니다, 황제 폐하. 공주님은 진정으로 아름답고 지혜롭기에 신에게는 분명 차고 넘치옵니다. 다만 제가 나이가 아직 어리고 부모님께 여쭙지를 못하여 염려될 뿐이옵니다."

아리안은 황제의 어음이 진정인 것을 알고 다시 한 번 허리를 굽히며 당장은 어렵다고 말했다.

"그 점은 염려 말라. 1년 후 날을 잡아서 예식을 거행하면 될 것이야. 제국의 귀한 공주를 어찌 당장에 보낼 수가 있겠는가?"

"황제 폐하의 은총에 감읍할 뿐이옵니다."

"부황! 흑흑!"

마르티네스 공주는 그만 눈물을 흘리고 말았다. 그동안의 서러움과 안타까움이 단번에 씻겨 내렸다.

'에고, 불쌍한 자식. 얼마나 짐을 원망했을꼬. 물론 너를 납치하려는 음모가 진행되는 것과 납치된 것을 즉각 보고받았지. 하지만 지켜보기만 하라는 명령을 내린 것도 짐이었어. 네가 아리안에게 구함을 받았다는 보고를 받았을 때는 안심이 되기도 했단다. 허허! 내 마음을 나도 모르겠구나. 아이야, 1년 동안 아무 일 없이 지내다가 네가 좋아하는 사람에게 시집가면 좋겠다. 에고, 내일 또 무슨 일이 생길지 어떻게 알 것이며, 그때 짐의 결정이 무엇이 될지 누가 알리오.'

* * *

아리안은 황궁을 나와서 수련생들을 데리고 아카데미로 갔다. 아리안이 아카데미에 들어서자 마침 점심 식사 시간이었다.

"아니, 마스터 그룹 회장 아니야?"

"뭐? 정말이구나. 마스터 그룹 회장이 아니라 마스터 그룹 지도교수님이야."

"와, 아리안 교수님! 이젠 돌아오신 거죠? 앞으로 아카데미에서 강의만 하실 거죠? 그렇죠?"

아카데미는 갑자기 사람 사는 동네처럼 시끄러워졌다. 아리안은 예전에 시끄럽다고 여겼던 것이 사실은 그리움이라는 것을 깨달았다. 하지만 그 당시에 그러한 것들이 훗날에는 그리움이라는 것을 알게 된다고 해서 어떤 감흥이 있겠는가. 사람은 매 순간 열심히 사는 것만이 최선임을 깨달았다.

그가 그리움에 젖을 때 한 떼의 학생들이 뛰어왔다.

"충성! 지도교수님을 뵙습니다!"

안티야스가 수련생들과 함께 달려왔다. 계속 수련생들이 몰려왔고, 학생들도 모여들었다. 수련생 중에는 울먹이는 학생까지 있었다.

"잘들 있었나?"

"예, 교수님!"

그들의 음성에는 물기가 잔뜩 배어 있었다.

"그룹 사무실에 가 있어라. 할 말이 있다."

아리안은 학장과 인비에르노 교수를 만나러 교수실로 향했고, 마하비라, 파라미, 마데라는 안티야스와 함께 그룹 사무실로 갔다.

"야, 파라미! 교수님과 함께한 모험담 이야기 좀 해봐라."

"그럴까? 마하비라, 내가 잘못 설명한 부분은 네가 지적해 줘."

"그래, 알았다."

"우리가 처음 만난 것은 산적들이었지. 주군께서는 산적 소굴이 가까워지자 노숙을 명하셨어. 그리고……."

"꿀꺽! 꿀꺽!"

파라미가 이야기하는 동안 여기저기서 침을 삼키는 소리가 들렸다. 마스터 그룹원은 그야말로 '흥미'와 '진진'이 함께하는 모습을 지켜봤다.

유령병사 등의 마물 습격에 어깨를 들썩였고, 주먹을 움켜쥐었다. 그들은 수련생들이 아리안과 함께한 수련에서 얻은 놀라운 결과를 듣고 찬탄을 금치 못했다.

"아, 우리도 함께 갔어야 하는데……."

"맞아. 다음 기회는 절대 놓치지 않을 거야."

베스시오 성의 건달 이야기가 나오자 모두 통쾌하게 웃었다.

"그놈들, 임자 만났군."

"자식들, 그래도 의리 있는데?"

"그게 의리냐? 힘에 눌려 어쩔 수 없는 선택이었겠지."

"맞아. 그래도 건달들이 살길은 잘 찾는군."

그들은 프롱삭 성주의 횡포에 분노를 감추지 못했다. 이야기가 흘러감에 따라 싸울 수밖에 없었던 상황을 이해했다. 이왕 싸우기로 결정했으면 질 수는 없었다.

알라메다 평원에서의 마왕의 시험은 그들의 가슴을 한껏 부풀게 했다. 암흑 마기에 대적했던 일주일간의 싸움은 참으로 감동적이었다. 그들의 입에서 절로 위대한 인간의 이름을 자신도 모르게 불렀다.

　"아리안님!"

　"주군!"

　그들의 생명이자 바람이고 모든 것의 대명사였다.

　"너희도 알다시피 나는 노블리아 왕국의 태대공이 됐다. 아라카이브 제국이 내 모국이지만 노블리아 백성을 안아야 한다는 뜻이다."

　아리안은 학장과 인비에르노 교수를 만나 교수직을 사퇴했다. 하지만 두 사람의 간곡한 권유에 명예교수로 남기로 작정한 후 그룹 사무실로 왔다. 수련생들에게 이야기를 꺼내는 그의 음성은 무척 가라앉았다.

　"난 너희에게 가신이 되는 자에게는 나의 비기를 가르치겠다고 말했다. 그리고 나를 배신하거나 내 명예를 떨어뜨리는 자, 또한 나의 비기를 직계가 아닌 자에게 말하는 자는 그 무공을 거두겠다고 약속했다."

　아리안은 수련생들에게 자신의 입장을 설명하면서 안타까움과 아픔을 동시에 느꼈다. 하지만 현실은 그를 노블리아로 불렀다.

　"상황이 변해서 더는 아카데미에 남을 수가 없게 됐고, 너희를 계속 가르칠 수도 없게 됐다. 그리고 이곳에 남은 너희에게 같이 가자고 할 수도 없다. 너희가 나와 같이 가지 않는다고 해서 그것을 배신이라고 할 수도 없다. 너희가 어디 있든지 간에 기사의 품위를 지키며 쉬지 않고 자신의 기량을 갈고닦기 바란다."

"주군, 한 번 주군이면 영원한 저의 주군이십니다. 저는 주군을 따르겠습니다."

"그렇습니다. 저희를 데려가 주십시오, 주군!"

안티야스가 무릎을 꿇자 수련생들도 모두 그의 뒤를 따랐다.

"그 점에는 문제가 있다. 첫째, 마스터는 제국에서도 귀한 존재임이 틀림없다. 만약 내가 너희를 데려간다면 황제 폐하와 문제가 될 게 뻔한 일이 아닌가. 더구나 가족에게 피해가 전혀 없다고 누가 장담할 수 있겠느냐."

아리안은 자신을 따르겠다고 무릎을 꿇은 채 피를 토하는 심정으로 외치는 제자들을 오히려 설득해야만 했다.

"너희가 제국의 기사나 귀족이 된다고 해서 배신이 아니며, 내일 일은 누구도 알 수 없는 것이다. 그리고 가족이 어떻게 되더라도 나를 따르겠다는 생각에는 문제가 있다. 왜냐하면, 내가 처음 검을 잡은 이유가 내 가족을 지키고 나와 가까운 사람들이 부당한 힘에 피해를 보지 않도록 하기 위함이었다."

아리안은 자신을 따르겠다는 수련생들을 간곡한 어조로 말렸다. 그리고 안타까워하는 그들을 남기고 노블리아로 돌아갔다. 그는 가기 전에 손을 한번 흔들어 강압진의 흔적을 지웠다. 마하비라, 파라미, 마데라는 계속 아리안을 경호하여 돌아갔다.

*　　*　　*

"국왕 전하, 노블리아 왕국에서 사절단이 도착했사옵니다."

아빌라 왕국과 도저히 양보하기 힘든 대평야 때문에 백년전쟁을 하고 있는 모렐로스 왕국에는 고위 귀족회의가 한창이었다.

"뭐라고? 사절단이 벌써 도착했다고?"

"그렇사옵니다, 국왕 전하. 잠시 전에 성문을 통과했다는 연락을 받았사옵니다."

"음, 그들을 영빈관으로 안내하도록 해라. 한데 사절단장은 누구며, 경호하는 인원은 얼마나 되는가?"

"사절단장은 매우 젊은 것으로 보아 태대공인 듯하며, 경호 인원은 병사 200명과 기사 50명이온데, 기사로 보이지 않는 어린 사람들이 20명이라 하옵니다."

시종장은 보고를 끝낸 뒤 사절단을 영접하기 위해 회의장을 나갔다.

"국왕 전하, 그 어려 보인다는 사람 20명이 바로 마스터들일 것이옵니다."

"흠, 마스터가 20명이라……. 만약 그들이 전장에 투입되면 전쟁 자체가 어렵겠군."

"그렇사옵니다, 국왕 전하. 노블리아 왕국이 신생 왕국이라 주변 눈치를 보느라고 섣불리 전쟁을 일으키지 않은 것은 절호의 기회가 될 것이옵니다. 노블리아 왕국은 오직 태대공이란 자의 무력에 의해 세워졌으며, 정치적 기반과 백성의 호응을 얻지 못한 모래 위에 지은 성에 불과할 뿐이옵니다. 태대공이란 자와 마스터들을 없애기만 한다면 노블리아는 그대로 무너지고 말 것이오니 주저해서는 안 될 줄로 사료되옵니다, 국왕 전하."

"그러나 마스터들을 무슨 수로 없앤다는 말인가, 구제프 후작?"

"국왕 전하, 하늘이 우리 왕국의 어려움을 보살피사 다행스럽게도 제국에 심어놓은 자가 그들과 동행한다는 연락이 왔사옵니다. 그를 이용해서 일을 성사시킬 것이오니 맡겨만 주시옵소서, 국왕 전하."

이때 조용히 듣고 있던 귀족이 국왕을 쳐다봤다.

"하고 싶은 말이 있으면 하시오, 수에르토 후작."

"국왕 전하, 소신이 듣기로 태대공이란 자는 마왕과도 싸웠다는 인물이옵니다. 게다가 그는 단지 400명의 상단 무사만을 이끌고 마스터인 성주가 지휘하는 만 명에 가까운 병사와 싸워서 승리한 자이옵니다."

수에르토 후작은 천천히, 그리고 간절한 마음으로 국왕에게 아리안에 대해 설명했다.

"그 병사들을 대부분 흡수하여 이웃 성을 함락시켰으며, 왕국 병사와 싸워서 왕국을 삼켰는데도 내전이 일어나지 않았사옵니다. 구제프 후작이 앞서 지적한 것처럼 그를 잘못 건드려 새로운 전쟁의 빌미를 만든다면 전쟁 양상은 전과 달라질 게 틀림없사옵니다. 국왕 전하, 소신이 재삼 간청하오니 그자와 허심탄회하게 양국이 함께 살 수 있는 방안을 모색했으면 하옵니다. 통촉하시옵소서, 국왕 전하!"

수에르토 후작의 음성에는 구구절절이 왕국을 사랑하고 백성을 위하는 간절함이 배어 있었다. 구제프 후작은 국왕이 생각에 잠기는 듯하자 급히 말문을 열었다.

"국왕 전하, 이번 일만 성사하면 국왕 전하께서는 명실공이 황제 폐하가 되실 수 있사옵니다. 소신이 이처럼 자신하는 이유를 말씀드리겠사옵니다. 첫째, 주비스 제국에서 적극 지원하기로 약속했사옵니다."

"주비스 제국이 어떤 조건을 내세운 것인가, 구제프 후작?"

"국왕 전하, 일이 성사됐을 때 금화 10만 골드를 원했사오나 그것은 단지 드러난 명분일 뿐이오며, 실상 제국의 속내는 다른 데 있사옵니다. 주비스 황제 폐하께서 익히는 검법은 화염 검법이옵니다. 그 검법으로 마스터 상급에 이르기는 했지만, 인간의 몸으로 화기를 받아들이는 데는 한계가 있사온데, 그 벽을 넘을 수 있는 방법이 바로 극음의 여인과 화합을 이루는 것이옵니다. 한데 극음의 여인은 대륙에서 오직 한 명, 아라카이브 제국의 마르티네스 공주뿐이옵니다."

그는 잠시 멈추고 숨을 들이켠 뒤 말을 이었다.

"그 이유로 아빌라 왕국이 주비스 제국의 도움을 받으려고 공주를 납치했던 것이옵니다. 주비스 제국은 일찍이 황태자와 약혼을 추진했사오나, 공주가 노블리아 왕국의 태대공을 아카데미에서 만난 후 마음이 기울자 아라카이브 제국 황제의 마음도 변하게 된 것이옵니다."

후작은 주비스 제국 황제가 눈엣가시와 같은 태대공을 죽이려는 이유를 설명했다. 그리고 이번에 국왕 전하께서 허락만 하면 주비스 제국이 보유한 대륙 최강이라는 철갑기마대 1만 명을 당장 파견할 거라는 이야기도 빼놓지 않았다.

"음, 주비스 제국 철갑기마대 1만이면 어느 왕국도 버티지 못하겠지."

"그렇사옵니다, 국왕 전하. 쥬비스 제국 황제는 스스로 그랜드 소드 마스터에 오른다면 아라카이브 제국과의 일전도 장담할 수 있다는 생각인 듯했사옵니다."

"흠, 그럴 수도 있겠군."

국왕이 고개를 끄덕이며 느긋한 표정을 짓자, 수에르토 후작이 급히 말문을 열었다.

"국왕 전하, 주비스 제국 황제가 벽을 넘는다면 그는 틀림없이 대륙 전쟁을 준비할 것이오며, 가장 먼저 피해를 보는 것은 오히려 우리와 노블리아 왕국일 것이옵니다. 통촉하시옵소서, 국왕 전하!'

충심으로 간언을 올리는 수에르토 후작의 음성은 떨렸으나, 황제의 꿈을 꾸는 국왕에게는 '사막에 물 주기'요, '오거 풀 씹기'일 뿐이었다. 구제프 후작은 국왕이 결심할 수 있도록 준비된 계략을 계속 아뢰었다.

"국왕 전하, 둘째는……."

"그만! 전략은 아는 사람이 적을수록 좋은 법. 그 일은 구제프 후작이 전담하도록 하시오. 대신 실패하면 그대가 모든 책임을 져야 할 게요."

국왕은 이미 결심을 했기에 모든 책임을 구제푸 후작에게 일임했다.

"황공하옵니다, 국왕 전하. 일을 성사시켜 제국의 발판을 만들겠사옵니다."

"자, 모두 물러가도록 하시오."

"국왕 전하, 강녕하시옵소서!"

고위 귀족회의가 끝났다. 수에르토 후작의 한숨에 디베르소 산맥이 흔들릴 듯했고, 그의 처진 어깨는 오거가 누르는 듯싶었다.

"하하하!"

구제프 후작 옆에는 많은 귀족이 희희낙락하며 따랐고, 그의 웃음이 국왕이 사라진 정전을 울렸지만 시종과 근위기사들은 못 들은 척했다.

구제프 후작은 이번 일이 제국 공작이 되어 2인자의 자리에 앉게 될 기회라고 여겼다. 그가 자신의 저택으로 돌아가자 은

밀히 기다리는 사람이 있었다.

"아니, 보데른 백작님! 많이 기다리셨습니까? 들어가시지요."

보데른 백작은 마법사처럼 로브를 입고 두건을 깊이 눌러써서 얼굴이 보이지 않았다.

"왕궁에서 오늘 그 문제에 대한 논의가 있었습니까?"

"자, 들어가시지요."

후작은 주위를 둘러보고 나서 조용하고 은근한 목소리로 말했다. 보데른 백작은 구제프 후작의 얼굴이 밝은 것을 보고 고개를 끄덕이며 말없이 그의 뒤를 따랐다.

"충성!"

"아무도 주위에 얼씬거리지 않게 하라!"

"예, 후작님!"

구제프 후작은 자신의 집무실을 경호하는 무사에게 명령을 내리고 함께 안으로 들어갔다.

"오늘 국왕께서 그 일을 저에게 일임하셨습니다. 내가 알기로는 제국 철갑기마대가 500명만 들어왔다고 하던데, 그렇지 않습니까?"

"하하, 그들은 철갑기갑군단이 들어오기 위한 전초 부대일 뿐입니다. 모렐로스 왕국에서 태대공이란 자를 죽이기로 결정한다면 군단 본대가 국경 지역에서 훈련 중이니 수일 내로 들어올 것입니다."

"좋습니다. 그럼 군단을 불러오십시오. 우리도 준비한 게 있으니 만약의 경우 그가 왕성 밖으로 달아난다면 부탁하겠습니다."

구제프 후작은 주비스 제국 보데른 백작의 말을 듣고 더욱 은근한 태도로 말했다.

"알았소, 구제프 후작. 군단 국경통행증을 부탁하오."

"알았습니다, 보데른 백작. 내일 국왕의 직인을 찍어서 갖다 드리겠습니다."

주비스 제국의 보데른 백작이 나가자 뒤이어 총관이 들어왔다.

"어떻게 됐느냐?"

"주군, 마법사에게 실로 어렵게 구할 수 있었습니다."

총관은 가죽 주머니를 품에서 꺼냈다.

"태대공이란 자가 독에 걸려들까?"

"주군, 이것은 한 가지씩 먹을 때는 독이 아닙니다. 오히려 몸에 좋은 보약이지요. 하지만 다섯 가지가 모두 몸에 쌓이면 상황이 달라집니다. 그들은 우리가 주는 음식만 먹을 수밖에 없으니 틀림없이 중독되고 말 것입니다."

"흠, 그 정도로 독에 대해 깊은 상식을 가진 자는 흑마법사밖에 없겠지."

구제프 후작은 총관의 말을 듣고 어금니를 깨물고 결단을 내렸다.

"어느 것도 주군의 눈을 피할 수는 없군요. 그렇습니다, 주군. 이것은 흑마법사에게서 구한 것입니다."

"알았다. 실행하라."

"예, 주군."

그날, 구제프 후작의 집무실에는 많은 사람이 명령을 받거나 보고를 하느라 늦은 시간까지 불이 꺼지지 않았다.

음모의 밤은 점점 깊어만 갔다.

*　　　*　　　*

"태대공 저하, 큰일 났습니다!"

아리안은 급히 뛰어와서 보고하는 소리에 방문을 열었다.

"무슨 일인가, 헤르메스?"

"모두 중독된 듯합니다."

"중독?"

"그렇습니다, 저하! 지금까지 저희가 쌓은 마나가 모두 사라졌습니다!"

헤르메스의 말을 들은 아리안은 자신의 몸을 둘러보고 놀라움을 금치 못했다.

'아니, 이럴 수가! 마나가 사라졌어. 내가 너무 등한시했구나. 모든 것을 넘어섰다고 여겼는데 그게 아니었어. 육신을 입은 자는 식품의 영향에서 벗어날 수 없다는 뜻인가? 독이라면 모아서 몸 밖으로 뽑아낼 수 있겠지만, 독이라고 칭할 게 없으니 그것도 어렵군.'

아리안은 비로소 깨달음만으로 모든 게 끝나는 게 아님을 알았다. 육체를 입은 자는 육신의 법을 따라야 했다. 그는 일생일대의 난관에 봉착한 것을 깨달았다.

헤르메스는 아리안의 눈썹이 살짝 찌푸려지는 것을 놓치지 않았다.

"세상에, 저하께서도?"

"그런 것 같구나. 소란 피우지 말고 사람들을 불러라."

"예, 저하."

헤르메스가 사라지자 아리안은 레모를 불렀다.

"레모."

"예, 저하."

아리안의 뒤에 레모가 나타나서 무릎을 꿇었다.

"이곳에서 네가 할 일이 없다. 속히 돌아가서 포르피리오에게 전하여 국경에서 나를 접응케 해라."

"예, 저하."

어느 틈에 레모가 사라졌다. 헤르메스가 수련생과 기사, 그리고 병사들까지 불렀다.

"저하, 모두 모였습니다."

하인과 인부들은 무슨 일인가 싶어서 어리둥절한 표정이었으나, 기사와 수련생들 안색은 침중했다.

"우리는 모두 독에 중독됐다. 이것은 독이되 독이 아니라 해독약 자체가 없다. 병사들은 약간 나른한 증세가 있겠지만, 사흘 정도 지나면 좋아질 것이다. 마치 과식한 것과 비슷하다고 보면 된다. 그러나 수련하여 몸에 마나를 축적하는 자는 다르다. 생명에는 지장이 없지만 우리가 수련하여 몸 안에 쌓은 마나가 사라졌기에 마스터가 아니라 평범한 무사가 되고 말았다. 오라블레이드가 형성되지 않는다는 뜻이지."

아리안의 말을 들은 제자들과 기사들은 표정이 신중해졌다. 아리안의 말은 계속 이어졌다.

"모렐로스 왕국은 이미 우리를 척살하기로 마음을 먹은 것 같다. 우리가 포로가 되어 왕국에 피해를 줄 수도 없고, 여기서 무의미하게 당하고 싶은 마음도 없다. 몸이 정상이라면 오히려 왕성을 점거하는 게 가장 좋은 방법이겠지만, 지금 상태에서 마스터와 대적하기는 어렵다. 일단 왕성을 벗어나서 국경을 돌파할 예정이다."

아리안은 비장한 표정의 병사와 기사, 그리고 수련생들의 얼굴을 훑어본 후 불안한 얼굴의 인부와 하인들을 둘러봤다.

"하인과 인부들은 숙소 안에 들어가서 움직이지 마라. 그들의 포로가 되는 게 그래도 살 수 있는 유일한 방법이다. 병사들도 이곳에 남아라. 기사들은 나를 따라서 목숨을 걸고 노블리아 왕국의 의기를 세우리라. 하지만 몸이 많이 불편한 자는 인부들과 함께 이곳에 남도록 해라."

"아닙니다, 태대공 저하! 저하를 위해 저희 피로 저하의 길을 밝히겠나이다!"

병사들은 무릎 꿇고 이구동성으로 외쳤으며 기사들은 검을 고쳐 잡았다.

"좋다. 가자!"

아리안과 헤르메스가 앞장을 섰고, 수련생들이 그 뒤를 따랐다. 영빈관을 지키는 병사는 의외로 많았다. 병사 한 명이 그들을 막았다.

　"멈추십시오. 어디를 가려고 하십니까?"

　"비켜라! 사절단장님께서 무료하여 왕성을 구경하실 것이다!"

　"안 됩니다. 돌아가십시오. 외출하시려면 일단 위로 말씀드리고 안내하는 자가 인도할 것입니다."

　"비켜라! 우리를 마치 포로 취급하는구나! 안내하는 자는 필요 없다!"

　"막아라! 어서 구제프 후작님께 보고해라!"

　영빈관을 지키던 병사들이 그들의 앞을 막고 창을 들이댔다.

　"저하께 무기를 겨누는 자는 살려둘 수 없다! 쳐라!"

　"죽여라!"

　수련생들은 마나가 없어 공중을 날 순 없었지만 그들의 몸놀림은 병사가 대적할 수 있는 것이 아니었다. 기사들도 평소의 능력보다 조금 떨어졌으나 일반 병사와 비교할 바는 아니었다. 평소 검의 길만 바라고 열심히 수련한 그들이었기에 분노한 그들의 검은 삽시간에 병사들을 쓸어버렸다.

　"윽! 억!"

　보법을 최대한 밟으며 공격하는 수련생들은 비록 마나가 없지만, 눈에 잘 보이지 않을 정도였다. 병사들도 그들에게 힘을 받아 젖 먹던 힘까지 발휘했다. 수련생과 기사들은 고블린 무리에 덮친 오거와 같았고, 병사들은 우왕좌왕하는 적병들을 물리쳤다.

헤르메스는 아리안의 곁에서 떨어지지 않았다. 그들은 영빈관에서 나왔다. 어려움이 제거된 건 아니었다. 지금 영빈관을 지키는 500여 병사를 처치한 것은 머나먼 시련의 시작을 알리는 신호탄일 뿐이었다.

"저들이 달아난다! 쳐라!"

왕궁기사단이 그들을 발견하고 몰려왔다. 그들의 무위는 백년전쟁을 치르는 왕국 기사답게 뛰어났다. 병사들이 그들의 검을 막을 정도는 아니었다. 희생자가 생기기 시작했다. 기사들은 점점 더 몰려들었고, 한 발짝 전진하는 것도 어려웠다.

"윽!"

"허걱!"

병사들이 여기저기서 쓰러졌다. 파라미와 마하비라는 보법을 밟으며 기사들 틈으로 파고들었다. 그들은 가능한 한 검을 부딪치지 않고 기사들을 베어나갔다. 기사들은 그들의 월등한 몸놀림을 어찌할 수 없었다.

"세 명씩 조를 짜라!"

수련생들이 조를 짜서 전장을 압도하자 왕궁 기사들이 쓰러지기 시작했다. 오라블레이드를 형성하진 못했지만, 하루 열네 시간을 수련하고 지옥훈련 받았던 그들의 능력이 일어났다.

파라미는 검으로 앞에서 덤비는 기사를 찌르고 옆에서 공격하는 기사의 검을 피하며 어깨치기로 날려 버렸다.

"뒤로 물러나서 포위해라!"

"예, 후작님!"

드디어 구제프 후작이 나타났다. 기사들이 순식간에 뒤로 물러나서 포위망을 갖췄다. 그들이 물러난 공터에는 많은 시신이 즐비했다.

"궁수대 준비해라!"

"나를 따르라!"

후작과 아리안의 외침이 동시에 울리고 아리안, 헤르메스, 수련생, 기사와 병사들이 달려나갔다. 그들은 기사들 틈으로 파고들었다. 아리안의 검이 단번에 세 기사의 목을 갈라 버렸다. 궁수대가 멈칫거렸다.

아리안 일행은 파도처럼 휩쓸면서 앞으로 나갔다. 그들이 지나간 뒤에는 기사들의 사체만 자리를 지켰다.

"죽여라! 저들은 중독되어 힘이 없다! 거칠게 밀어붙여라!"

구제프 후작이 악쓰는 소리를 들은 아리안은 고개를 돌려 그를 쳐다봤다. 그의 옆에는 기사 네 명이 양쪽에서 호위했다.

'흠, 저놈이 음모의 주동자군. 구제프 후작? 망국의 이름이 되게 해주지.'

아리안 일행은 땀을 흘리며 정신없이 기사들과 접전을 벌였다. 모렐로스 기사들도 기세 좋게 덤볐다. 아리안의 검에서 비록 오라블레이드가 나오지는 않았지만, 누구도 그의 검을 받아내지 못했다. 그의 검은 흐름을 주도하고 상대 검의 맥을 잘랐다. 하지만 뒤에서 쫓아오는 병사들은 상당수가 기사에게 당해서 쓰러졌다.

"근위기사들은 갑옷을 입었으니 활을 쏴라!"

화살이 비 오듯이 쏟아졌다. 병사들은 대부분 쓰러졌다. 그래도 남은 자들은 달려야 했다.

"크, 이 원수는 몇 십 배로 갚아주마."

헤르메스가 이를 악물고 길을 막는 기사들에게 덤볐다. 아리안의 고함이 벽력처럼 퍼졌다.

"대라삼검!"

쩡!

검이 허공을 갈랐다. 허공은 굉음과 함께 세 가닥으로 잘리고, 검의 궤적 선상에 있던 다섯 기사의 허리가 양단됐다. 기사들이 놀라서 뒤로 물러났다.

"저, 저놈이 중독된 자란 말인가?"

구제프 후작도 놀라서 다리를 후들후들 떨었다. 수련생들도 자신의 몫을 톡톡히 했다.

"태청검법!"

그들의 검술과 파괴력은 대륙에서 보지 못한 것들이었다. 더구나 그들의 보법 때문에 어디서 어디를 공격하는지조차 발견하기 어려웠다.

"저기 성문이 보인다."

아리안 일행이 마침내 성문까지 가긴 했지만 그곳에는 검산 도해가 기다리고 있었다.

"하하하하! 이래도 움직인다면 모두 고슴도치가 되고 말 것이다! 아리안, 넌 살 수 있을지 몰라도 부하들은 모두 죽고 말 것이다!"

구제프 후작의 광소가 울려 퍼졌다. 성문에 이르는 도로 양쪽 담 위와 지붕에는 수많은 궁수가 활을 겨눈 채 그들을 기다렸다. 성문 수비병사와 싸우기 전에 활로 그들을 잡으려는 듯했다. 아리안은 주위를 둘러봤다. 어느 한 사람 소중하지 않은 이가 없었다. 궁수들의 활이 보름달처럼 휘어졌다.

"저하, 저희는 죽어도 좋습니다. 대의를 생각하시고 저희 원수를 갚아주십시오."

아리안의 얼굴이 보기 흉하게 일그러졌다. 입술이 씰룩거리며 억지로 말을 참다가 결국 터지고 말았다.

"대의? 그런 것은 모두 갖다 버려라! 너희를 지키는 게 바로 나의 '대의' 다!"

"큭, 주군!"

"저하, 이 미천한 놈을……."

그들이 언제 수하를 자신처럼 아끼는 주군을 만나거나 생각해 본 적이 있겠는가. 부하들은 감당하기 어려울 정도로 많은 활이 겨눠지고 생명이 경각에 달려 있었지만 아리안의 말을 들고 북받치는 감격에 울음을 참지 못했다.

"꺼억!"

그들은 당장 죽더라도 주군의 한마디를 가슴에 새겼다.

너희를 지키는 게 바로 나의 대의다!

『검황전설』 4권에 계속…

DREAM WALKER
드림워커

김현우 퓨전 판타지 소설

「레드 데스티니」, 「골드 메이지」를 잇는
김현우표 퓨전 판타지 결정판!
『드림 워커』

단지… 꿈이라 생각했다. 그러나 어느날.
그 꿈이 현실을, 그리고 현실이 꿈을, 침범하기 시작했다.

루시드 드림!
힘든 삶 앞에 열린 새로운 세계!

그날 이후 모든 것이 바뀌었다!
기준의 삶도, 유렐의 삶도 모두 내 것이다!

Book Publishing CHUNGEORAM

유행이 아닌 자유추구 -
WWW.chungeoram.com

마법사
무림기행

魔法師 武林紀行

김도형 퓨전 판타지 소설

신에 김도형이 그려내는 퓨전 장르의 변혁!
무림을 무대로 펼쳐지는 마법사의 전설!

무림에서 거지 소년으로 되살아난 마법사 브린.
더 이상 떨어질 곳도 없는 깊은 나락에서 마법사의 인생은 새로이 시작된다!

내 비록 시작은 이 꼴이나 그 끝은 창대하리니!

짓밟혀도 되살아나는 잡초 같은 생명력!
고난 속에서 빛을 발하는 날카로운 기재!

무협과 판타지를 넘나드는
마법사 브린의 모험을 기대하라!

Book Publishing CHUNGEORAM

유행이 아닌 자유추구 -
WWW. chungeoram.com

귀환인 歸還人

김동신 퓨전 판타지 소설

모든 마수의 왕 베히모스.

그의 유일한 전인 파괴의 마공작 베르키.
마계를 피로 물들이고 공포로 군림했던 그가
드디어… 꿈에 그리던 한국으로 돌아왔다.

"친구들아,
나 권태령이 드디어 돌아왔어!"

피로 물들었던 마계의 나날을 잊고
가족과도 같은 친구들과 지내는 생활.
그 일상을 방해하는 자들은 결코 용서치 않는다!

살기가 휘몰아치는 황금안을 깨우지 말라!
오감을 조여오는 강렬한 퓨전 판타지의 귀환!

Book Publishing CHUNGEORAM

THE KNIGHTS OF SQUARE

아더왕과 각탁의 기사

홍정훈 판타지 장편 소설

『비상하는 매』의 신선함, 『더 로그』의 치열함,
『월야환담』의 생동감.

그 모든 장점을 하나로 뭉쳐 만든 홍정훈식 판타지 팩션!

아더왕과 원탁의 기사.

전설의 검 엑스칼리버의 가호 아래 역사에 길이 남을 대왕국을 건설한
위대한 왕과 그의 충직한 기사들.

"…난 왜 이리 조건이 가혹해?!"

그 역사의 한복판에 나타난 이질적 존재, 요타!
수도사 킬워드의 신분을 빌려 아트릭스의 영주가 되어 천재적인 지략과 위압적인 신위를 휘두르며
아더왕이 다스리는 브리타니아에 정면으로 반기를 든다!

전설과 같이 시공을 뛰어넘어
새로운 아더왕의 이야기가 우리 앞에 나타난다!

Book Publishing CHUNGEORAM

유행이 아닌 자유추구 -
WWW.chungeoram.com